文化与历史的迷思

当代文史观个案述评

华今 著

漓江出版社
桂林

图书在版编目(CIP)数据

文化与历史的迷思：当代文史观个案述评/华今 著；—桂林：漓江出版社，2016.5

ISBN 978-7-5407-7757-9

Ⅰ.①文… Ⅱ.①华… Ⅲ.①中国文学－当代文学－文学评论 Ⅳ.①I206.7

中国版本图书馆CIP数据核字(2016)第073486号

责任编辑:吴云芳
封面设计:何　萌

出版人:刘迪才
漓江出版社有限公司出版发行
广西桂林市南环路22号　邮政编码:541002
网址:http://www.lijiangbook.com
全国新华书店经销
销售热线:021-55087201-833

山东德州新华印务有限责任公司印刷
(山东省德州市经济开发区晶华大道2306号　邮政编码:253000)
开本:880mm×1 230mm　1/32
印张:8.375　字数:150千字
2016年5月第1版　2016年5月第1次印刷
定价:29.00元

前 言

“名家(文人)现象学”——王朔现象、王蒙现象、余秋雨现象、易中天现象……可说是改革开放以来中国文坛的一大景观。为什么在诸多名家中,上述那些文人会引起文坛高度聚焦而成为一种“现象”?那是因为他们的“所为”在公共领域引发了极大的关注和争议,正反双方都拥有着相当的拥趸。这就显得十分沉重了,表明他们的“所为”——思想、言论、文章有着不可忽视的影响。这能不引起我们高度关切吗?

在所有的“名家现象”中,当数余秋雨和易中天两大现象最为闹猛。因为它们借助了电视传媒,便逸出了狭隘的文化界从而掀动了整个社会,使芸芸众生都怀着极大的兴趣想弄明白其中的“究竟”。

但令人遗憾的是,在众多的争议中却存在着大量“失焦”现象,使读者感到困惑不已。比如余秋雨,他本人并不以散文家自居,而自认是肩负着“重建文化心理秩序”伟大使命的文化学家。因此,他的文化理念才是他对社会的重大贡献。他的散文价值主要体现在它的文化感和文化言说上。

但批判他的文章却将矛头主要集中在他的散文文学性的不足上，如“硬伤”或“庸俗的匕气”等。这就使余秋雨能够理直气壮地宣称，他根本弄不明白众多的批评在说些什么：“我虽认真地思索过，但是他们到底要指出我哪儿不对，他们到底不满意我的是什么，我还是不知道。”（余秋雨《寻找文化的尊严》第129页）所以，他根本不屑于理会。

人总不能保证毫无疏漏，因此对于散文中偶然出现的“硬伤”，没有苛求的必要。但作为如余秋雨那样颇负盛名的作家，其“屡屡”出现“硬伤”，有些甚至是常识性的错误——如五四白话文运动期间，钱玄同化名王敬轩串同刘半农演的那场有名的“双簧”，余秋雨却将其说成是刘半农化名王敬轩同林纾开玩笑——那确实贻笑大方。但从文体的审美角度去评价的话，我们应该承认余秋雨的散文不失为上乘之作。“硬伤”之类的缺失并没有触及他的文化理念，所以余秋雨仍能很自在地到处指点文化。

余秋雨的文化理念中涉及言论等级制、精英淘汰制、知识分子应“生活在别处”“天人合约论”等这些观点的，才是引发争议的真正焦点。我们对此不能回避。

关于易中天现象，情况亦颇为类似。

易中天在“百家讲坛”开讲《品三国》，获得了空前的成功，但由此亦引来了如潮的非议。

有知名的美学教授讥讽易中天，作为厦门大学颇有声望的美学教授，竟不惜自降身段，甘以市井评话艺人的姿态和手法来取悦于俗众。

对此,我却要为易教授鸣不平。虽然易中天为了讲说生动,不时出现调侃过当的纰漏,但这毕竟仅属于瑕疵,就方向性来说,我认为他这样做是正确的。但易中天通过品评历史人物向社会大众灌输的某些历史观的确值得商榷。

"论说"面向大众是21世纪必须贯彻的重点工程(文化),能为公众所分享的学术成果才具有巨大的社会意义。教授的影响应逾越狭隘的校园,电视传媒应成为知识分子与社会大众紧密联系的最好的纽带。因此,在"百家讲坛"能受群众欢迎的教授应该被认为是好教授、优秀的学者。但在公共空间,面对着数以百万计的社会群众,影响之巨大,应使所有上电视的名家们心存足够的敬畏——功德无量的是群众能分享到文明的果实;若借此宣扬不当的文史观,那责任可够大的!

综上,在我们文化现代化的征途上,对那些存在争议的突出的文化观点,我们有必要进行深入的探讨。

目　录

余秋雨卷

言论自由会淘汰精英吗?

“清官淘汰制”,这是吴思先生在深研明朝官场生态后发现的一条“潜规则”:清官在封建王朝是无法存在的,只有贪官才能站得稳、跨得开。由于清官必然被淘汰,于是官场上存在的尽是些贪官、昏官、瘟官……可以说简直没有一个好东西。这样的社会当然不会有前途,所以腐朽的封建制度终于被历史无情地淘汰了。

余秋雨看到当下的文化生态呈现出一种“良莠不齐的发言混杂在一起,高低不一的智能胶着成一团”的状态(余秋雨《问学余秋雨》,陕西师范大学出版社,2009 年版,第 44 页。以下简称《问学》)而感到深切的忧虑。他认为这是一种极为反常的现象。任由这种现象漫无节制地发展下去,将导致一个严重后果,“那一定是精英被淘汰”。(《问学》第 44 页)精英是民族中的优秀分子。国家建设、社会文明,很大程度上得仰仗这些优秀分子所起的先锋和骨干作用来推动。精英被淘汰,领袖的位子岂不全被庸人和落后者充塞了吗?那我们还怎能期待早日赶上世界先进,成功地建成一个现代文明国家?

余秋雨还深入地为我们找出了“精英淘汰”的根由,那就是

“言论自由”。因为讲自由,取消了必要的限制,所以良莠不齐、级别悬殊的言论都被允许同时公之于众,那结果——余秋雨痛心疾首地断言——“一定是精英被淘汰,这种现象叫精英淘汰制。”

这就不得不引起我们关注了。因为人们都认为人民革命的两大目标就是民主和自由。改革开放也就是要在这两方面做得更好。言论自由已成为我们社会制度的一种显规则。而现在余秋雨却发现言论自由竟在制造淘汰精英的效应,那它对社会进步和社会文明的危害就太大了。显规则不同于潜规则。潜规则,如“清官淘汰制”,虽然被人们无奈地容忍、习惯地顺从着,从而主宰了整个官场,但它毕竟有悖于社会的法制(即使是封建王朝,也明令禁止贪赃枉法),并不那么理直气壮,因此只能在台面下悄悄地运作,这就使得它的效应存在一定局限性。而显规则却完全没有类似的顾忌,因为它有赖于法制方面的有力支持,所以可以畅通无阻,其影响也就远非潜规则所能比肩。因此,显规则是不能允许产生负面作用的,一经发现,就当立即加以修正。再不,那就干脆予以废除,以免社会文明因此而受到损害。

那么,究竟当下的言论自由存在着什么样的缺陷,让余秋雨认为这最终导致了精英日渐被淘汰?

余秋雨认为根由就在于现时人们对言论自由的理解有误。由于不恰当地强调自由没有“度”的限制,全然抹杀人在自然属性上存在着智能的差异,以及社会属性上有着学识和教养方面的高低不同,结果便形成一种纯粹的平等理念,不作区分地将精英和社会大众放在同一层面上来对待,根本上失却对精英等级的尊重和维护。不知道“大量只有小学文化程度的人,很难在学术文化上与大学教授对话。但是这些常识性的社会区隔,在今天常常会在‘言论自由’的旗帜下被取消,造成一片混乱……”(《问学》第43页)

将精英们高质量的言论,淹没在一片广场式的喧嚣中,精英们会受到有力的排挤,被压缩得日益委顿下去,最终被无情地淘汰。这就是为什么当今公共空间不时出现热闹的“争鸣”场面,但结果却发现,除了一时的泡沫外,没有留下任何有价值的东西,而先秦的百家争鸣却为中华民族的文化开创出了一个新世纪。历史的启示已足够清晰地表明:“百家争鸣是应该经过严格选择的高等级的发言,而今天媒体间的发言却没有这种选择。”(《问学》第43页)

在余秋雨看来,当下的言论自由只不过是一种狂欢式的卡拉OK,不能期待它会促进学术思想上的繁荣和进步。由此,他严正地提出:

> 今后,国民素质的提高,应该表现在大家对于精神等级的承认、梳理和守护,表现在大家对于高层思考者的尊重、保护和礼让上……那么,一个新文化的黄金时代将降临人间。
>
> (《问学》第45页)

余秋雨的论点到底有多少合理性?

精英——高层思考者——由于他们真诚地关注社会正义,不遗余力地为促进社会文明贡献自己的力量,所以是应该得到人们高度尊重的。是否尊重精英，可以被认为是一个社会的文明标志。一个不知道尊重高层思考者的社会是野蛮的、落后的，这样的社会是没有未来的！

在应尊重高层思考者这一点上，似乎没有人与余秋雨有不同的意见。当今社会并没有呈现任何鄙视或者否认高层思考者的现象；倒是相反，由于人们对精英过于尊重，不时将他们推升至“大师”的宝座，以至当今中国“大师”之多，足可雄视全球，可见人们对高层思考者是何等地热情和爱戴了。

至于余秋雨责难当今媒体不作严格选择，就将等级差距很大的言论，不加区隔地放在同一空间进行对话，表现出对高层思维缺乏尊重的说法，也同样不符实际。

社会应该尊重高层思考者，但我并不认同以余秋雨所提议的方式来表达对他们的尊重。

他要求我们必须从制度层面上将精英予以等级化，来体现出对他们的尊重和守护，其观点大致可归纳如下：

一、我们应该承认精神等级的存在——精神等级的差距体现着言论质量的高低，因此应按言者的精神等级将他们明显地区隔开来。媒体不应使他们的话语混杂在同一空间。

二、对话是精神交流和驳难的一种体现，因此只能在相应的精神等级之间进行。媒体必须有效阻截高分贝的杂音，避免向高层思考者挑起无谓的争论。

三、需要建立按精神等级来甄别言论质量的选择机制。由于当下的媒体缺乏这一机制，结果“任何人在任何空间都可以任意放言”，这才产生良莠不齐的言论混战现象。这种无序的言论自由，是对高层思考者的最大亵渎。

等级制是封建社会最显著的特征。虽然现代社会仍保留着一定程度的等级现象，但它与封建社会已有本质上的不同。不过在现阶段，在人类文明尚未找到更先进、更合理的方法前，等级现象却不得不承续下来。比如，等级所显示的人际的权力关系：上级对下级有支配的权利；下级对上级有服从的义务，否则社会就无从组织起来，不能发挥出有效的行动力量。但人与人之间由权力链联结起来，总是有违人性的，所以民主社会将它严格限定在行政（广义）领域中。而余秋雨现在却要求将它延伸、扩展到媒体领域。

媒体领域，也就是公共领域，它完全不同于任何专业领域。后者属于少数专家，他们所面对的是特定专业上的具体问题。等级在专业领域中显示了专家应对专业方面具体问题的水平，以及所能承担责任的大小。而公共领域是面向大众的。它关注的是公众的切身利益，所涉及的是有关社会正义和社会文明等问题，所以专业领域中的等级标准，并不能体现专家精英们在应对社会大众切身问题以及社会正义等问题时必然具有的相应水平。高级精英的公共言论，未必就是高质量的，甚至往往根本就是错误的，所以对待在媒体上的公共言论，决不能从言者的身份等级高低来判定它的质量。一个很显著的例子就是杨度，人称“旷世奇才”，是清末民初最为渊博的宪政专家、筹安会六君子之首，是民国初期毋庸置疑的“高层思考者”。但他竭力鼓吹“君主宪政”，拥护袁世凯称帝，发表名文《君宪救国论》为袁世凯恢复帝制大造舆论。还有筹安会第二大台柱严复，也是当时名重一时的学者。他是我国翻译事业的开拓者。他所翻译的世界名著赫胥黎的《天演论》，当时不知影响了多少爱国青年，他一时被文化界尊为我国的启蒙思想家。像这样一位中西贯通、视野开阔的高层次精英，按理应该清楚了解世界潮流的大方向，中国怎么能再退回到帝制的老路上去，那岂不是走向坟墓？但两位“大师”——杨度和严复——竟沆瀣一气，为上演“洪宪帝制”，在媒体上大肆鼓噪。如此言论，世人能视之为高质量吗？

另外，还因为人的思想不仅是有限的，且又是多变的，随着生存空间的转换，人的品质和意识也会发生极大的变化。人一旦荣登了高位，思想也就受“屁股”即“座位”支配，言论就必然地会越来越“偶像化”。因此，余秋雨要求媒体用等级来区隔言论空间，那将会形成一种牵制社会前进的机制。

历史上有很多著名人物，确实睿智卓识，勇于作为，曾为伸张社会正义作出过很大贡献，一时众望所归，人皆尊之为社会栋梁、人群中的高级精英。但却经不起时间无情修理，由于不断自我异化，最终日益堕落。要是人们囿于等级观念，仍以高层次精英来仰视他们的言行，不敢心存异议予以驳难的话，那公共领域就将被他们那些腐朽的言论污染。比如汪精卫这个人，在他的前半生，从学识、资历等各个方面，国人无不认同他是中国少有的精英。他青年时代投身反清革命运动，英勇行刺摄政王的壮烈行为，连清朝统治者都对之钦佩。他颇具国学才能，在起草孙中山临终遗嘱时，竟能使孙中山满意到不更动一个字。孙中山死后，他挑起了领导国民党的重任，并担任过政府最高行政首长——行政院长。因此，说他是一个高层精英绝不为过。但就是这样一个高层次的精英，在严峻的抗日形势下，却神志迷乱起来，不断地散布悲观、沦亡的言论，最后竟堕落成出卖民族利益的大汉奸。倘若按余秋雨的等级观点，像这类关系到整个民族存亡的大问题，应该由高层思考者去探索、去对话，怎能容忍常人直接与高层次精英对话？不过历史却有力地否定了余秋雨的观点，当时正是广大爱国人士在舆论上对汪精卫等所谓精英的谬论痛加驳斥，在政治上形成一股强大的压力，迫使国民政府在1937年进行全面抗战，这才使中华民族免于沦亡的结局。

但是余秋雨认为，等级悬殊的对话、良莠不齐的言论混杂在一起吵吵嚷嚷，这种无序的争鸣，绝不可能争出什么真理来。而笔者的看法却与此截然相反，这种无序的争鸣，才是发现真理的最佳途径。

以上笔者论述公共领域的实质，就是为了概要地说明，那是一个关系到众人利益和社会正义问题的空间，所以它是极其复杂、无限多面的有机体。个人只是有限体，没有人能穷尽问题的全部，无论是多高层次的思考者，即使是圣人、伟人、哲人……也只能看到有限的局部。因此，只有在看似无序的纷乱中，让人从各个层面、各种角度提出质疑和驳难，鼓励具有不同视野的人相互间进行正面交锋，才能克服局限、淘汰谬误，最后获得较完善的结论。

余秋雨责难言论自由曾引起过“考教授”运动，有人拿了《小学生词典》来揭露国学大师语文基础知识的匮乏。他本人前几年也遇到类似问题：“一个文化等级不高的人也用‘揭露’式的气势，硬要与我讨论他非常不熟悉的古典词语问题、地理历史问题，甚至戏曲史问题，全国一百多家报纸转载报道，港台方面也热闹了一阵，我却无言以对。因为一旦与他‘讨论’起

来，我就必须在知识上回到自己草昧未明的年岁，却又要装出吵架姿势，会让我的读者伤心。”（《问学》第43页）

关于“考教授”运动，余秋雨本人也十分清楚，那是发生在“文革”期间。但“文革”并不是一个言论自由的时期，而是余秋雨所谓有着“严格选择”的时期——所有公共领域的是非都是在绝对集中的原则下，秉承最高等级的意志来裁决的。那时没有对话的可能，也没有真正意义上的争鸣。考教授，并不是真有人想同教授们议论什么、弄明白什么，而是受权力驱使，目的在“整人”——要搞臭文化上的精英，使教授们纷纷沦为“臭老九”。余秋雨怎么能将这笔账栽到开放社会的言论自由头上来？岂不是文不对题？不值得一驳。

余秋雨所举出的切身遭遇，貌似具有无可置疑的典型意义。要是“文化大师”如余秋雨先生都在当前言论自由下，受到上述无知之徒“骚扰”的话，那言论自由就真的该引起人们认真地反思了。

但事实却完全不像余秋雨所说的那样，言论自由纵容了无知之徒可以随意亵渎大师的尊严，而是余秋雨本人残留的封建意识——等级观念——使他适应不了现代社会的民主风尚。

民主社会中的公共论坛遵奉的是合理性准则，也就是说以言论所含的合理成分来决定其质量的高下，而绝不以言者的身份等级和背景材料作为选择的前提条件。因此无论批评者与余秋雨的文化等级存在着多大差距，只要批评者所提出的意见有其合理性，公共论坛就应当为其提供自由的争议空间，这充分体现了现代社会的民主精神——公民在追求真理的过程中都有平等的话语权。而余秋雨却要求将文化等级作为言论的资格证书。他认为媒体容忍一个文化等级不高的人向他质疑，是对高层思考者的不尊重，是在亵渎他的尊严。

余秋雨还认为，由于当今国民素质还普遍停滞于对言论自由认识的误区中，所以不宜强调平等，而轻慢了对精英等级的承认和尊重：公共论坛不以等级来区隔言论空间，让良莠不齐的发言混杂在一起，这是淘汰精英，阻碍学术发展的最大弊端。若不加以有效改进，则很难出现新一轮的文化建设高潮。这个观点令人感到十分困惑，因为综观当今全球所有文明国家，似乎都未确立公共论坛的精英等级制度。不错，大学里有教授、讲师、助教等级；研究院有研究员、助理研究员等级，但那只是局限在某一具体领域和特定分支上的，而并不适用于公共论坛，它们之间也并无对应关系。大学的一级教授，并不一定就是公共论坛的一级精英。我就不知道余秋雨是哪一级精英，只知道他是上海戏剧学院教授。国家或任何公共部门都从未公布确认余秋雨是公共论坛哪个等级的精英——一级呢还是特级？不只是余秋雨，即便是余光中或者李敖，我也从未听说后者是台湾哪个等级的精英。也就是说，根本不存在，也不可能有精英等级这码子荒谬的事。既然没有，那么余秋雨认为精英等级不被当今社会承认，并将问题归咎于我们国民素质低下，岂非荒唐！

至此可以断言，余秋雨认为言论自由导致精英被淘汰的论点，根本上是错误的。在我看来，情况正好相反，倒是他再三强调的精英等级，才是淘汰精英的根由。

若是依照余秋雨所说的，应以精英等级的高低来区隔人们的言论，这就必然导致以等级作为判断言论质量的前置条件，就会使人养成一种崇尚等级权威的迷信心理,从而在根本上摧毁主体的独立意识和批判精神。由此,就会使人丧失对所谓高层思考者言论质量进行质疑的勇气;高层思考者也因在位阶上的优越性,处于俯视一切的制高点,便可抑制来自不同层次、不同视角的质疑和批评。思想论点一旦被封闭、守卫起来,缺少了碰撞和砥砺,必然会日益僵化并趋于枯萎。当精英不再是先进思想的载体而沦同于庸人时,就表明他应该被淘汰了。

若承认精英等级的话,将会严重污染公共空间,导致文坛竞争恶质化,从而抑制了人才的成长,反而会淘汰精英。

等级体制,依余秋雨的观点:"不同人群的言论自由,可以体现在不同的空间,并不是任何人在任何空间都可以任意放言……"(《问学》第 43 页)这让我们仿佛看到存在着下面一条线性链:

等级——言论质量——话语权

原来言论质量也只是中间体,真正的终端落实在话语权上。

这表明,公共空间虽然是有关大众利益和社会正义的,却不是大众可以自由言论的,而是被等级垄断了。

我们知道市场经济所以优于计划经济(贯彻等级意志的一种模式),就是因为前者是在公平原则下鼓励自由竞争。因为自由竞争才能激发出人们无穷的创造力;而垄断只会导致停滞、僵化,最终因倒退而被淘汰。经济如此,文化就更不例外。如果公共空间限定是等级的话语空间,那么等级就垄断了空间的话语权。垄断必然排他。初出的公共知识分子,肯定尚未进入既存的等级序列,那他就会被排斥在外,不可能进入等级空间言论,长此以往也就阻碍了人才的成长。我国文坛不时出现所谓“黑马现象”,以及人们抵制“黑马”的情绪,应该说这是一大悲剧。它显示了我们公共空间的话语权确实已被“白马等级”垄断,所以才会将新秀视为没有权利闯入的“黑马”。由于“赛马场”丧失了公平和自由的竞争原则,歧视“马”的颜色,剥夺“黑马”参赛的权利,那样的竞赛,当主持人最后亮出评分时,怎能不招致一片嘘声!

等级机制,不仅让我们看到上述那条荒谬的线性链所产生的遏制新生力量的恶劣作用,同时亦让我们看到了它的逆反应“话语权——言论质量——等级”给文坛带来严重的负面影响。

上述链式显示,初端与终端是可以互相置换的。当拥有了强大的话语权时,言论质量就会随之加码抬高,从而能顺利地升登高位。这方面的实例,随处可见。一部质量很普通的著作,如果有权力和财力支撑其出版量达到六位甚至七位数,作者就一下子“升级”,登上“超级精英”或者“突出成就大师”的光荣榜。因为出版量显示作者的话语权。根据上述链式,巨大的出版量必然有效地抬高作者的等级。于是就使我们的文坛出现了一个相当尴尬的现象:我们文化界大师数量之多以及个人作品出版量之巨(非小说类)足可雄视全球,但著作的质量呢?令人遗憾的是还只属于“浅思维”之列!

现在我们可以得出结论了:“言论自由”绝非如余秋雨所指是“精英淘汰机制”;真正淘汰精英并促使文化衰退的,实则是“话语权—等级制”。

作家为什么会失去原创力？

谁在为中国文化的命运担忧？余秋雨深感忧虑：在当今文化转型极为关键的时期，“中国文化恐将从根本上失去原创力”。

这真是一个非常严峻的警讯，它的尖锐性简直可使所有关心国家前途的人为之感到惶恐、忐忑不安。

国家的整体形象是由文化来显示的。正如余秋雨所指出的那样，经济建设只能成就强大，却不能赢得尊严。真正令人心悦诚服衷心敬仰的，乃是一个国家的文明程度，只有在文化上体现出充分的先进性，才有资格享有崇高的尊严。而先进性须要不断地创造才能保持下去。失去了原创力，就意味着保守、停滞，那就必然会被超越，进而远远落在后面。落后，只会招来怜悯和耻笑，哪里还有什么尊严可言？这是国人绝对难以忍受的。

因此，必须彻底挖出中国文化失去原创力的根由，才能对症治疗，予以拯救。

余秋雨认为是由于下面两股邪恶力量在联手作祟，才导致了中国文化逐渐失去原创力：

一是文化盗贼；二是文化杀手。

在所有假冒伪劣的行业中，盗版业可称得上是其中的“佼佼者”，传布幅员广，获利丰厚，又因其所浸润的是文化这块较松软的沃土——这在社会转型期间是公权力最少“着陆”的地带——于是就为“潜规则”的施展提供了广阔的空间。因此，在其他假冒伪劣行当不断被揭露，遭到严重打压的情况下，盗版业照样“兴旺发达”。可怜的作家们——即使是余秋雨那样的名家——只能垂头对伪本，眼看着自己的劳动果实被公开掠夺而去。盗版者，文化盗贼也。文化园地，一旦任盗贼横行，还能期待呈现盎然生机吗?

余秋雨还进一步发现，文化盗贼——盗版业——为了扩展其产业，更进而联手文化“枪手”合伙经营。他们密切关注和跟进名家、大师动态，每当猎取到关于名家、大师的任何可资引发读者兴奋点的信息时，就无限夸张地大肆炒作，或者对其著作进行荒谬的怪异批评，以求引起轰动效应。盗版者也就趁此机会大肆倾销。于是，他们便从中获取到巨大的经济利益。而作家们不仅被剥夺得干瘪如柴，更可悲的是，他们由此陷于造谣和诽谤的包围中，苦苦挣扎，很难突出重围，找回清白。依此情状，中国文化哪里还能生发出什么原创力？余秋雨不禁为之悲叹道：请看当今文坛，“真正具有原创力的作品究竟有几部在破土而出?”由此，余秋雨得出了这样一个结论：

> 在世纪之交，中国文化如果不驱逐文化盗贼和文化杀手，将从根本上失去原创力，在21世纪国际间诸种文化的对峙、对话中将处于弱势。
>
> （余秋雨《敬告全国读者》）

余秋雨以上的判断，基本上来自他个人的遭遇，因此掺入了太多的感情因素，这就无可避免地削弱了理性的解析力度。作为一种具有理论高度的观点，它显然太过偏颇，从根本上说，它是站不住脚的。

盗版的确是文化产业中的盗贼，它对文化生态所起的破坏作用，确实不容低估。但它却不是使文化失去原创力的根本原因，因为它明显属于法律问题，应该从法制层面上来探讨解决。比如行政部门在保护知识产权方面为什么显得如此疲软？高达几十万，甚至几百万册的巨大盗版量，从出版到销售，居然能毫不费力突破所有的管理防线，流布于全国各地，这当然不能用管理层的疏漏搪塞过去。不是疏漏，那肯定就是不作为。但我们何尝看到过几许管理层是由于对盗版的不作为而被“双规”、问责的？可见知识产权虽已进入法院，但尚未落实到实践层面。因此，打击文化盗贼，要务在于健全法制，而非其他。但法律层面上的问题，无论怎样推论，都很难同文化上的原创力得失挂得上钩。

文化上的原创力是文化自身的问题，明确地说，主要应归因于作家的主观因素。盗版，只是对作家的经济掠夺，而并未毒化作家的创作意志。原创力并不来自外部的经济因素。综观古今中外，所有能成为经典的不朽作品，可说从未发现过是由经济因素灌溉而造就的。以提高人文精神为己任的作家，若仅仅受到盗版的伤害就失去了原创力，那他所具有的所谓原创力就大可受到质疑了。所以，我认为余秋雨从盗版上去寻找丧失原创力的根由，实在是南辕北辙，奔向“乌有乡”去了。

至于他的盗版与文化杀手联盟一说，更让人匪夷所思。

他所指控的文化杀手，就是专门为盗版业服务，以怪异批评来蛊惑人心的那些职业“枪手”。据余秋雨自称的切身遭遇：“凡有一个新的盗版本出笼，报刊间一定有几篇极夸张的口气批判我的文章相配合；反过来也一样，一见特别怪异的批判文章，立即就能在书市发现新的盗版本。这已经被反复验证了十几次，屡试不爽。”这里的关键词是“怪异批评”。余秋雨认为这就是文化杀手所发射的毒箭，其中所含的毒汁，足以破坏作家的免疫系统，使他们的中枢神经产生突变，从而丧失原创力。

民主社会的特点是多元化，也就是充分发扬自由竞争的精神。尤其是在文化界，早已破除了对绝对理念的迷信，应当允许各种不同视角进行自由碰撞、自由驳难。当然封闭社会一经开放，不免良莠同时涌现，事实上也确有不少批评出于个人心结，充满着情绪化的字句，但这又有什么大不了的！因为现在已远非昔日：只允许一小撮人口含天宪，手持“金棍”，可以随意挥舞。而其他人只能面对黄土，乖乖地撅起屁股挨打。现在，对方虽有批评的自由，被批评者亦有反批评的自由，更重要的是广大读者有着判断的自由。难道一两篇怪异批评就能掩尽天下耳目，完全颠倒是非，从而掀起惊人的波澜？余秋雨也未免太过低估读者的良知和智商了。另外，什么叫“怪异批评”？若指的是那些造谣、诽谤、人身攻击之类的文字，那不是批评，而是垃圾。在大多数情况下，余秋雨根本用不着敦请司法部门来解决这些垃圾，因为其所散发出来的臭气，嗅觉正常的广大读者一闻就会感到恶心，都会主动将之摈弃，不会产生什么大的影响，所以无须作出过度反应。若观点上过于独特、文风上超常犀利——无视文坛上的等级尊严，敢以“呵佛骂祖”

姿态挑战权威——就贬之为“黑马”，认定其即为捣乱文坛、破坏文化生态的邪恶杀手，那我认为这样的判断是极不公正的。因为观点的正确与否，是不能以“中正”或“怪异”来定夺的。若以正统自居的话，那就会将一切反对自己的论调都认为是异端或者是荒诞不经的怪异。余秋雨声嘶力竭地号召，必须驱逐怪异批评，否则中国文化将丧失原创力，这种论调实在与当前的民主风尚相去甚远。法国文化大师伏尔泰在18世纪就说过这样的话：“我坚决反对对方的观点，但我却誓死捍卫他发表这个观点的自由。”（大意）时间已经过去两百多年了，当今据说已进入“后现代”时期，但我们的文化对自由的理解，似乎还只是站在大门外张望呢！

我认为，原创力丧失的根由主要在作家主观因素上。余秋雨个人的创造历程就为我们的分析提供了一个范例。

一、缺乏现实关怀

我们应该承认余秋雨是一个有才华、富有创造潜力的作家。原本广大读者都对他抱有极大的期待，但令人遗憾的是他的创作却呈现出每况愈下的趋势，从《文化苦旅》到《霜冷长河》，著作质量明显地在下降，这表明他的原创力在迅速地衰退。造成余秋雨原创力衰退的原因很多，在我看来其中最主要的还是他缺乏对现实应有的关怀。

余秋雨有一段心声，颇为真诚地披露了他的创作态度：

“我最困惑的是，在现在这样一个相对宽松的时期，仅仅针对几篇并不触及现实的散文，也没有上面号令，怎么能形成如此密集和猛烈的批判？”（余秋雨《山居笔记》自序）

他明确地告诉大家，他是严格遵循着“不触及现实”的原则来创作的。在他的设计中,既然远远疏离了现实,那就可有效避免政治的干扰;又因不涉及学界—文坛中的是非,也就不会因此而得罪任何权威,如此便可为各方面所接受。这就为自己的成功打造了一条坦途,前景肯定无限美好。

不接触现实的方针,确实为余秋雨的世俗成功提供了有力的保证,但却使他最珍贵的原创力越来越明显地衰退下去了。

余秋雨是不满足做一个仅有美学品位的散文家的。他自觉肩负着沉重的文化使命,有志攀登文化的巅峰。因此,他有意使自己的散文充满着浓重的文化意涵,使读者能从他的散文中,深切体会到一种文化感。由此,他开拓出一种新型的文体——文化散文。著名作家公刘对这一文体评价颇高:"文化散文,它融文学、美学、哲学、史学,以及其他学科为一体,因而顶饥、解渴,且养人……所以作者必须带着自己却又想着众生的脑袋行万里路,读万卷书,出得来,回得去;进得去,出得来。"可见文化散文在散文界中独树一帜,开拓出一种格局甚为恢弘的文体,不仅可供审美,更重要的是能有助于提高读者的人文精神。我认同公刘对此的评论。但在具体对照余秋雨本人的著作时,这并不符合实际。因为余秋雨的文化散文,恰恰在"文化意涵"这一核心板块上呈现出不可忽视的弊端。因此,它不仅不能"养人",相反却有"损人"之虞。如他的必须驱逐"怪异批评"之类的文化观点,无疑是在引人回归前现代!为什么一个开拓者如今却"走回头路"?这个根由就在于余秋雨的创作态度越来越疏离现实所致,从而抑制了他的原创力,使他的散文越写越俗,全没了现代的"文化感"。

为什么不接触现实就会使作家的原创力衰退,甚至丧失?

文化之所以有价值，是因为它能促进人类社会的文明，而社会文明的标志就是人民生态的优质化。所以，无论文学、美学、哲学、史学，以及其他学科，作为一种优质文化，它必须有助于优化人民的生态。优化工作之前，当然必须先接触现实，深入了解众生的现实状况——他们的窘困，以及他们的向往。这就如同公刘所说的，作者必须有"想着众生"的头脑和"关心众生"的情怀。一个没有"想着众生"的头脑、不愿接触现实的作家，对人民的现实窘困必然毫无体会，又怎么能了解他们的愿望和追求？在对现实完全隔膜的情况下，作家的原创力又从何凭空生发出来？他又怎能写出富有"文化感"的作品，让人可以由此"顶饥"和"解渴"？至于进一步优化，即"养人"之说，那就完全属于"大话"了。

另外，正如公刘所言，文化散文作者还必须有着自己的脑袋；但脱离现实者长着的却往往是他人的脑袋。

人不都有一颗脑袋吗？公刘所谓"自己的脑袋"是强调作者个人的原创主见。

由于生存的艰难和社会结构的制约，常人是很难带着自己的脑袋生活的。自己的脑袋只有一个，而教条、习俗以及权势，却是众多头脑策划所得出的成果。所以个人是很难与它们对峙的，并且也很少有让各人说出真话的空间，否则就会得罪人，容易碰壁。因此常人往往无偿出租自己的脑袋，以他人的思想为思想，以既定的是非为是非，随大流，说套话，那就可保生活顺畅、名利有望。但这对有志于承担文化使命的作家而言，可是致命的伤害，因为它扼杀了原创力。

生活的本质如同一股永远奔腾向前的激流。人对优化生活的追求和向往也是无止境的，这就促使社会永不止息地向前迈进。因此，生活也就不断会冒出新的问题来。但教条、习俗和权势，它们都是只有在凝固不变的现实中才能强势地存在下去。它们唯恐问题暴露出来，引发人们改革的要求，从而影响到它们的存在，因此总是精心包装，竭力将问题掩盖起来。这就使浮在生活表面的作家所看到的尽是他者的脑袋所编织出来的精品，而不用自己的脑袋是根本看不到新问题的。因为思想来自问题，作家接触不到新问题，也就无从发掘出深层的原创力，于是他的文化散文除了陈词滥调，还能有什么厚重的文化感?

二、丧失价值关怀

原创力来自价值关怀。

一个丧失价值关怀的作家，是不可能激发出潜在的原创力的。

文化的核心是价值，而价值是必须通过批评来显现或重估而发展的。因此，价值关怀也就体现在对待批评的态度上。而余秋雨是厌恶批评的，虽然他的说法是厌恶“怪异批评”，反对的是无序化批评。他严厉斥责当前批评的无序是扼杀原创力的元凶，它对文化的杀伤力是致命的。所以他不断高分贝地呼吁：文化批评必须建立起一种有序的机制。其实批评不可能有序化。所谓有序化，其实质是抹杀批评。所以说余秋雨的论调，真实地反映出他已丧失了价值关怀的真情。

为什么说有序化批评必定抹杀批评?

这是因为批评的要旨不只是在褒贬作品，或者是为作家“排座次”，而主要是在阐释一种价值观、体现一种人文精神。

而人文精神是随着社会前进不断更新的，所以就必须对价值合乎时代潮流地进行重估。

但价值的重估必须由批评来实现。没有批评，也就没有重估。原有的价值就永远待在那里，不增也不减，结果就僵化成为化石，沦为陈腐，必然被人唾弃。

因为价值不是绝对的，人的有限性又决定了任何一种价值观都是片面的，所以无论哪种批评都仅仅反映了一种特定的视角，它不可能穷尽客观事物的全部，这也就是说，没有哪一种视角能占有真理的全部。真理是由不同视角自由驳难、公平对话、相互交融，在共识中逐步接近而达到的。因此批评不能有序化。因为有序化批评意味着必须从特定视角出发，按计划实施，按等级自上而下地进行系统化操作。这就排斥了来自其他不同视角的批评，由此，必然形成一元化局面。一元化现象，从表面看来，固然避免了喧嚣和纷扰，显得井然有序，但因缺乏不同方位的驳难，也就不会触及价值的核心，永远是在既定的规范里转圈，永无创新。而价值观一经僵化成为教条，那它所呈现的文化生态就必然如同一潭死水，毫无生机。它所体现的社会文明将会呈现怎样一副“熊”样，也就可想而知了。

批评的有序化，使得价值被垄断在特定的意识形态中，致使作家认为既已存在绝对价值——永恒的真理——也就不必再操心进行探究和重估了。正如余秋雨所表白的，他从不关心批评界那些“大嗓门”；也对那些不讲究等级而自由放言的“杂音”充耳不闻、“无言以对”，这显示余秋雨已丧失了价值关怀。因此，读者从他的作品中也终于感到其原创力呈现出每况愈下的趋势。

三、回避人格关怀

我们不能要求作家是完人，也不能要求作家都成为烈士，因此用过于苛刻的道德标准来衡量作家是不公平的。但读者完全有理由要求作家在文化人格上有足够的诚信，因为这才能保证他所传递的信息是真实的，读者不会因此而上当、被欺骗。

自然生态的基础是空气，而社会生态的基础则是信息。信息如同空气那样弥漫在广袤的空间，无处不在、无孔不入。人群选择什么信息来构建其社会，那个社会就会朝什么方向发展。作家之所以受到人们广泛的尊重，就是他能自觉地承担起传递先进信息的艰巨使命，不避艰辛地上下求索，为谋求社会福祉、为促进社会文明奋斗不懈，对启蒙作出卓有成效的贡献。

为什么说传递先进信息是一项艰巨任务？

因为社会生态最基本的问题是利益。所以人在选择信息时，往往是以利益诉求为准绳，有时候甚至全然违反正义原则。当某些人成为社会的强势集团时，为了维护既得利益，他们就会利用权势来抹杀对自身不利的其他信息，使其他人只能接受有利于既得利益集团的单一信息，而无法了解事件的真相。思想因信息单一、重复的刺激而日趋麻木，从而对那些显然不公的事都习以为常而丧失了感应能力，既得利益者就此便可稳坐钓鱼台了。若作家不避忌讳、“不合时宜”地传递进一些真实的信息，那就无异于消除了人们的目障，使他们能看清事件的真相，于是人们的思想就会被激活而解放出来，从而引起要求改革的浪潮。这是既得利益者最为忌恨的事。他们当然不会容忍这种情况存在，因此作家就得为此付出代价。

因此，作家在传递信息时，首先要具备足够的勇气去应对既得利益集团的阻力，同时还得克服两个巨大的来自自身的障碍。

首先，他必须保证自己有健全的选择信息的能力。因为作家本人也生活在特定的信息氛围中，他要能突破这封闭的、单一的环境而鉴别出真实的信息来，这可不是一件容易的事，首先得有“自己的脑袋”，这一点我在上节已有申说，此处就不再赘述。

其次，还得克服另一个强大的自身障碍，那就是作家也是平常人，他也生活在同一社会中，有着多种利益的牵制，往往他所传递的某些信息，正好与自己的利益相冲突。对于作家来说，名望与社会影响是他尤为重视的利益。当某些真实的信息传递要使作家的声名为此付出代价时，他们会陷于深切的焦虑中，很难明智地作出抉择。

在此关节点上，决定取舍的关键因素是作家的人格。只有健全的文化人格，才能鞭策作家珍视肩负的文化使命，遵循诚信原则作出正确的选择。

一个缺乏人格关怀的作家——我是说他心中没有严肃的诚信原则，他并不恪守言行必须忠诚真实——在涉及攸关他个人的权益时，他的态度是权变的，手法是实用辩证的，虽前后矛盾也坦然处之，致使读者完全无从识别真相。

余秋雨有一件实事，很能为以上的人格关怀作出说明。

前一阵子，余秋雨为深圳的文化发展大唱赞歌。他断言：“深圳是中国文化的‘桥头堡’”；“深圳有条件建立深圳学派”；“深圳最有资格做总结20世纪文化的事——掌握20世纪文化的结算权”，等等，不一而足。对于如此宏伟的论题，他既提不出足够的事实根据，又不能作出严密的逻辑推演，使人感到这是纯属信口开河的武断，以致舆论界一片哗然。身居深圳当地，对深圳现状有着深切了解的著名杂文作家朱健国当即著文反驳。余秋雨在看到朱文后，就写信给朱健国申明其中的原委。说那些所谓“赞扬”其实全与他无关。他本来说的是批评，可是当地一家媒体报道时，却把这些批评转变成了赞扬。但是他又表示，并不准备去更正这种颠倒黑白的报道。

想不到改革开放后的中国文坛竟会冒出如此离奇荒谬的事件来。为了慎重起见，我得引余秋雨信中的两段原文（摘自朱健国《学者为何容忍?》，载《秋风秋雨愁煞人》第204页，中国文联出版社，2000版），以证上述所说确实无误。

> 一、关于深圳在中国文化中起桥头堡作用问题
>
> 实际情况是，三年前深圳市有关领导部门提出深圳在交响乐和舞蹈这两个方面赶上北京和上海，我认为这是一种错误的定位，而且也不可能实现……
>
> 二、关于建立深圳学派问题
>
> 实际情况是，深圳市文化局和文化中心的领导早就提出过创建学派问题，我的意见主要是向他们讲述了创建学派的基本条件，婉转地说明此事不应操之过急……
>
> 三、关于深圳有可能争取20世纪中国文化的结算权问题
>
> 实际情况是，深圳市委由于不了解20世纪中国文化的结构，为两位等级不高的画家造了两个宏伟的

个人美术馆,我因此提出,不能光从一市一区的小标准着眼,要争取参加对20世纪全中国文化的结算权,因此必须调动全国研究力量作出判断,否则会贻笑后人。

事实很明显,原来是深圳传媒篡改、肢解了余秋雨的原意;深圳官方也顺势利用余秋雨的品牌效应,来提升本地区的文化地位。这是对作家的文化产权和文化人格极大的无视,任何一个有着严肃人格关怀的作家对此都是无法容忍的。为了维护自己的诚信,作家就当立即严正地公开申明,澄清事实,以消除误导。但令人感到悲哀的是,余秋雨为了顾及深圳领导的公共形象,深虑"一旦公开更正,就必须公开深圳领导原先的错误判断,甚至变成上海对深圳的嘲弄,何苦呢?"因此就置若罔闻,任错误流布全国。虽文坛为此掀起轩然大波,他本人却甘愿忍受来自各方面的严厉批判,坚决保持沉默!

"文化大于政治""我们必须将文化做大",这是余秋雨十分强调的理念。他宣称:政治影响与文化相比的话,其价值是不可同日而语的,我们应该重文化而轻政治。但在实践上,余秋雨却仅仅为了维护地方行政领导的公众形象,而不惜舍弃文化的尊严,任媒体阉割自己的文化理念,连澄清事实这点"说真话"的勇气都没有,读者又怎能认真地对待他作品中的"文化感"?

一个没有"说真话"勇气的作家能维护他的原创力吗?

贵族心态

文化人的“伪贵族心态”，那一股虚张声势的酸劲儿，实在令人感到恶心。余秋雨对此曾专门撰文加以抨击——《伪贵族心态》一文，文风犀利，读来令人解气。

不过“伪”的东西毕竟只能泛滥于边缘，虽有危害，但其影响终究不过是使那些好作秀的才子们出出洋相，稍稍污染一下文化氛围而已，没有什么大不了的。在笔者看来，倒是真实的“贵族心态”，才真会毁掉大师的未来，并使整个文化生态泛现浮肿症状，这是真够要命的。遗憾的是，中国文坛尽管对“伪贵族心态”有着尖锐的揭露和抨击，但对“贵族心态”倒是颇为欣赏和崇尚的，这就促使我们对它进行深入的批评。

为什么说“贵族心态”更要不得？因为“贵族心态”会使文化名人患上诸多顽症。

“贵族心态”第一个致命的危害是：俯视众生的优越感。

具有“贵族心态”的文化人，自我感觉总是高人一等的。“贵族”嘛，本来就是特指一类高于众人、拥有显赫声势的权贵人物。既然获得了大名，被人尊之为精英，那就显示在才学、声望、影响等各个方面都远非他人所能企及，高段位身份所具有的尊严，在自我感觉上已俨若“贵族”了。由此便滋生一种俯视众生的优越感和气概，强韧的权威意识，养成了乐于接受崇拜、反感批评的品性。

余秋雨在对待金文明批评的事件上，就是“贵族心态”的显著表露。

由于余秋雨在戏剧学方面出版了多种专著，如《中国戏剧文化论述》《戏剧理论史稿》等，因此成为中国最年轻的戏剧学教授，一度荣任上海戏剧学院院长，被认为是戏剧学方面的专家和权威。更加上他在散文方面的成就，由此确实名噪一时，顶上了文化精英的桂冠，这就使他在心态上洋溢“贵族”气息。于是在对待批评上，他不是直接考究批评的实质，而是首先考量对方的文化等级。金文明何许人也？虽然他在文史上功底相当深厚，曾任《汉语大词典》编委，称得上是个坚实的学者和资深编辑，但由于其学养偏于音韵和训诂专业，所以在公共领域的知名度远不能和余秋雨相提并论。特别在戏剧领域，在余秋雨的眼中，金某人简直只能算是个远在“门外”探头窥望的看客而已。尚未入室，当然谈不上已登“段位”。现在竟然颇有气势地来批评他，指出他在戏曲史方面存在的一些原则性错误，这令他感到十分可笑，无异于小学生与大学教授对话那样的胡闹。他认为若予回应，简直是自贬身价，使自己“返回到草昧未明”的无知来同无知“吵架”。为了显示自己“高段位”的尊严，他用“无言以对”来表示对金文明的不屑和轻蔑。但学术最后的结论却不是由争论双方段位的高低来判定的，也不是凭“大师”的气势就能压倒一切的。公众要的是理由和证据。

余秋雨对中国的昆曲情有独钟，因之在论述戏曲史的著作中,对昆曲的发展作了浓墨重彩的渲染。他说昆曲之所以能让中华民族不可思议地痴迷了两个世纪,其缘由是因为“职业昆班的高度发达和备受欢迎”。为了证实这个论点,他引了以下一则史料:

> 据张岱《陶庵梦忆》,杭州余蕴叔戏班的一次演出,曾出现过万余人齐声呐喊的壮观景象。
>
> (余秋雨《笛声何处》)

张岱是明末著名的小品文大家。青年时因家道富足,耽于玩乐,所以对当时娱乐界的动态见闻甚广。他在《陶庵梦忆》的笔记中,实录了戏曲方面相当多的情景。由于是其切身见闻,所以具有很珍贵的史料价值。但金文明指出,余秋雨对张岱的原文有多处严重误读,因此据之所作出的结论就在根本上失去了真实性。这可不同于在散文中出现的“硬伤”——在不过分有害于审美欣赏的状况下,尚不妨“宽容”。而这却是严肃的学术论述,特别是又出自“高段位”之手,岂容出现此类基础性的差错。金文明这一批评确实颇具分量。

为了判别真相,让我们来看一下张岱的原文:

> 余蕴叔演武场搭一大台,选徽州旌阳戏子剽轻精悍、能相扑跌打者三四十人搬演目莲,凡三日三夜。四围女台百什座。戏子献技台上,如度索舞絙、翻桌翻梯、斤斗蜻蜓、蹬坛蹬臼、跳索跳圈、窜火窜剑之类,大非情理。凡天神地祇、牛头马面、鬼母丧门、夜叉罗

刹、锯磨鼎镬、刀山寒冰、剑树森罗、铁城血澥，一似吴道子《地狱变相》，为之费纸札者万钱，人心惴惴，灯下面皆鬼色。戏中套数，如《招五方恶鬼》《刘氏逃棚》等剧，万余人齐声呐喊。熊太守谓是海寇猝至，惊起，差衙官侦问，余叔自往复之，乃安……

（张岱《陶庵梦忆》卷六“目莲戏”，引自金文明《月暗吴天秋雨冷》第302页，以下简称《月》）

由上，我们看到张岱明明写着余蕴叔那次演出的是一场热闹的武戏。选的是徽州旌阳戏子，也就是说是从徽班里挑出来的。他们的特长是相扑跌打，而不是轻歌曼舞。而徽剧与昆曲应该说是两种不同路数的戏曲。昆曲的特点是“转音若丝”，“纡徐绵渺，流丽婉转，优美动听”；“表演上，载歌载舞、舞蹈性强，风格优美”，因此演的都是高雅的文戏。但由于其“曲律过于严格，文字典雅深奥，表演比较凝滞，所以不易深入群众”（引自徐扶明）。而徽剧唱的是高亢激越的声腔，演的大都是富有情节的传奇和具有强视觉效应的武戏。像目莲戏这样热闹的场面，就极容易吸引群众，这才会引发“万余人齐声呐喊”的盛况，甚至惊动当地行政首长——熊太守还以为是海寇来犯呢——可见其气势之壮，简直可撼天动地。这是高雅的昆曲所能营造的吗？余秋雨怎么能将徽班的盛况记到昆曲的账上去！

作为读者，若是概念上不带有等级偏见的话，就很容易判别真理是在金文明这一边。余秋雨虽然够得上是位戏剧学专家，甚至是“大家”，但在这一问题上，金文明的批评完全正确，而余秋雨确实错了，并且还是一个原则性的错误。当然，我们并不因为余秋雨在这一点上犯错，就全部否定他在戏剧学方面的造诣，也不认为他在昆曲的论述上全无可取之处。但这一具体错误确实应该引起余秋雨本人深刻反思。对余秋雨来讲，他应该本着学术良知，拿出真挚、负责任的态度接受金文明的批评，对此予以改正重写。而不应置若罔闻，采取回避的策略——“无言以对”——来掩盖自己的错误。让一个学术问题上的具体失误，恶性发展为自己文化人格的病变，这实在令读者感到痛惜不已，“贵族心态”竟能如此有力扭曲“大师”的理性！

“贵族心态”第二个致命危害是“形象焦虑症”。

“贵族”们的心态无不自觉高高在上，凌驾于众人之上，因此也不时有“高处不胜寒”的焦虑。特别是在文化界，“贵族”们深知“段位”乃稀缺资源，得来实非易事，维护更觉棘手。因现在的公众已远非往昔集权时代那样迷信权威，不拿出高水平的成品是很难令人信服的；他们又“喜新嫌旧”，若不能紧跟时代潮流的话，很快就会被他们抛弃。可是反观自己，自荣获大名、升登高段位以来，就不得不在“诗外”耗费相当多的精力和时间，而无法潜心在书斋多多“充电”，以致实力不仅没有与日俱进，相反却日益消退下去。所以时感才思謇涩，已难现昔日“江郎”风采，甚至还屡屡出现“硬伤”，怎能不自惭形秽！高段位的曝光率固然使自己八面风光，但也招来八方的质疑和批评，尤其是那些新锐批评家，他们可是不讲情面、不奉“中道”的，因此常使自己穷于应对、陷于尴尬境地，从而严重有损于高段位的形象。

形象是重要的，因为它关系到“段位”的稳定。这就使“贵族”们的心态患上了严重的焦虑症。

绝不能在形象上失分——这是“贵族”们必须解决的难题。

形象固然出自实质的体现，但亦可以设法“包装”，使其完美感人。

“善”(广义的)，一方面是人性的基本需求，并且又是中国千年以来伦理的主轴，所以最易获得人们的赞赏和尊重。因此无论什么人，只要身上披上了一件“善”的外衣，就立刻会使他的形象焕发出亮丽的色彩，从而极大地增强他的感召力、提高他的声誉。在这方面，当代最具范式意义的是金庸。

金庸是当代极为著名的武侠小说作家。由于他的武侠小说的畅销，他的大名几乎传遍五大洲所有的华人圈。但武侠小说总是受到各方责难，很难融入主流文化，作家也不容易跻身上层社会。为了优化自己的形象，金庸同时又把自己打造成一个虔诚的佛教徒，满口“慈悲”“仁爱”“善行”，以显示自己具有哲人般的睿智和普惠众生的博大胸怀。由此，金大侠通体散发出一种炫目的“大乘”光辉，使其形象光彩夺目，令人不由自主对其仰面而视，敬重有加。

可是他虽然拥有巨额资产，武侠小说版税之丰已使他成为香港顶级富豪，却极少参与资助慈善和教育事业。人们很难发现金大侠有什么“慈悲”助人的实际作为。所以李敖先生就曾当面不客气地向他质难：佛家讲究四大皆空，而你却坐拥如此庞大的财产，何不彻底放下，去救助现世广大的苦难众生，以显佛门“大乘”真谛？金庸笑而不答。可见金庸的佛学，只是用来美化他形象的一种装饰而已，岂能同他较真！

余秋雨在这方面也有精湛的表现。

宽容，这在“善”的领域里是一个被公认的出色项目，现代伦理更是将其奉之为人类文明的核心、个人修养上的最高境界。当你初读余秋雨时，看到他在《依稀心境》中《答学生问》一席谈中所显示的宽容精神，恐怕你会被感动得热泪盈眶：

> 学生问(以下简称问)：这些年报刊上有不少对你的评论，有些评论明显带有恶意，你为何不反驳？
>
> 余秋雨答(以下简称答)：你怎么知道他们是恶意？有些文章用词比较尖刻，但其中也指出了我文章中的某个错讹或疑点。作个比喻，这是包装粗劣的无价馈赠，谢都谢不过来呢！你至多只能说是恶词，而不是恶意，钟馗外貌凶狠而内心善良，大家不都喜欢他？
>
> 问：他们为什么不能心平气和地评论？
>
> 答：有时周围杂音太多，批评者怕大家听不见他们的声音，就喊得响一些，冲一些，这是可以理解的。我们不能因为别人的声调而拒绝批评。世界对我们的关爱多种多样，烈日当头，朔风扑面，海浪卷身，山路磨脚，哪能把它们都调适得温煦柔和？全都调适了，这个世界也就会变得毫无意思。
>
> (余秋雨《山居笔记》第 329 页)

多么理性，多么宽容！这让我们看到了真正的大师风范。尤其是对批评准则精辟的阐释，令人闻之，醍醐灌顶，顿觉神清气爽，可直上九天揽月！年轻学子，怎能不对之表示真挚的敬意？

但是在另一个场合，我们却听到同一个余秋雨竟发出调性截然相反的言论：

> 近几年来，我已有一个经验，凡有一个新的盗版本出笼，报刊间一定有几篇极夸张的口气批判我的文章相配合；反过来也一样，一见特别怪异的批判文章，立即就能在书市发现新的盗版本。这已经被反复验证了十几次，屡试不爽。
>
> （余秋雨《敬告全国读者》）

这就是说余秋雨将报刊上出现对他的尖锐批评同盗版集团联系了起来，将他们视作同谋的共犯。他们往往假借同他辩论“散文写作方法和千年前史料引证技术”等荒谬课题来作为批评的幌子，制造轰动效应，以助长猖獗的盗版声势。因此余秋雨认为，如果盗版集团可以被指控为文化盗贼的话，那这些荒谬的批评者就是文化杀手。正是在这样的联盟操控下，中国当代本来就不丰茂的文化生态，就日显衰败景象。

从以上论述中，我们不难体会出余秋雨的切齿之恨。他严厉谴责这些尖刻的批评，认为这绝不是什么粗劣的“恶词”，而是出于一种极为阴暗和歹毒的用心。他们用造谣、诬蔑、挑拨等最下流的手段，来攻击和败坏他的名誉，以求在文化上谋杀余秋雨；在与文化盗贼——盗版集团——联手制造的轰动效应中，攫取大盘“牛肉”。余秋雨认为，他们不是钟馗，千万不能以君子之心度小人之腹，把他们当作钟馗；他们是打着“纯净”中国文化生态旗号进行批评的玉面杀手！而且不仅仅危害了余某人,肆虐之下,还将会使当代中国的文化生态整体出现白血病症状。其危害之深之广,中华文化将由此而被毒害得恹无生机,终将被世界潮流冲向荒芜的边缘。所以他们是全民族的敌人,国人务必同仇敌忾、奋起声讨,齐力将其扑灭才是。

余秋雨这个宣示,只能让我们认定他是一个有“气”的斗士,而绝不是仁厚的宽容者。宽容,只是余秋雨用来美化自己形象的一件外衣而已,它与金庸式的佛学外衣相比的话,只是图案有所不同罢了!

一个热衷于考究自己形象的文化人,无论你用心多么精细、修辞多么高明、拥趸们多么迷信,日子一长,必定会露出尾巴来。那结果就会加倍使自己出丑,更尴尬,更难以抬头见人。

任其自然吧,唯本色最易亲和人;形象焦虑症会更催化自己衰退的!

“贵族心态”第三个致命危害是:话语权渴望症。

丘吉尔曾真诚地感叹过:权力能使人常葆青春。所以政治家才将权力看作是第二生命,终生为之奋斗不懈。

丘吉尔不仅是政治家,还是诺贝尔文学奖的获得者。但我觉得上述他的话语,在修辞方面存在着很大问题。在政坛上,将权力看作第二生命的,是政客,而绝不是政治家。

联系到文坛,情况颇为类似:文化大师是绝不会将话语权作为奋斗的目标的。只有文化“贵族”,他们的心态才摆脱不了对话语权的渴望,因为他们将话语权看作是文化权威的象征。

话语也是一种权力?是的,话语也能显出一种权力效应。

人类社会由于民主大潮的推进,现今媒体的作用和地位已显得越来越重要。它充分表达了群众的意志,对政治具有相当大的制衡作用,因此有人已将媒体提升为第四种权力。这种权力较之政权更具穿透力和扩散力,所以它的影响也更大。由于媒体是话语的集散地,这就为文化人的发展提供了广阔的空间。文化人通过媒体所发表的话语,不仅影响了社会,也为他本人带来了巨大的收益——媒体提高了他的知名度和社会地位。但这一切都与其话语在媒体中所占的比重有关,比重越大,他的话语所显示的权重也就越显著,亦即话语权越大。这也就是说,文化人的声望和社会地位是与话语权的大小密不可分的。正像在政坛上,政客失去了政权,他就什么也不是,不会有人再正视他了;文化"贵族"失去了话语权,也就意味着他被读者遗忘,将从文化地平线上消失,随之而来的便是个人声望和社会地位随风飘去,荡然无存。所以政客为了维护他的政治生命,甚至到死前的最后一刻,都会牢牢抓住政权不放;文化"贵族"为了维护他的话语权,也绝对会坚毅地把什么良知、人格、责任等东西全都随手甩到身后去!

一直以来,在媒体上不时有对余秋雨作品中屡屡出现的"硬伤"的尖锐批评,但让人们感到极为纳闷不解的是,作为一个高段位的文化名人,居然对自己明显的"硬伤",蓄意回避,始终拒不认错。绝大多数人都是从文化人格上来解析这个问题,却很少有人从心理学角度着手,因此不易得出确切结论。在我看来,这根本的原因就在于"贵族心态"中的话语权情结作祟。

余秋雨是戏剧学教授。他研究过剧场效应,知道没有什么戏剧能在违逆群众心理的效应下,获得市场上的成功。群众的期待和媒体选择的偏好,是文化人话语市场价值的决定性因素。超强的话语权能将名人塑造成偶像,而偶像因完美体现了群众的期待，才能更受群众崇拜。因此，若就屡屡出现的“硬伤”认错的话，他不得不担心群众因他而产生严重的失落感，由此大大削弱对自己的迷信。自己的名人效应一旦不再显著，也就失去了媒体选择的偏好，由此将使自己的话语日益在媒体上失重，最终被淘汰至遥远的文化边缘，再难重现昔日的风光，这是文化“贵族”的心态绝对承受不了的。因此，为了坚守既得的话语权，在面对众多无可置辩的“硬伤”的质疑时，余秋雨就不再顾及文化良知的警示，坚决采取“顶住”的策略，依然居高临下摆出高层次文化名人的架势，指控批评者都是文化杀手中的跳梁小丑，或借批评名人来出名，或以攻击名人来牟取私利……根本不值得一“嘘”，回应就正中了他们的圈套。他余秋雨“绝不会给他们机会，我以无言的方式，把他们锁定在他们的等级里”(《问学》第320页)。

高明的“无言以对”战术，使群众堕入“八卦”迷阵中。识别不了事实真相，也就很难突破迷信名人的心理定势，这样便有效地维护了余秋雨既有的话语权，确保了他“段位”的稳定。至于“硬伤”嘛，中国权术宝库中有的是经典，余秋雨创造性地运用了“瞒天过海”的高招，轻舟早就安全地到达了“彼岸”！

高段位的文化人，若以“面对历史事实，我从不谦虚”(余秋雨语)的“贵族心态”来面对“硬伤”，这让真诚的读者除了“无言以对”，还可能对之抱有任何期待吗？愿余秋雨铭记自己立下的箴言：“作为真正有责任感的高层思考者，一定要固守崇高的文化节操，以自身的人格维护创造的尊严。”(《问学》第44页)别再倾心专注于话语权了。一个唯话语权是念的高层思考者，是绝不可能获得人民真挚的尊重和礼让的。

质疑余版的"生活在别处"

"生活在别处"这一命题有两种不同版本。

虽然最先创造这一名言的是法国诗人兰波,但以此来寓意人的存在选择,并使其得到广泛流传,从而成为经典谚语的是捷克流亡作家米兰·昆德拉。我称之为捷克版或昆版的"生活在别处"。

而我们的余秋雨先生2009年在北大进修班讲授中国文化史时,对这一命题进行了一次重新阐释。他不是重复昆德拉原有的意涵,而是结合了现代中国的国情,倾注了他个人特有的观点,使它产生出了新的意义,我称之为中国版或余版的"生活在别处"。因为余秋雨对此颇为自得,认为这是一个相当精辟的概括,它为人们提供了一个崭新的视野,可以用来有效提升知识分子的文化品位,所以值得我们详加研讨一番。

余秋雨用散文直接来表达他的理念。他说:

> "生活在别处",是指用主动分裂方法获得一种精神释放。但是这种精神释放不像我们寻常理解的那样批判什么、冲破什么、征服什么,而是从整体上把自

己抽离出来，放逐到陌生之地，面对另一个世界。这等于造就另一个天地，另一个自我。这个自我与原来的自我距离很远，有可能产生冲突，却很少有可能和解。只有真正的大诗人、大作家、大学者才有这样的特殊心理结构。

（《问学》第 146 页）

为了更好地理解余秋雨对“生活在别处”的创造性发挥，我们有必要先勾勒一下昆德拉“生活在别处”的原有意涵，这样才能对两种版本所阐释的理念进行确切的比较，然后才能作出正确的评价。

昆德拉是通过小说来阐释他对“生活在别处”的评价的。

《生活在别处》是昆德拉一部著名小说的书名。他通过小说主人公雅鲁米尔一生的经历显示了人的一种不平常的存在。雅鲁米尔是一个感情细腻、十分敏感的青年。他自小就显示出对语言的韵律有着惊人的天赋，这被他具有浪漫气质的母亲看作是可以将其培养成一个杰出诗人的难得的潜质。他母亲是一个富商的女儿，有着很高的艺术修养，却嫁给了一个根本不懂艺术、毫无浪漫情趣的工程师。由于无法沟通，双方互不适应，以致渐行渐远，终成陌路。父亲最后因与战前早有来往的犹太姑娘继续他的爱情冒险，而丧失了生命。母亲虽然曾向个别艺术家追求过她理想中的玫瑰色爱情，也有过灵与肉的燃烧，但事后不久，她又体验到了同样令人厌烦的庸俗和同样令人作呕的琐碎，因之再度陷入迷茫和颓丧。她没有从异性那里接受到可以使她灵魂飞升成仙的那种爱的滋润，但雅鲁米尔的出生却激发出她伟大的母爱。特别是儿子的优异天赋，更使她获得了存在的真正意义。于是雅鲁米尔就成为她生命的根本，她几乎将全部心血都倾注到了这个宝贝儿子身上。她对他关爱、照顾到简直不给儿子留有哪怕一丝一毫个人空间的程度，以致雅鲁米尔的灵魂始终直立不起来，无时无刻不在母亲影子的笼罩下。

母亲将自己的浪漫气质和高度的文学修养——她对超现实主义诗歌的爱好和丰富的积累——倾心地灌输给了雅鲁米尔。她给他念了数量惊人的儿歌，使雅鲁米尔从小就沉浸在诗歌的氛围中。稍大，便对他进行现代诗歌的启蒙，鼓励他努力接近超现实主义诗歌，从现代派诗歌中汲取诗的灵感和诗的意象。他终于成为一个出色的超现实主义诗人。

超现实主义是法国作家安德烈·布勒东掀起的一种文艺思潮。按照布勒东的说法："超现实主义，阳性名词，即纯粹的精神的自动性……主张思想的照实记录，不得由理智进行任何监核，亦无任何美学或伦理学的考虑渗入。"概而言之，超现实主义追求超自然的、无意识的、无理性的精神自由。它的基础是信仰超级的现实。由于雅鲁米尔母亲个人偏好的影响，以及他本人接触大量超现实主义诗歌的感受，雅鲁米尔往往脱离现实，全部心思只放在自己身上，是个绝对的自我至上者。他自诩："我是一个伟大的诗人，我拥有魔鬼一般的想象力，我能感受到别人感受不到的东西。"

由于过度的母爱，由于超现实主义诗歌的影响，雅鲁米尔的心理发育产生了异常的衍变。因为他绝对地以自我为中心，他从小就不能与同学正常相处；他厌恶平庸、渴望轰轰烈烈；他厌恶理性思考，沉迷于梦幻式的想象。总之，他不是生活在当下，而是生活在别处——在完美的理念中、在梦幻的想象中。

于是我们从雅鲁米尔生命的轨迹中，看到了一连串斑驳炫目的图像。

他是一个真正的抒情诗人，但却贪婪地追逐着粗鄙的肉欲。

他向往着崇高、完美，但又不自觉地干着告密的勾当，甚至诬告女友的哥哥有偷渡的企图，结果导致女友和她的哥哥一起从地球上消失。

他渴求生得伟大、死得浪漫。所以当他在追求一个电影艺术家而遭到凌辱和暴打后，他就一心想用不寻常的自杀来使自己的死富有诗意，但结果却因在露台上冻成肺炎，极其庸常地病死了。

人在现实，但“生活在别处”——超现实，雅鲁米尔的形象让人感到可怜、可厌、可弃！

比较了以上两个版本，我们就可看出它们的差异来了。

雅鲁米尔是个毫无生活经验，也可以说是对生活绝对无知的单纯青年。他没有独立思考的能力。超现实的臻于至善，完美得已成神谕的绝对理念，主宰了他整个意识，所以实质上他是一个没有思想的无意识者。由于他年轻、热情，渴望行动，这就成了阴鸷历史蛊惑和戏弄的首选目标。阴鸷的历史通过权力显示它所拥有的无坚不摧的伟大力量，以及能与日月争辉的绝对真理，这就使雅鲁米尔式的青年无比虔诚地拜倒在它的脚下。因为官方往往是历史的代言人，所以雅鲁米尔自觉或不自觉地担负起官方意识形态的贯彻者、忠诚的告密者。于是邪恶就通过“生活在别处”轻而易举地渗透进了他灵魂中的绝对理念，激励着雅鲁米尔们怀着崇高的使命感，疯狂地摧残他人、毁灭他人，最终也疯狂地毁灭了自己。

“生活在别处”体现出一种邪恶，不仅存在于雅鲁米尔式的青年人身上，也存在于我们每个人的身上。昆德拉不无苦涩地说：“它存在于我的身上；也在你的身上。”

很明显，昆德拉对“生活在别处”是悲悯的，也是批判的。

而余秋雨的观点却相反，余版的“生活在别处”是鼓励的，甚至是赞美的。

余秋雨“生活在别处”的主体，排除了那种雅鲁米尔式单纯的、毫无生活经验的天真青年，而选择了那些饱经沧桑，对人情世事都已有深切体悟的“大诗人、大作家、大学者”，也就是说，他们都是人类中的精英。他们完全不同于雅鲁米尔们被戏弄、被蛊惑，无意识地“生活在别处”，而是完全在清明理性的筹划下，主动地进行精神分裂，“将精神整个地抽离出自身，放逐到陌生之地，面对另一个世界，造就另一个天地，另一个自我”。那些大诗人、大作家、大学者之所以精神分裂，是因为他们深刻认清现实的平庸和委琐，而自己却不甘与现实一同沦落，但又慑于现实的僵硬和冷酷，任何修正和改革的努力都将遭到沉重的打击。因此，两全的自我救赎之道，莫过于精神分裂，将精神中的精灵抽离出来，超脱污浊的现实去面向另一个世界。这样，既超脱了现实，又维护了自己的自由和品位，岂不是最为睿智的生活哲学？

余秋雨尤其强调，抽离出来的精神所造就的新的自我，不再与滞留在体内旧的自我统一，各司其所关注的目标，所以明显生成了两重人格。余秋雨的观点与昆德拉相反,他认为两重人格才是精英不同于或者说是高出于常人的人格特征。他对此是持肯定和鼓励的态度的。

余秋雨自得地认为,他的“生活在别处”是一个崭新的视角;但笔者认为它的实质其实还是中国传统文化早已积淀成形的一种逃避现实的权术而已。余秋雨只是借来用现代语言加以精致包装,使它具有了新的风貌,合乎时尚而已。它能使知识分子的品位得以升华吗?笔者的看法恰好相反,它只会使其日益沦落。

大诗人、大作家、大学者在现代文化语境中,概称为知识分子。他们之所以被视为社会的精英,受到人们尊重和爱戴,不仅仅是因为他们有较高的文化修养,并在专业领域中具有显著的成就,更主要的是由于他们还是大众利益的代言人,是自觉担负起促进社会文明和伸张正义之重担的人。若予以诗化概括的话,则他们是抬头仰望星空,两脚牢牢踏实在大地上的人。仰望星空,意味着向往崇高,瞻望未来,能不懈地更新自己,以求精神境界日益有所提升;脚踏大地,则表明他们热爱众生,关注现实,能与群众同呼吸、共命运,为争取实现社会正义,甘愿无私献身。由此可见,他们努力提升自己的精神,并非意在脱离现实的羁绊,去追求个人精神上的最大自由,而是为了更好地修理旧我,形成较完善的新的自我,以求在大地上把根扎得更深,从而使自己的终极关怀能与大众的正义需求贯通相连。

现在余秋雨的两重人格却是在促使知识分子背离他们所肩负的文化使命,沦落成为世俗的、虚伪的人。这样的人最终是会被大众所抛弃的。

余秋雨“生活在别处”的自由精神所造就的新天地，由于不是扎根在现实深处，体验不到众生的生存困境，所以根本不了解他们的真实诉求，这就使他所创造的精品，对众生而言毫无意义。这些全无泥土气息的东西，岂是常人所能胃纳消受的？既与众生的存在毫无关联，那对他们又有什么意义呢？他们当然不会去关注这些与自己命运无关的“无聊”东西。这岂不是让精英们的文化使命整个落空了吗？

又由于余秋雨特别强调，他的“生活在别处”的自由精神并不由批判产生，也绝不由批判开拓前进，那么众生又从何受到他的启蒙而有所觉悟，认识到现实生活的灰暗和沉沦？他也反对突破什么、排除什么，那么众生又从何找到可以朝向他的“新天地”的路径呢？虽然余秋雨曾一再号召，当下文化人最紧要的文化使命是启蒙大众。但传递这样的“文化感”，能有什么启蒙作用呢？那不是使人清醒的启蒙，而无异于“糨糊灌顶”，弄得众生更困惑，更茫然不知所措，文化心理一团乱麻！

可见余秋雨的“生活在别处”，绝无益于当前转型期的文化建设。

那么，其中的精神分裂——两重人格说——是否有助于提高文化人主体的精神境界呢？结论同样是令人沮丧的。

人们从他所描述的精神分裂法看到，他主张主体主动将精神整个地抽离出自身。这也就意味着精神从此彻底摆脱了人间烟火的污染，自由地飞向云端，着陆到精美的“玫瑰园”里，今后再也不会回顾污浊的俗世，一心只去探究那些不朽的“永恒主题”。既然文化人的精神与众生的命运不再贯通，群众也就将其视作陌路人，很快就会将其彻底遗忘。章太炎的生命轨迹，就是对此最好的注解。想当年，在清末的革命风云中，和康有为、梁启超等保皇派进行激烈论战时，笔锋所向，无不披靡，那一股冲决罗网的锐气和大义凛然的正气，真有撼动天地之势，令当时全国人民，尤其是爱国青年无不倾倒，对之感服得五体投地。鲁迅也深受其激励，虽数十年后追忆起来，依然神往不已。但自入老境以来，由于革命后的民国满目疮痍、败象四露，章太炎终于心生颓唐，逐渐脱离民众，精神上追求起“生活在别处”来，再也不问世间俗事，潜心只探究不经人间烟火污染的纯粹学术。从此，章太炎便与众生“天地两隔”，很快便被众生忘却。据鲁迅记述，在为他所开的追悼会上，参与者竟全是上海的上流官绅，全然不见青年人的身影，人数也只有区区百来之数。景况之寂寥，令鲁迅不禁为之扼腕。

这不是人民的无情，也非历史的冷酷，而实在是自然的必然逻辑：关爱是相互的，你既“生活在别处”，人民也就将你忘却。

我们再来看余秋雨两重人格中生活在现实中的主体。

因为精神已整体“生活在别处”，那么生活在现实中的主体就成了一具行尸走肉，也就是说他已是一个没有灵魂、没有思想的人了，那么他的一切行为就只能由本能来支配。生物本能的生存之道是：顺应环境，适者生存。由此，他必定是一个能为八方所容的多面人。但这样一个圆滑的多面人，在现实中却是以大诗人、大作家、大学者的形象在指点文化，在重建当代社会的心理秩序，这怎么不令人感到滑稽可笑？余秋雨这不是将“生活在别处”的大诗人、大作家、大学者陷于当下无法自拔的虚伪泥淖中了吗？

鲁迅先生曾真诚地表示,“那切切实实,足踏在地上,为着现在中国人的生存而流血奋斗者,我得引为同志,是自以为光荣的”,对他们表示了由衷的敬意。

而现在的余秋雨先生却竭力鼓吹“生活在别处”。

两下比较,我还是听鲁迅的。

论余秋雨的“天人合约”

董仲舒的“天人感应”论在儒学发展史上无疑是块高耸的里程碑。夸张一点说，汉以后的中国儒学，无论在政治上、文化上，甚至在民间的生态上，真正发挥重大影响、形成中华民族意识形态的，其实并不是孔孟的思想，而是董仲舒的理念。宋代的理学，实质上也并没有突破董仲舒的框架，只是进一步将董学系统化，显得更精致而已。从传承学的观点来看，董仲舒的作用要远远超过孟子。所以倘若有人要对儒学大师重排座位的话，笔者建议董仲舒可挪近孔老夫子，他是有资格坐第二把交椅的。

但是“感应”之类的说辞，对现代稍具科学知识的人来说，实在太过荒谬，所以再也不可能具有显著的影响了。

现在，异军突起的是余秋雨的“天人合约”论。以“合约”置换“感应”，在语言上、精神上，都给人以崭新的现代感。它所表达的一种文化哲学，对讲究生存策略的读者是很有感召力的，我们应当认真对待。

余秋雨在北大进修班讲授中国文化，在谈到关于孔子“知天命”的话题时，与学子有以下一番对话：

学生：孔子说他五十而知天命，我记得钱穆先生曾经说过这个天命是什么：对外，我知道现实是不可以掌握，不可以用我的主张的；对内，我也知道自己是什么样子，我自己不管别人用不用，我都要继续我的行为，用我自己的主张去实践它，传播它。

余秋雨：钱穆先生的说法有点绕，其实孔子所谓知天命，就是不断地领会现实对自己的容忍程度，也就是探索自己能够在现实中的发挥程度。这也可以说是对自己生命行为的“边界触摸”……

正是在这里，我们可以看到中国君子和西方英雄的重大区别。西方英雄是挑战型的，根据自己的强烈意志，向长天大地挑战，向命运挑战（他们的结果必定是悲剧性的）……黑格尔说，他们的悲剧的不可避免，正是一种他们自己不知道的必然性在起作用。中国君子不是这样，他们不欣赏这种必然性，而是要在大悲剧产生前了解必然性。在中国君子看来，这种必然性，也就是天人谈判的一种中庸合约。

……在我看来，这是一种特别成熟又特别勇敢的文明态度。

（《问学》第 80 页）

从以上对话中可以看出，余秋雨和钱穆对“知天命”的论述，并不是语言层面上的“通”“绕”不同，而是在理念上有着根本性的差异。他的“天人合约”论，可以说完全扬弃了孔子思想的精粹，而提出了另一种特别庸俗的人生哲学。

知天命,是孔子人生哲学的一个核心理念,但孔子本人并没有对此作出过正面的阐释,我们可以从他一次率弟子周游列国,遭遇到严重挫折时的表现中求得相关的答案。在南方,离开陈国去蔡国的途中,他被不怀好意者围困在旷野中长约七天时间,因而产生了断粮的危机,大家饿得都快支撑不下去了。当时孔子一行人大都深陷在悲观失望的情绪中,不少人开始对事业产生了怀疑和动摇。就在这时,孔子找了弟子中有代表性的三个人物——子路、子贡和颜回——在现场进行了一次“危机教育”:君子应如何正确地面对危机?

孔子提出了以下问题,他要弟子们各自发表自己的看法:

我们之所以到处碰壁,不受人欢迎,甚至惶惶然被围困在如此荒野中,生命都有危险,其根由究竟是什么?对此,我们应该怎样去面对?

首先是与子路对话。

子路是个很直率的人。他在跟随老师周游列国时所遭遇到的诸多坎坷使他不禁对老师的理想和作为心生疑虑。他毫不掩饰地直白道:我怀疑这恐怕是我们德行的号召力不够,不足以令人倾心地信赖我们;也可能是我们的智慧不够,不能说服人家接受我们。

孔子表示不能认同这种观点。他认为传道者应对自己所信奉的真理有坚贞的信念,有直面现实的勇气,不应该遇到残酷的磨难就动摇,失去信心。真理不是很容易就能被阐明的,所以不能以人们一时的接受程度和实践效果来评定。历史对此已提供了有力的证据,我们古时贤者如伯夷、叔齐,智者如比干,他们都没有被现实接受,都是现实的失败者,甚至还遭到了毁灭，难道我们能归咎于他们本身吗？

其次是与子贡谈话。

子贡是个很聪明的人，是个商界老手，不仅头脑灵活，且相当务实。他认为老师的作为难以取得成功的根由，在于不切实际。所以他提出了一个富有实践意义的建议。

他说：因为老师所传布的“道”太崇高、太伟大，离当前的现实实在太远，所以很难为常人所理解。他们接受不了，于是就设法加以排斥，这才使我们到处碰壁。依我看，老师不妨因时制宜、因地制宜，适当地降低一下，尽量切合当下的实际，那样就容易被人理解和接受，我们也就不至于弄到像现在这样落魄的地步了。

孔子颇为严肃地注视了一下子贡，然后舒缓地说道：真理是不会让所有的人都满意的。我们之所以不辞艰辛地奔走各地，为的是弘扬我们的理念，也就是使天下归于仁道；而各国政要之所以讨厌我们、排斥我们，那是因为他们一心想要的只是霸道。凡不合他们心意的，就竭力贬为不切实际的高调。仁道和霸道，两者之间在目的性上存在着根本的对立，而不是在程度上有着高低的差异，因此除非我们放弃仁道的宗旨，否则绝不可能为他们所接受。但对传道者来讲，绝不能为了被人接受就降低自己的宗旨。你所持的观点，只能表明你的理想并不远大。

最后对话的是颜回。

颜回，是孔子众多弟子中声望最高的一位，也是孔子认为最能领会他思想精髓的得意弟子。值此危机时刻，且听他采取怎样的态度。

颜回说：老师周游列国，大都碰壁，到处受到排斥，无法将你的思想付诸实行，这是因为你的思想太崇高，俗人根本理解不了，当然就不为现实所接受，所以问题不在老师这方面。作为有崇高理想的传道者，对此根本不必介意，也毋须为此感到不安。传道者真正应该倾心关注和检讨的，是自己所传的道是否完善。要是传道者不能切实掌握真理，那君子应引以为耻辱；至于不为时人理解，处处受到排斥，那是时人的耻辱。为坚守真理而不易志，那才是君子应有的本色。

孔子听后，点头称是，感到大为高兴，认为颜回的观点才真正体现了他的思想。作为儒家的人生哲学，就应该在遇到挫折，面对危机时有坚定的坚守原则的勇气。这就是孔子所谓的“知其不可为而为之”的精神。

让我们以此来对照一下余秋雨的阐释，就可很容易辨认出两者的精神简直是方枘圆凿，根本对不上号。

余秋雨认为孔子的知天命就是“不断领会现实对自己的容忍程度，也就是探索自己能够在现实中的发挥程度”。这完全违背了孔子的原意。我们从孔子一生的作为，特别在那次面对陈蔡断粮危机的表现中，可看出孔子是很清醒的。他深知自己的思想完全不合时宜，自己所宣扬的仁道根本不合权势者的口味，除非自己有所放弃，否则根本不可能为他们所容忍。因此，毋须苦心孤诣地去“触摸边界”，以求得能有所发挥的空间。孔子不是为了谋求个人生存的发展，而是自觉地肩负起一种“突破边界”的历史使命。他清楚自己这一辈子已经不可能完成这个崇高的使命了。但他决不退缩，更不会放弃，仍默默地尽力耕耘着。因为他坚信他的目标是正确的，他的仁道思想是真理。真理与现实的较量,是不能以短时段的浮沉来论定的。现时,虽然自己的思想尚未被广泛地理解和接受,显得软弱、无力,不能有所作为,但历史是绵延的,真理终会被人接受,战国暴力所构筑的“边界”,必定会被仁道的潮流冲垮。天下必将趋向和平,走向大同。

由此,体现出孔子知天命的真谛,乃是他领悟了时代的召唤,敢于不避艰险,主动地肩负起这一崇高的使命——虽千万人,吾往矣!

正是孔子这一坚贞的文化人格,使他受到后世人们真挚的敬仰。

后人将凡能体现孔子这一“知其不可为而为之”精神的志士尊为君子。君子固然受人敬重,但若从功利角度上去考量,他们大都是失败者,往往是以悲剧终结其一生。

余秋雨根本不欣赏,应该说他是否定这种精神的。他理念中的君子是“识时务者”,也就是说他们在有所作为前,必先对现实进行全方位“触摸”,弄清楚“边界”的所在和警示,亦即充分领会现实所能容忍的程度,决不涉险,以免遭到不测。他认为中国君子的境界要高于西方英雄。中国君子不追求形式上的轰轰烈烈,而是能明智地对待客观的“必然性”。当他充分认识到“必然性”已明确警示自己的理念“不可为”时,那就会清醒地为自己的“可为”画上红线,也就是说他不会如西方英雄那样不顾一切地一头冲向危险,而是力求在现实所能容忍的情况下有所发挥。

当时就有北大学生表示对这种行为方式不满,认为这无异是在逃避责任。

而余秋雨认为，我们不能用通常的人情世故观点去解读。在他看来，这种在“不可为”中寻求“可为”的可能性，才真正是“知天命”理念的精髓。

不过我却以为，倒是未涉世故的北大学生言之有理；而余秋雨的说辞，真正体现了一种相当“世故”的观点。

凡是持“世故”观念的人，都是以安全和成效来判定行为的价值并以此作为选择的前提。余秋雨之所以认为西方的英雄行为模式不可取，就是因为他们蔑视客观的“必然性”，妄图逾越不可侵犯的“边界”，不惜用自己珍贵的头颅去撞得血流满面而毫无实际效果。像这种没有实效的牺牲，可以说毫无价值，不值得现代文明效法。

在这里，我觉得有必要先澄清一下余秋雨论述中的几个关键词，如必然性、边界等，以免陷入他的语言魔圈中。

必然性，在余秋雨看来是一种超验的客观规律，人只能认识它、顺从它，任何逾越必然性的行为，都将毫无疑义地招致毁灭。而“边界”是必然性的一种禁忌显示，所以人们必须用心“触摸”。当探知其警示的信息后，就该及早止步，以确保自身的安全和使命的传承。应该说，这种以必然性作为行为指针的人才称得上是特别成熟和文明，怎么能讥刺他们是逃避责任的世故者？

不过，我认为社会生活是人类活动的显现。所以社会的一切建构，均出自人的愿望与谋划，并没有什么超越人以外的神秘力量来操控，因此根本没有所谓“必然性”这么一回事。一切都是当时的物质条件和人类的意志相互作用的结果。因此，所谓“边界”也只是人所设定的禁忌而已，并不是神圣不容侵犯的。

文明的演进就是在不断突破既定“边界”的过程中提升的。当然,“边界”的存在有其相对的稳定性,不是那么轻易就会被突破的。西方科学在 17 世纪以前,长时期完全是以亚里士多德的物理理念作为“边界”。谁都信奉亚氏的“力是物体运动的原因”的观点是绝对的客观规律,人们只能在此框架内发挥,才可能获得成果。而牛顿就敢于质疑这已成为当时科学的必然性,终于以“物体的惯性原理”冲破了亚氏的“边界”,开拓出近代科学无限广阔的前程,从而促使西方文明出现飞跃。因此,我们千万不可迷信余秋雨所说的存在着什么不可动摇的“必然性”,远远望见“边界”就萌生退意,毫无探索和突破的勇气,只求在“边界”所容忍的程度内寻求发挥的空间。那样的话,我们的文化就永远只能在儒学这一元的框架内转悠,很难期待多元、百家争鸣的伟大再现。

我们不妨按余秋雨的指示来看一例在文化史上热衷于“边界触摸”,以现实的容忍度来规划自己行为方针的所谓“精英”,他由此发挥了什么,获得了哪些成果。

周作人,是读者所熟悉的新文化运动中的大师级人物。对于知堂先生的高智商和高学养,恐怕没有人会提出质疑,尤其他在日本古文化方面的造诣,可称得上独步当时的中国文坛。他本人也自负有关这方面的译介工作,能肩负起少有人能扛得动的文化使命。但当面临民族存亡的危急时刻,他却本着对“客观规律”的分析,认定抗日绝无前途,因为战争绝对是“唯物的”,它讲究实力的比拼。他曾在日本留学多年,对日本的国力有着深刻印象。而国内自辛亥革命后,一片乱象,国民党政权建设无能、贪污有方，国民经济被折腾得已呈痉挛态势。两下对比之强烈，可说处处不如人——枪炮不如人、飞机不如人、工厂不如人……其差距之大，简直不成比例，凭什么去和人家开仗？战争的“必然性”再明显不过地呈现在面前，我们还有什么必要去撞得粉身碎骨？所以当抗日战争全面爆发，北方的文化人纷纷南下，奔向大后方，而他这个高级文化人却安然留在北平，不愿作“无谓”的奔迁。胡适曾一再写信劝他赶快离开北平，但周作人却以为文化人面对艰难的时局，应该表现出他们特有的理性，要以“成熟和文明的态度”来决定关键性的选择。本人是文化人，有如余秋雨所说，当以文化使命为重。文化大于政治。历史对文人是以他的文化成果来评估的，而不是其他。他看不清抗日的前途，当然就认为撤离、奔迁纯属徒劳。而北平“四合院”中的“苦雨斋”（他的书斋）却远离民族战争的“边界”。他尽可明智地在战争“不可为”的现实中，找到足够“可为”的空间——谈天、说鬼、品茶、进行日本古文化研究……他深信，抗日战争很快就会成为历史，而他的“知堂体”散文却会在文化史上一直绵延下去。所以，周作人不听友人的规劝，坚决地留在北平。

但是残酷的现实却根本不迁就文人的理性，它的容忍度必然具有契约性质，不过这不是“合约”，而是“制约”。任何人都必须为向暴力所要求的容忍度低头而付出代价。周作人终于堕落成为汉奸。

敢于向命运挑战的英雄们，他们的悲剧催人泪下；善于“触摸边界”的文化人，他们的荒诞剧却令人作呕！

中庸之道将是21世纪的最佳哲学?

思想启蒙是伟大的。因为它唤醒了昏迷在积淀千余年之久的传统教条中的人们,使他们终于认清封建伦理的腐朽和没落,非重新建构新的文化,人的存在便无以开辟出广阔的未来。由此,法国人民永远感恩伏尔泰、狄德罗、卢梭等先贤;我国历史也对“五四”启蒙的思想先行者陈独秀、鲁迅、胡适等人给予了崇高的评价。

但是,依余秋雨看来,思想启蒙毕竟只能完成前现代的转型,社会一进入现代世纪,思想启蒙就显得力不从心了。当代所要开展的,应是新一轮的重建文化心理秩序。

因为,在现代社会,再也无法固守封闭状态。由于资讯的发达,即使在全球范围内进行即时交流,都是举手之劳的易事。因此,人们所面对的困境,已不再是选项的匮乏,而是选择的困惑。人若沉浸在众多相互矛盾的信息中不知去向,心理上就会产生失衡、焦虑的反应,从而丧失应有的理性。当整个共同体因此而弥漫着躁动、狂放的情绪,那它的前途就堪忧了。在余秋雨看来,我国当前文化生态就处于这种失范、无序的局面。

他的使命就是要肩负起这一远比启蒙更为艰巨，并且十分紧要的“重建文化心理秩序”的伟大任务。

要使任务进行得有序化，首先须确立一个核心，也就是要竖立起一根标杆，然后推动其他各元依次向它靠拢、看齐，这样就能形成一个整齐的序列。这个核心，余秋雨认为就是中国儒家文化的“中庸”之道。他满怀激情地宣称：

> 中庸之道是 21 世纪建立世界新秩序的最佳哲学。……我还认为中庸之道加上君子之道，是儒家的灵魂所在，也是中华文化的灵魂所在。
>
> （《问学》第 96 页）

中庸之道是儒家的灵魂，这不假；说是中华文化的灵魂，却未必，而更推广其为 21 世纪建立世界新秩序的最佳哲学，我看这未免太轻率了吧！

中庸之道，通常被看作是不分是非地搞折中，是谁也不得罪地和稀泥。那确实是误解，可说是完全搞错了。余秋雨的解释是：

> 中庸之道是反对极端和单边主义的一种制衡哲学。……人类太容易走极端了，能不能在两个极端之间找一条最有分寸、最恰当、最合适的路？其实儒家的好处就是相信这条路的存在。
>
> （《问学》第 95 页）

这条路就是所谓中庸之道。

其实余秋雨这番解释，根本没有触及中庸理念的实质，与一般人望文生义的理解，没有多少差别。他最反感“极端”，但怎么样才称得上极端？他认为，追求“痛快”或“危言耸听”就是极端主义的初级形态。那么，“五四”期间，那些大声疾呼要民主、要科学的呼声，不是也被文化遗民们痛斥为危言耸听的极端思维吗；国民党不是也将鲁迅看作是过激分子吗？这又当如何论之？他盛赞中庸之道的伟大，说它笑眯眯地能在两个极端之间找到一条春光大道——最有分寸、最恰当、最合适的路。有实例吗？他上面说儒家只是“相信”它的存在。所谓相信，只是一种信仰或者理想而已，离实际还遥远得很呢！连两千多年后的余秋雨都举不出实证，那岂不等同于空论？

余秋雨之所以标榜中庸之道为21世纪的最佳哲学，是因为他认为它有着“致中和”精神。“中和”即和谐。人性是向往和平、渴求安全和幸福的。革命已经成功，制度亦已转型，那么今后的任务就是尽全力建设一个和谐、安康的社会，让人可以比较舒坦、自由地生活。既然中庸之道的主旨是“致中和”——求和谐——那么人们当然应该将其发扬光大，奉之为中华文化的灵魂。

但令人遗憾的是，中庸之道理念的实质及其实践效果，并不如余秋雨所期待的能引导我们进入和谐境界；倒是相反，它只会引起对抗和冲突。

这就需要我们拨开诸多解释的迷雾，严肃地直接面对原典，才能得出确切的结论。

首先，必须从中庸的确切含义着手。

“中”,不偏不倚之谓。这个解释很简明,不会产生任何歧义,也就是说它代表着绝对真理,因此显示着绝对权威,不能偏离,过与不及均该排斥;也不容置疑,人们对之只应无条件地遵从。那么,什么样的东西才担得起如此神圣的“中”呢?西方是上帝,儒家是“礼”。

至于“庸”,却要来一番训诂了。理学大师程颐说“不易之谓庸”,即不容更改,恒常不变之意。这似乎与“庸”的通常含义不那么贴切,朱熹因之就直接界定为“平常”。“平常”怎么能与“不易”贯通起来?冯友兰在这方面做了扎实工作:

> 在封建社会中,人确实都在“君臣”等五伦的关系之中,照着这些关系所要求的规范生活,这些都是平常的事。平常的事称为“庸”。中庸,就是要求在封建社会中的人,都照着封建统治阶级的标准,过这样的日常生活。
>
> (冯友兰《中国哲学史新编》第31页)

这就将以上所说的词义贯串融通起来了。现将其综合概述如下:

依据儒家“中庸”学说,人类社会当以“礼”为天地的至“中”,它是世间一切真理的源泉。人的一切言行,随时随地都必须依此作为准则,不得有所偏倚。

搞清了中庸的确切含义,我们就可进一步来讨论它是否能有助于增进人际关系的和谐。

明确了“中”即强调人世间存在着唯一的准则,不容有所偏倚，任何过或不及，都可以因其不符合这一准则而被认定为极端或投机取巧，当予排斥。

问题是在现实世界中，是否存在着这样的准则，亦即“中道”呢？我看是没有的。无论是上帝或者“礼”，都不是上天恩赐的“天宪”，而都是人设计、创造出来的。虽说人的理性非常伟大，但毕竟是有限的，因此人，即使是超凡入圣的伟人所制定的标准和规范，也绝不可能是绝对完善的，否则咱们的地球早就僵化成为化石了。既然如此，却要求人们永恒地对之顶礼膜拜，岂不显得荒谬之至！

在儒家经典中有这样一则事例：

因为儒家极其重视孝道，为使子女不忘父母的养育之恩，就确立这样一条孝的“中”则：规定双亲去世，子女必须守孝三年作为爱的回报。孔子有个学生名宰予，好独立思考，他对此提出质疑：

“三年服丧期未免太长了吧。为了服丧，君子在三年之内就不可能有所作为，这不是使他不能长进了吗？我看一年就差不多了。”

而孔子认为三年服丧期已成为确定的“礼”制，也就是说已成为社会的一条伦理准则即中道了。为人子女就应当一心谨守奉行才是。而作为孔门学子的宰予却妄图有所偏倚，这岂非背离了中庸之道？因此，孔子对宰予极为反感，也就不屑于具体答复，背后相当严厉地指责了宰予“心怀不仁”。

从上述这一事例中，让我们对中庸之道以及它的“致中和”功能都产生了极大的困惑。人伦中的孝，原本出于人的天性。子女怀念生身父母的养育之恩是自然的爱心流露，所以一切祭祀仪式，都只是借此追悼，寄托一种哀思而已，因此完全可以由个体根据自身的具体情况来安排，毋需硬性规定非服丧三年不足以表孝心。孔子认定三年服丧期既已成为社会确定的礼制，那就应该坚贞地遵守，决不能有所偏倚。这样的礼制能成为绝对合理的标准吗？奉行这样的中庸之道能“致中和”，促进社会和谐吗？连孔门弟子宰予都有质疑且不赞同，其他人就更不用说了。当人并不认同，但迫于礼制而不得已为之时，那就完全丧失了痛失亲人的悲戚情思，而沦落成为纯粹应对时俗的表演。这让我们看到，中庸之道能使共同体分子失去独立自主、求真、勇于创新的精神，而养成一种因循保守的惰性。

纲常理念，是中庸哲学的核心价值观。它直接反对人在人权上应该是平等的，而认为权力隶属的等级关系如君为臣纲、夫为妻纲等，才是人类社会得以存在的根本。人伦必须以此作为准则，社会才能延续和有所发展。正是由于这一意识形态紧箍了人们的思想，中国的封建体制才能超稳定地维持了两千多年。但这一陈腐的理念，早在“五四”期间，就已经遭到批判，人们都已认清这确实是一种违反时代潮流的价值观，所以毋需我在此再浪费笔墨了。我要花力气的，倒是在“致中和”这一论点上，彻底弄个明白。

中和即和谐，是所有的人都向往的目标。余秋雨说中庸哲学在未来构建社会新秩序时，能有力促进人际关系的全面和谐，从而使社会稳定、健全地向前发展。这个人们当然乐意倾听，满怀希望他能说出个究竟来。

余秋雨认为社会之所以出现纷争、闹成失和、形成动乱，其文化心理因素就在于人好走极端，而中庸之道却“能在两个极端之间找到一条最有分寸、最恰当、最合适的道路”。

既然余秋雨信心满满地作出了如此肯定的判断，那他就该详细地从理论上论证它的合理性，并举出在实践上获得成效的具体事例来，这才能让人信服、衷心接受。令人大失所望的是，他虽言之凿凿在前，最后却说儒家也只是信仰其存在而已。信仰是宗教，而不是哲学。读者要求余秋雨给出的是严肃的学术结论，而他却促使我们去相信宗教式的预言！

可见中庸之道根本提供不出解决极端主义的具体内容；余秋雨也实在说不出什么名堂来。因此所谓“致中和”，其实只是一个“大话”而已。这能使读者信从它将在21世纪建立世界新社会中成为最佳哲学吗？

在我看来，中庸之道不仅无力“致中和”，相反它却是促使“非中和”的动因，也就是影响人际和谐的一大文化心理症结。

中庸之道的核心概念坚持世间存在着堪称“至中”的绝对价值和绝对准则，由此必然以不符“中”的过与不及为极端或投机，于是便形成“佛魔”似的二元截然对立。这就无论如何也不能期望它们能和解共存。除了彻底“解决”，还可能有其他出路吗？

由此可见，必须以“对话”来取代“中庸”才能“致中和”——建立和谐的新秩序。

“对话”与“中庸”是截然对立的两种思想方法。对话反对中庸的绝对性理念。它认识到人在本质上是有限的，因此任何视角都不可能穷尽全面而代表着绝对正确的真理。所以它反对一元专断，崇尚多元共和；尊重所有独立的视角，主张在平等、民主的争议中取得共识。因为它不如中庸那般相信存在着绝对的准则，所以也就不会对“他者”有“极端”或“投机”的歧视，以致预置了对抗的立场。这就使双方能在平等的基础上进行开放性的自由碰撞，通过理性争议而找到一个更为合理的结论。因为达成的是真正的共识，所以就能为双方所真诚地接受。就此，便从根本上消除了冲突的隐患，人际岂不建立起和谐的新秩序了吗？

将人群划分为君子和小人截然相对两大界限的是儒家。“中庸”更是将它提高到伦理和政治层面，认为只有贯彻君子之道，才能促进社会和谐、提升人类文明。

余秋雨对这一理念作出了最高的评价，认为“这是中华文化无与伦比的优点”，是中庸之道的一大精粹。

但在我看来，它却凸显了中国文化简单的线性思维模式，所以其负面影响不容低估。它使中国文化对历史人物的评价始终经不起严肃的科学验证，不能求得真实的结论，从而使我国的史识迟迟不能提高到哲学的高度，这实在是个不小的遗憾。所以现今应当予以批判、超越才行。

若依余秋雨所说：

> 我们在区分社会上种种是非、善恶、利钝、真伪的时候，一定要注意背后的人格界线，也就是君子和小人的区别。
>
> （《问学》第 93 页）

那我们在认定是非、评论善恶、鉴别真伪时，都得以“中庸”所确立的人格界线作为准则，也就是说必须分清是出自君子还是小人，是非才能得到确论。我敢说，余秋雨这一招，将使我们的历史、伦理、政治、社会等所有学术活动，全都被驱入沼泽地带，无法施展。

问题在于，现实世界中根本不存在所谓真实的君子。因为人是一个复杂的多面体，是无法用一刀切的两分法简单地区分为君子和小人的。往往有的人虽被尊为君子，却时有小人行迹。又，人是善变的，有的人过去倒有君子风范，而今却散发着小人气息，所以简单地用“标签”来告示，纯属儿戏。

比如，周作人这个人，不知道余秋雨是将他归入君子行列呢，还是归属于小人档次？

在我看来，大概没有人会将周作人看成君子。对于汉奸，无论怎样漂白，都绝对洗刷不了他的耻辱；但若判定他为小人，那也全然背离了历史的真实。当年“五四”启蒙时期，周作人完全有资格被推举为大师级的人物。是他首举“人的文学”和“平民文学”的义旗，是他开辟了中国现代民俗学的研究以及妇女问题研究……他对我国新文化运动作出过重大贡献，后人是无法一概抹杀的。

既非君子，又不是小人，余秋雨的“人格界线”区分是非的原则，在面对诸如此类的问题时，将撞得粉碎！

其次，再来谈谈余秋雨特别推崇的一位历史人物汉武帝。

对于汉武帝刘彻，余秋雨是怀着极为崇敬的感情的，赞颂他是中国历史上的“巨人”。“巨人”当然不是小人，但归入君子行列，似乎又不大靠谱，可是依据中庸的两分法——非此即彼——就别无他法，所以只能认为是特殊类的君子。余秋雨说这个人伟大得甚至能使“今天的中国人想起他也还会精神振奋”，因为他“为中华民族开辟了一个重要时代”。

鉴于汉武帝的显赫功业，余秋雨毫不犹豫地给他贴上了“巨人”的标签。依据余的“人格界线”法，人们还以为汉武帝的人格必定极为优异，足为后世典范，成为提升后人精神文明的宝贵的文化资源。但事实却与此截然相反。我们所看到的汉武帝的另一面，却是穷奢极欲、荒淫无耻、暴戾、毫无人性的诸多劣迹，简直是一个“恶棍”式的“暴君”。

我们不必繁琐地列举过多的史实来印证汉武帝人格的卑劣，仅摘出以下几点就可概括其全部。

他的后宫诸院竟储有美女多达七八千人，供他个人无节制的淫乐；纵容酷吏，有意识地制造恐怖，来强化他个人的威权；漠视民生，连续不断地征伐，以及皇帝个人穷奢极欲无节制地挥霍，将老百姓推到了水深火热的灾难中，甚至出现“人相食”的惨不忍睹的景象。而最能突显他残忍本性的是他所建造的极其宏大、奢华的皇家园林——上林苑，占地几百平方公里，内有三十六分苑，七十二离宫，苑中养育着无数奇兽珍禽，设有虎狼圈、豺熊圈——汉武帝不时命令将罪臣扔到圈内，让其同野兽殊死搏斗。看着野兽活活将罪臣咬死，撕成几块，那惨不忍睹的血腥情状，却能让这位“巨人”感受到莫大的乐趣，可见他的心理已变态到完全失去了人性。

在残酷惩处司马迁这一事件上，也足以显示这位“巨人”的人格是何等丑陋。由于汉武帝十分恼怒李陵兵败降敌（匈奴），在公开征询众臣对这一问题的看法时，司马迁不识时务，不知迎合上意，秉直地为李陵说了几句公道话。“巨人”却是容不得有半点不同意见的，立刻拿下问罪，处以“宫刑”。这在封建王朝史上不仅空前,甚至后世都很少发生。所以论暴君,汉武恐怕绝不会次于秦皇!

我们能期待如此人格的“巨人”来重建21世纪世界新秩序吗?

文化痼疾与假冒伪劣

前阶段,余秋雨以“文化‘枪手’与盗版集团联手,用怪异批评来挑动读者的猎奇心理,制造市场轰动效应,从中攫取不法的巨大经济效应,既‘谋杀’了作家,又扼杀了文化生态”的说词,引起了文化界的巨大反响。

近阶段,余秋雨又发表言论,认为当今知识分子的精神整体萎靡,热衷于窝里斗,甚至不惜用谣言来损害文化名人,导致我们社会形成一种追逐假冒伪劣的“文化”。当今社会各行各业假冒伪劣行为层出不穷,大有泛滥成灾之势,究其根由,皆由这一文化痼疾所致。

人患痼疾,其命必入险境,来日就很难保得久安了;一个共同体的文化若有痼疾而不加以根除的话,人们还能期待它有灿烂的前景吗?同时,由文化痼疾引发的社会急性炎症——假冒伪劣——那是会破坏我们社会健康生态的。我们能不认真地对待余秋雨这一警示吗?

那么我们的文化究竟患上了什么样的痼疾呢?又,社会上的假冒伪劣是否就是由余秋雨认定的文化痼疾所引发的?

在余秋雨看来,我们的文化痼疾就是,当今的文化人心底里积淀了太多的整人之恶。过去是“金棍子”随意肆虐;现在“笔杆子”也照样随便伤人。积淀在中国文人心底的那一种潜意识终于爆发:只有推倒他人,自己才能露尖。最大的知名度,才是知识分子最大的成就。这就使他们全然不顾知识分子所负的崇高使命,热衷于自我膨胀,妒忌他人有所成就,见不得他人的光芒盖过自己的身影,不惜制造事端、散布不实传闻来伤害他人。所有这些不堪的手段,究其实质,就是以虚假伪劣来抹杀真实。流风所及,竞相效尤,于是便形成了一种社会风气。正是这一文化痼疾作祟,才使当今社会虚假伪劣滋长之势难以遏制。

余秋雨通过曾轰动一时的周正龙假虎照事件,阐释了上述的理念:

> 为假冒伪劣圆谎,大家都只在乎好听而不在乎真实,这是我国近二十几年来最严重的文化痼疾。我曾惊讶:为什么有关我的全部谣言都能在媒体上一一得逞,而大家都对真实不感兴趣?时间一长终于明白,假冒伪劣已经成了上上下下的一种心理惰性,这便是让我们痛心疾首的一种“文化”。
>
> 在这种文化的弥漫下,我们没有对真伪界线的敏感,没有对虚假扮演的警惕,一旦发现疑点也缺少实证机制和驳伪机制,我们甚至找不到脱伪返真的基本程序。我认为,假虎照事件被揭穿,是一个偶然事件,中国文化战胜假冒伪劣的功能至今尚未获得。
>
> ……

对这个现实，我非常悲观，并坚信在我有生之年看不到曙光。

（《问学》第331页）

假虎照事件并不是一个偶然事件，它只是我国近年来诸多特大假冒伪劣事件中的一个典型。当前我国社会假冒伪劣的确已呈泛滥成灾之势，这不能不认为是我国现实的一大丑闻。但这能说是我们的文化出了毛病？是文化本质发生了霉变，才使假冒伪劣演变成我们社会有机构成的一部分？而余秋雨正是从这方面深挖下去的。他“很早就发觉，中国知识分子的整体萎靡，既有外在原因，也有内在原因。但是当外在原因发生了改变，他们还是不行，那只能是内在原因了。内在原因初看是互相伤害，实际上是自我禁锢，造成生命状态的畸形。直到现在，大量‘伪精英’‘伪斗士’的出现，都是使足了劲在狭小的圈子里装腔作势，尔虞我诈”；“沉积在中国文人心底的‘整人之恶’，只要一个人稍稍有一点名气，他们就会找到任何一个缝隙把他灭了”（余秋雨《寻找文化的尊严》第93页）。以他们这种精神品质，当然不会认真和理性地去关注公共领域发生的事件，更谈不上挺身而出，同那些丑恶的现象作斗争。他们主要的精力都集中到嫉妒他人的成就上去了。眼见他人的光环越来越耀眼，而自己却夕阳西下，快沉落到地平线以下去了。无奈“江郎才尽”，自己干枯到再也榨不出什么“油水”来了，那就只好“借东风”，利用“名人效应”，即攻击名人，制造轰动效应，借此来提高自己的知名度。这就是余秋雨在上述引文中尖锐揭出的，自他成名以来，不时有别有用心、怀有不良动机的人，编造了各种谣言来诽谤和攻击他。而我们的媒体也出于市场效应的考量，为了制造热点，从而有效地挑动群众的猎奇心理，引起广场式的狂欢，以便从中大大得益。所以他们根本不顾编辑的职业道德，大开绿灯，让各种针对他个人的谣言，都能在媒体上闪亮登场。因为余秋雨的知名度已遍及全国，于是有关他的谣言，就如同“号外”新闻，广泛地传布到社会各个层面。谣言，本质上就是假冒伪劣的东西。现在人们看待谣言竟如同对待有趣的新闻，加以把玩，作为谈资，养成了一种见怪不怪的惰性，从而丧失了渴求真实的热情。从这个意义上说，余秋雨认为近二十多年来，假冒伪劣之所以越演越烈，泛滥成灾，就是因为社会大众久久在这一畸形的文化氛围熏染下，心理上产生了严重扭曲，已丧失了对真伪界线的敏感。

我认为在讨论公共议题时，最忌以个人的恩怨说事，因为这不免会使个人的感情因素掺入其中，从而失去了应有的客观立场和清明的理性。上述余秋雨对近二十多年来中国文化痼疾的评述，就是以他个人的遭遇作为谣言文化的范例，使人感到有失偏颇，无法苟同。尤其是他认定，正是这一文化痼疾使得当今假冒伪劣盛行而难以遏制，实在让人觉得轻率之至！

我国目前正处于改革开放阶段，群众对公共领域中无论人或事都有表达个人观点的自由。由于余秋雨的高知名度，他当然地成了一个公众人物。因此，群众对他个人的历史或言行特别予以关注，并时有质疑或批评，这正体现了我国民主风尚的演进，是应予以肯定的事。当然，由于资讯的片面、视角的不同、理解的误差，无论质疑或批评都可能有谬误，这大可不必惶恐，也无须为此焦虑。因为现在已没有人会单纯地轻信哪一种论点就是结论、就是无可辩驳的真理。不同的观点完全可以公开地进行争论，事实的真相也会由此显现出来。即使是扭曲事实的谬论，甚至是不怀好意的攻击和诽谤，也没有什么大不了。我们应该相信群众。在开放、多元的社会中，权力旨意已很难直接控制群众。人的清明理性是有能力来分辨争论中的是非的，所以谣言必然会被击破，造谣者终究会被群众唾弃。让我们回首来看看鲁迅的处境吧。当时他简直是八面受敌，一切谣言和诽谤犹如倾盆大雨似的向他兜头泼来：来自敌对阵营“堕落文人”的指控，以及同一阵营的“封建余孽”“二重反革命”等不实攻击，都足以将他彻底摧毁。但结果怎样呢？通过尖锐的争论，群众倒是看清了鲁迅的真面目：他才是中华民族真正的文化战士！

那么，余秋雨在面对公众舆论时抱的是什么态度？让我们来看看他的自我表态。

> 学生（北大）问：好像文化领域一直有三四个人在不断地攻击您。每次都是抛出一个危言耸听的新闻，然后全国报纸转载，而你总是不予反驳。……对此，你能说几句吗？
>
> 余秋雨答：……他们最想与我辩论，我当然不给他们机会。我以无言的方式，把他们锁定在他们的等级里。
>
> ……
>
> 他们这么几个人，为什么会受到那么多人的响应？理由只有一条：沉积在中国文人心底的整人之

恶，在“文革”中爆发过一次，后来被压抑了，终于在我身上找到了一个倾泻的口道。为此，我深感荣幸。

（《问学》第 320 页）

余秋雨从来都不满足仅仅被定位为散文作家，他总是自我拔高地认为自己是个文化心理秩序的重建者。可是上面这个简短、明快的表态，显现出他似乎不甚了解当今社会的多元文化特征，以及文人应有的正常心态：任何人都无法阻止他人抛出有关公众人物“耸人听闻”的新闻。而对此最有效的破解办法，就是当事人或知情人能摆出明显的事实予以有力的驳斥。令人感到不可思议的是余秋雨却总是不肯出面针对性地加以反驳。难道事实能自己展现出来吗？没有人要求他对事实谦虚（余秋雨曾表示“对历史事实我从不谦虚”），但澄清却是十分必要的。不求澄清，岂不等同于甘心将事实包裹起来？在没有看到更富于实证的事实前，读者当然不肯轻易认定对方的指控是造谣、是诽谤。当事人自己不愿也不想让真相敞亮开来，却又横加指责他人造谣，这未免太不公正了。作为一个文化人，不积极地从文化立场上通过争论来澄清事实，却简单地诉诸司法来裁决，这实在让读者感到不胜遗憾！

再从心理学角度上来说，大凡用谣言来攻击他人者，都是隐于暗角的黑箱操作，不敢和对方进行公开辩论。可现在奇怪的是，那些用“谣言”攻击余秋雨的人，却表示“最想与我（余）辩论”；倒是受害者余秋雨本人，老是躲闪着“不给他们机会”，这实在令人感到匪夷所思。余秋雨说那是因为他不想给那些人利用和他辩论的机会来扬名。扬什么名？我看没有人会因为被贴上造谣者的标签而沾沾自喜吧！这种对人不对事的心态，不是文化人应有的。老实说，近二十多年来，文化界有关余秋雨如潮般的争议，其中固然有不少情绪化的偏激言论，但我还是很少发现有所谓完全无中生有、纯属捏造的谣言，更谈不上已经汇集成风而成为一种文化了。至于余秋雨进而将假冒伪劣同针对他个人的“谣言”文化挂起钩来，那更是耸人听闻的奇谈怪论！

余秋雨对当今假冒伪劣泛滥根由进行追索，认为那是我们近二十几年来的文化痼疾所致。这种大而无当、完全不切实际的泛文化论调，可以说根本站不住脚。

以前曾风行过唯政治论，也就是说任何事件都被看作是政治问题，用政治标准来衡量，用政治手段来解决。其荒谬性已不必赘述，相信它也不可能卷土重来。

但矫枉过正的是现在又冒出了“泛文化论”，即用文化替代了政治，任何问题都全盘归因于文化所致。文化比起政治来，其内涵和边界来得更广泛。所以任何问题，只要一扯上文化，便显得大而无当、漫无边际、高耸入云，使人简直丈二和尚摸不着脑袋，根本不得要领。由此，无形之中，问题的焦点就被掩盖和转移了，人们就别期望能及时得到切实解决。

假冒伪劣明明是行政体制和法律层面上的问题，余秋雨怎么能将它扯到文化话题上来？

不论哪一种文化，都不会容忍假冒伪劣的泛滥，当然更谈不上会去怂恿和助长这一不良现象的发展了。西方发达国家的文化虽然与我们大有不同，但假冒伪劣也时有发生。虽然在发生的频率和幅度方面有显著差异，不过就其性质而言，却与世界其他国家，即使是最不发达国家，也并无根本不同。可见它并不直接出自文化，而是与国家的行政体制和法律有关。用不着回避，我们国家在这方面的确存在着相当大的缺陷，最主要是体现在我们行政体制中，权力结构是呈直线式而不是网络状，这就为行政腐败提供了广阔的空间，使“权力寻租”能方便行事。不能说我们的行政部门没有监督，但仅仅依靠自上而下的直线监督，或同一系统内由左手来监督右手，那是远远不够的。

必须求助于体制改革，杜绝权力寻租，强化权力问责制，才能有效地遏制造假事件。相应地，还需强化我们的法治建设。

可余秋雨指引的却是另一条路径：先从整治沉积在中国文人心底的“整人之恶”着手，净化文化氛围，使谣言病毒再无生存的根基；让全民都养成对真伪界线的敏感，对真实感到迫切的需要，建立有效的驳伪机制。由此，一切假冒伪劣便都自然地裹足不前了。这个整治方案连余秋雨本人都毫无信心，感到极度悲观，认为在他有生之年绝对无望看到曙光，那我们更是余生有限，没有必要再对这种不切实际的空论浪费时间了。我们得趁早走自己的路。

转型期需召唤怎样的文化人格

很多人都将文化人格看作是“一支破残的毛笔”“一具老迈的身躯”，它离市场经济实在过于遥远，或者只是酷评时代一些枪手们用以攻击名人的炮弹，根本不值得认真对待。余秋雨却认为这是一个关系到“延续国人”的重大命题，并俨然地宣称：“我相信中国社会今后还会遇到我们今天想象不到的磨难，因此必须把文化提升到人格层面。”(《问学》第256页)虽然言之不免有所夸张，但并非没有深入讨论的必要。

最能体现文化人格巨大意义的，莫过于举出历史上具体的范例来。余秋雨在2009年北大进修班讲授中国文化史时，向青年学生“强行”——无须讨论，即可定案——推出了一位他认为具有光耀千秋的文化人格的文化人。中华民族在他的照耀下，不仅逾越了诸多障碍延续至今，并在今后可能遇到的磨难中，仍将激励着人们坚贞不屈、一往无前的意志。

这位大人，就是唐代的颜真卿。

颜真卿这个名字，对中国人来说真是太熟悉了，可以说只要进过学堂、握过毛笔的人，大概都会怀着感激的心情来追忆这位唐代杰出的书法家。就是这位颜鲁公向世界独有的中华书法艺术殿堂贡献了诸多不朽的精品。他那丰伟刚健、气象博大的颜体书法，虽经千余年时间无情的筛选，至今依然在中国文化史上熠熠生辉。

书如其人，能写出这样字体的人，当然不会是一个庸人。余秋雨给出整整一章的篇幅，浓墨重彩地描述了颜不寻常的经历，由此来彰显他那非凡的文化人格。

颜真卿是唐玄宗时的进士。玄宗后期，他的昏聩催生了安禄山的叛乱。当时朝廷有三分之一的军队掌握在安的手中，所以叛乱一经爆发就势如破竹，唐王朝立时土崩瓦解，大片领土相继陷落，连首都长安也很快被占领。玄宗不得不仓皇出逃，避向蜀地。当时的颜真卿是安禄山管辖之下的一个太守，本人又是文人。但在众多朝廷高官、将帅们眼见大唐危在旦夕纷纷投向叛军之际，颜真卿却全然不计个人安危，挺身而出，敢于逆势与强大的叛军对抗。他招募天下义士，很快就拉起一支部队；联络北方他的哥哥颜杲卿，合力抗击安禄山。为此，在这一场天翻地覆的动乱中，颜氏家族——颜真卿的哥哥、侄子以及另外三十多人——都惨死在叛军的屠刀下。国难见忠臣。颜真卿对唐王朝的赤胆忠心，天人可鉴。

接下来还有更撼人心魄的情节。

事情过去了二十八年，颜真卿已是七十四岁垂暮的老朽了。当时，安史之乱虽已平息了，大唐总算万幸地苟延了下来，但叛乱的后遗症却就此败坏了王朝的根基，中央的绝对威权不复存在，朝廷根本控制不了那些拥有军事实力的强大藩镇。节度使（地方军阀）们目中已无中央，他们自行建制，委派官吏，征收赋税，不服从朝廷政令，俨若独立王国。其中尤以河南许昌的李希烈最为嚣张，叛逆之心昭然若揭。这当然使唐德宗很恼怒，也很惊恐。但他清楚朝廷的底子，实在不能再大动干戈了。亏他聪明，竟想出这样一个馊主意：利用颜真卿在国人心目中的声望，派他出使去向李希烈晓以大义，规劝李不要心存歹意，应臣服中央。皇帝这一招，未免太残忍。试想一个心存不臣之心的蛮横军阀，怎么能因一个文化人的迂腐说教而改变初衷？这明摆着是个绝对凶险、绝无幸免的“地狱门”，怎么能忍心让一个舍家报国，对朝廷有过巨大贡献，且在文化上被公认为千载难遇的国宝级大师去冒这种轻妄的凶险？即便从最一般的人道角度来说，要一个濒临生之极限的老人来担负国家这样的千钧重任，也太不近人情了。所以很多人劝说颜千万不能接受这个使命。但是出于封建礼教忠君的绝对理念，颜真卿力排众议，不计个人安危，毅然领命而去。

果然不出所料，文化人面对军阀的结果是不会有什么意外的。李希烈先是用高官厚禄来拉拢颜真卿，因为他了解颜在国人心中的崇高声誉，若能得到他的手笔，发出一份讨伐朝廷的檄文，那一定会使自己反朝廷的行为在合理性上获得天下的认同。师出有名，就会极大地助长自己的军威。颜真卿当然拒绝。在拉拢不成的情况下，军阀有的是野蛮手段。李希烈见到过不少平时任性使气、妄议国事的文人，一旦向他们亮出刀把子，这些臭儒们顿时就会两脚发软，弯下身子来讨饶。于是他下令堆起熊熊烈火，威胁要把颜活活烧死；又威胁要在特地掘好的土坑里，将他活埋。面对如此极端残酷的刑罚，很少有人不被震慑而屈服。想不到这个已是风中残烛的老朽，竟然毫不畏惧，凛然挺立，坚如磐石，视死如归。这倒弄得李希烈手足无措，因不想引起天下非议，只得将颜暂时关押在庙里，两年后才将他缢死。

颜真卿的死，连唐德宗都为之感动。为褒扬他的忠贞，朝廷为他举行了隆重的国葬。皇帝为他罢朝五天，以志哀悼。

颜真卿的人格，为士大夫在中国文化史上增添了光辉的一页，历代都将他作为一个崇高的典范，供后人瞻仰。

延至 20 世纪末，余秋雨也对他作出了最高的评价。他的结论不仅仅限于历史层面，更将它提高到文化哲学的高度。他指出：“（颜真卿）为政治灾难当中的文化人格做出了最高表率。”他的价值已穿越了时空的限制，因此值得现代青年人尤其是北大同学向他学习。

在历史层面上，我对颜真卿在政治灾难中，面对暴力凛然不屈的人格，深表敬佩；但在文化哲学意义上，我却不得不指出，余秋雨误导了青年学子。

当我们在面对颜真卿的文化人格时，感动之余，应保持一份清醒，不要忽视他行为的价值取向。颜真卿是在封建的忠君伦理支配下，才无畏地献出了他宝贵的生命。当然，我们不能以现代的眼光来苛求千余年前的封建士大夫，那不仅是不科学的，也是不公正的。评判历史事件应运用历史标准。但余秋雨将它提升到文化哲学高度，作为一种超越时空的道德哲学来指引现代的青年学子，那就显得太不合时宜，可谓全然有欠斟酌了。

忠君伦理无论进行怎样抽象，即使从最纯粹的形式意义上来说，依我看都绝对于现代社会无益，甚至相反，反倒是政治或文化大灾难的潜在祸患。当我们正在转型，努力向现代化方向迈进时，却还在推举忠君型的文化人格为最高表率，这不能不令人对余秋雨文化人格的价值观产生极大的怀疑。

颜真卿之所以能面对军阀李希烈暴力威胁而凛然不屈，其意志来自封建主义的忠君伦理，勇气虽然可嘉，但牺牲得毫无价值。他将唐德宗的馊主意都奉若上帝的指示，作为神圣的使命，慨然前往赴难。这种忠于个人绝对权威的迷信行为，虽然因其英勇的表现，在审美上具有一定的价值，但在文化哲学上却很难获得高度肯定。他的无谓牺牲除了显示他对李唐政权忠贞之外，并没有多大的意义。因此，历史对它的情怀，也只止于悲悯而已，而绝不会提高到如余秋雨所敬颂的“最高表率”层次。

对于知识分子来讲，文化人格的最高境界是面对真实，敢于独立思考，说出真话，这才能成为中国文人在政治灾难中的最高表率。

政治灾难之所以会由酝酿而到爆发，主要是由于积压了太多、太沉的虚假和不义，完全消解了真实和正义，压抑得使人简直无法正常呼吸，这才引发了动乱和对抗。若能及早无畏地揭出真实，加以有效防治的话，那邪恶就不至于积聚到能引发政治灾难的地步。但揭出真实绝非是件易事。因邪恶之所以能运行，无不由威权精心策划和竭力护卫。而威权由于传统的积淀，使它先天性地具有了合理的资格，使人难以激发出质疑的勇气。比如颜真卿就不具备质疑天子唐德宗圣意的人格力量。另外，由于威权所持的暴力，其报复性打击的力度，足以威慑人们惮于说真话，所以一个在风雨如晦的政治情势中，能秉承良知，敢于直面威权，说真话，揭出真实的人，这样的人格在文化哲学上才有重要意义，能激励人们在政治灾难中屹然不倒，由此而受到人们由衷地敬仰。

司马迁就是这样一个不朽的典范。

李陵事件是凸显司马迁文化人格的一个范例。

李陵，是汉室抗击匈奴的名将李广的孙子。将门之后，自然得天独厚地承袭了“飞将军”（李广）的家学，骑射之精，颇得乃祖的真传，称雄当世。不仅如此，他善待兵卒，谦礼下士，有上将之风，在军中很受官兵们的拥戴。汉武帝相当赏识他，提拔他为骑都尉，在甘肃张掖一带驻防。

公元前99年秋天，汉武帝又一次发动对匈战争。

因卫青、霍去病都已去世，这一次汉武帝派李广利为主帅，率骑兵三万征伐匈奴。同时，他又召见李陵，命他负责主力的后勤，为李广利护送辎重。

李陵年轻有为，建功心切，他不愿担任平庸的后勤工作，就自告奋勇，向汉武帝要求，愿配合主力战斗，亲率自己一手训练的五千步兵，出其不意奇袭匈奴中枢。由于匈奴主力须面对李广利的攻击，中枢必定空虚疏于防范，李陵自信凭自己的英勇，必能直捣对方的王庭。此举若成功，将大振国威，立下千古不朽的功业。

汉武帝被李陵的胆气和豪情打动，不经深思熟虑就轻率地接受了李陵的要求，甚至为他规划了作战的具体方案。

李陵缺少与匈奴实地作战的经验，对漠北的风土实情也所知有限。既不知己，也不知彼，光凭胆气英勇从事，实乃十足的军事冒险行为。李陵所谓以少胜多的奇袭，简直有如儿戏。试想，大漠一望无垠，匈奴中枢又远在千里之外，而奇袭要求自己部队具有极其机动、快速的反应能力，得有神出鬼没之势，才能使对方摸不清自己的路数而被乘虚击溃。可是现在他所率领的是五千步兵，又带着辎重，其机动性也就可想而知。从汉边界到达匈奴境内的浚稽山，李军就在光天化日之下，疲劳行军了足足三十天，可说早就为匈奴的骑兵侦察所知。匈奴的优势在于骑兵。骑兵的速度是步兵望尘莫及的，他们能在极短时间内快速集结起所有的力量来，使李陵的奇袭构想化为泡影。果然，李陵军刚抵达浚稽山，即被匈奴三万轻骑兵包围。李陵确实英勇，以五千对三万的绝对劣势，匈奴竟然攻坚不下，甚至伤亡惨重，数目亦有数千之多。于是随即又快速调来八万骑兵增援。李陵拼死抵抗，也足足奋战了八天。只是因为孤军无援，粮食与弓箭都已告罄，再无拼搏的可能，最后只剩下几百名士兵，在突围撤退中折损。李陵自己被俘而降。

李陵全军覆没的消息传回京师，汉武帝为之震怒不已。但不为别的，焦点却是责怪李陵为何不死而降。他要狠狠地追究李陵背叛的罪责。

中国文化历久以来对兵败被俘而降和主动投降两种战地事件的性质不加区划，一概斥之为卑劣的叛逆行为，罪在不赦之列，都将他们无情地钉死在历史的耻辱柱上，遗臭万年。其实，这两者是有本质区别的，不能一概而论。兵败被俘而降，表明战士已战斗到了最后，尽到了他们的职责。虽然最终还是向敌人放下武器而投降，但那是力竭而出于无奈的被迫行为；而主动投降者，则根本就不具备战斗意志，无拼搏精神，见无胜算希望，为了保全自身就不战而降，那才是真正怯懦的叛逆行为。对于前者（不包括投降以后的作为），我们应审慎地理性对待，要弄明白事件的全部真实情况，分清其中的责任归属，切忌简单化地将污水全泼在投降者一个人身上，那是不公正的。

战争行为的缘起和展开，也少不了决策和执行两个层面，起决定性作用的当然是决策者。因此，战争最后的结果，决策者应承担主要责任。但中国历史往往将胜利的光荣归于决策者，却将失败的责任全部推到执行者头上。李陵事件就是这方面一个显著的例子。

李陵的孤军深入，奇袭匈奴王庭的军事方案，是由最高统帅汉武帝亲自策划、拍板定案的，甚至李陵军的行军路线——由庶虏鄣（在居延附近）北上，向浚稽山方向突进——都是皇帝制订的，连作战时间也是汉武帝命令必须在九月实施。当时深谙漠北风情的边防老将路博德曾指出，九月秋高马肥，正是匈奴骑兵可以发威的时刻，以回避为宜，应延至明年春季发动攻击，方为有利。汉武帝不听，一意孤行。这是此次兵败的关键因素。

当李陵军到达浚稽山发回第一份军情报告时，满朝百官无不交口赞颂天子的英明和雄才大略，敢于创造性运用兵法宝典，指派李陵深入漠北，奇袭匈奴王庭，实乃军事上的天才壮举。汉武帝本人亦飘飘然极为自得。不料，时隔不久就传来了全军覆没的战报。汉武帝却要百官议定李陵叛国灭族大罪。这时满朝上下立刻见风转篷，齐声一边倒，将全部责任归咎于李陵的急功求名，荒唐冒险，终致丧师辱国。本人却又向敌人屈膝投降，实乃叛国贼臣，非灭其族不足以平天下之共愤。

汉武帝要司马迁也表态。

其实司马迁对此完全可以置身事外，敷衍一下即可了事。

这是因为：

一、司马迁只是汉廷担任无足轻重文职的小官，武事根本与他无涉，他没有这方面“说真话”的责任；

二、他与李陵只是青年时代共过事，相识而已，并无往来，因此说不上有什么情谊，所以没有为朋友仗义执言的义务；

三、即使在严谨的文化意义上，他也无违于君子之道。因为自己与边事素不相涉，李陵事件更是与自己毫无瓜葛。作为置身事外的局外人，根本不了解其中的详情，因此无从来判断问题的是非。既然最高权威天子已作出了明确的圣裁，满朝百官亦都舆论一律地绝对拥护，自己敷衍附和一下，绝不会有损于自己的文化人格。

识时务者，在功利场上必定是俊杰；识时务者，在文化意义上却肯定是侏儒。

司马迁不是个识时务者。

他当然清楚自己的观点极其不合时宜。且不说小小的太史令，人微言轻，怎能与满朝的大臣持异议？更糟的是这样肯定会违逆上意。对汉武帝好大喜功、刚愎自用和残忍的本性，他知之甚详，对这样的皇帝说真话无异于涉险，很难期望会得到什么善果。

但是他不能抗拒士大夫的良知，他感到有责任将真话说出来。

他不仅仅是为李陵这一个案辩护，他感到作为一个正直的士大夫应该有勇气揭示真实、伸张正义。

司马迁认为，李陵兵败投降，立马就急切地给他加上叛国的罪名是不严谨的，这可以从两方面来论证：

首先,从李陵以往一贯的表现来看,其人忠贞爱国、清廉自守、恭俭下士,几乎获得朝野一致赞许。执掌武事以来,也颇有作为,不乏功业,因而被视为汉朝一代良将。此次主动请命,以少胜多奇袭匈奴,实出于一片爱国热忱。至于在浚稽山被围而遭覆灭,应深入看到他的现实处境。他只有区区五千步兵,而要对抗十一万骑兵的包围,但他并无怯意,仍然十分勇猛地拼死战斗,足足坚持了八天,甚至重创了敌人,使对方牺牲的数量竟然超过他部队的人数,这在军事上不能不认为是一大壮举。他是因为孤军无援,既断粮又无箭,根本无法再坚持下去才不得已投降。有鉴于此,目前不宜过早就对他作出叛国的结论。有可能李陵出于权宜之计,暂求保全下来,以待有机会脱逃回来。若现在就急促地将他归罪定案,并株连到他的家族,他是有名的孝子,得知老母被害,岂不断绝了他反正的念头?司马迁认为这就无论如何失之过当了。

司马迁的观点无论从哪个角度去看,都可以说实事求是,极为公正。他并没有全然归咎于决策层的错误,也并非一意为李陵的投降开脱所有的责任。他只是澄清事实,说明情有可原之处,要求为一个不可多得的将才留一条反正的后路而已。

中国说真话的士大夫历来就没有什么好下场,更何况他所面对的是汉武帝,司马迁的结局也就可想而知。汉武帝痛恨他竟然为叛国的贼臣辩护,立刻拿下问罪。

儒家有“刑不上大夫”之说。汉武帝虽然“罢黜百家,独尊儒术”,但却用最残忍的刑罚来对待司马迁。宫刑,不仅使人丧失了做人的基本权利,也使人丧失了做人的基本尊严。在封建时代所有的刑罚中,它被看作是最惨无人道的酷刑,很难想象一个受过宫刑的士大夫还有任何生活意义。

但是为了完成《史记》的写作，司马迁忍辱负重顽强地坚持了下来，终于为他的文化人格画上一个完美的句号。

说真的，我真是非常钦佩余秋雨敢于主动担负起重建中国文化心理秩序这一伟大而艰巨的任务。他那“当今之世，舍我其谁”的气概，真有直追亚圣的风范。但我确实又感到十分困惑，他“强行”推出忠君型人格典范，究竟要建设怎样的一种文化心理秩序？我们不是要向现代化迈进吗？记得余秋雨曾很明确地阐释过，他所谓的人格“不是惯常理解的个人道德品质，而是指一种与广大读者相关的内在精神结构”，难道“忠君”式的精神结构还与现代读者息息相关吗？我不是苛责他举封建士大夫作为范例，因为他给北大进修班学生讲的中国文化史，虽说一直延续到“五四”，但重点是在前现代。可是即便在前现代，远比颜真卿更早的司马迁，他的精神境界就更与现代读者的命运相关。

独立思考、说真话，我认为这才应该成为“重建”中的核心。

文化遗产怎能以文化偶像来传承

2009 年余秋雨在北大进修班讲授中国文化史时,曾与学生有过以下一则问答:

> 学生问:在中华文明的传递过程中,有必要树立文化偶像吗?树立多少?什么度是合适的?
>
> 余答:文明和文化,表面上是由一些语句传承的,其实语句就像物品,要靠载体才能向后代运动。这种载体就是人格。……人格是一种生命现象,凡是生命现象,都有基因,有遗传。因此,中华文化是靠中国人的集体人格传承下来的。……承载文化的集体人格,必然会有代表,那就是你所说的文化偶像。文化偶像是在时间过程和空间选择中自然产生的,因此不必刻意“树立”。既然这样,也就不存在数量和度量的问题了。
>
> (《问学》第 319 页)

以上问答,虽然相当简约,但主题却十分重要,它关系到中华文化今后的发展。余秋雨上述观点牵涉到很多问题。在这里，我只想对其中两点深入地探讨一下：

一、文化偶像究竟是否有助于传承中华文明？

二、文化偶像是自然产生的吗？

在深入讨论命题的意义之前，必须先弄明白命题中关键词的含义。因此我们应该明确，什么叫“偶像”？为避免产生歧义，现请出权威《新华词典》来说明：

> 偶像：原指宗教或迷信中敬奉的用泥、木头雕塑出来的神像，后泛指盲目崇拜的对象。
>
> （《新华词典》第424页）

我们不谈宗教。

我们要讨论的是余秋雨所说的“文化偶像”。

根据《新华词典》的诠释可知，无论在什么领域，既然成为偶像，也就表示它成为盲目崇拜的对象。

假如我们都认同《新华词典》的诠释，那么余秋雨的观点就很成问题了。

一种文化是否能绵延下去，并不取决于任何个人或权力意志，而是看它是否能顺应时代的变化，以及是否有助于继续促进社会文明。由于生活本质上如同一股永不止息的激流，人的向上愿望是永无止境的。所以无论哪一种文化，都不可满足于既有的成势，故步自封，便会逐渐僵化而不能应对新的变化，就会使后人觉得它已衰朽、失去了继承的价值而终于放弃，于是这一文化便就此断裂，不能再绵延下去。因此，凡能继续传承下去的文化，必定具有开放性，能平等地与其他文化进行对话，在自由碰撞中吐故纳新，不断自我完善，如此才能经得起时间和空间无情的筛选，而仍能保持充沛的活力，求得更好的发展。

而现在余秋雨却认为文化传承得依靠文化偶像来进行。

由于偶像是盲目崇拜的对象。所谓盲目崇拜，就是毫无理性，对对象信仰到了迷信的地步，用现在的话来说，就是信徒对对象树立了一种“凡是”态度：凡是对象的言行都是永恒的真理，它是判别一切是非的依据；对象的人格就是文化上的最高典范，它是文明不可逾越的圭臬。很显然，一经偶像化，对象便臻于无上巅峰，完美得无可置疑、无从逾越了，世间都得对之顶礼膜拜。

事实上世间并不存在绝对完美的对象。

因为人，无论从其自然属性而言，还是与环境相互依存的关系来说，他都只是一个中间体，是在进化过程中不断成长和发展起来的。因此任何时代的人都是有限的，由此而产生的文化也不可能已完善到无可置疑的地步，否则人类社会就到此为止，再也没有发展余地了。既然人绝不可能伟大如神，人格也不可能完美得令人盲目崇拜，那偶像是如何产生的呢？

余秋雨认为文化偶像“是在时间过程和空间选择中自然产生的”，而我根据以上的分析，可以断定文化偶像绝对是刻意造就的。

人怎么会盲目崇拜对象？那是因为迷信，是失去理性的结果。但正常的人是不会失去理性的，那完全是被病态社会异化所致。

当一个社会为了维持其一元化生态而实施封闭固守的政

策，它必然要阻绝系统外的一切信息来源，这就使人们生活在单一信息下。由于无从比较、无可选择，且久久地经受着同一信息的重复刺激，人们的理性就自然麻木起来，终于进入休眠状态，于是就失去了批判能力，不能自主地进行判断，只能顺从操弄者的旨意来认识对象。偶像，便是在这种理性缺席的迷信中产生的。

这是可由历史证明的事实。

秦汉以前，百家林立，谁都不认为哪门“子学”已完善到了成为绝对真理的程度，无论道家、墨家还是法家等都对儒家的核心理念提出尖锐的批判，儒家学说和孔子并没有成为偶像。两汉文景时代，崇尚的倒是与儒家相对立的黄老学说。汉武以后，黄老迅速衰落，完全被儒学取而代之，儒学成为主流的核心。但这并非是儒学的理念在争鸣中战胜了黄老，优胜劣败的竞争结果，人们自然地选择了儒学，而是因为汉武大帝激越的权力意志，无法容忍黄老消极无为的思想。他敏锐地感觉到儒家经董仲舒改造后，它的核心理念对加强皇权专制十分有利。孔子的儒学，核心是在阐释一种道德理想，其大把的仁义说教，其实根本不对汉武的胃口。但这不是主要的，重要的是可以灌输给老百姓，由他们去消受、去躬行。当社会沉浸在道德理想的氛围中，是有助于醇化人际关系、促进社会和谐稳定的，对巩固汉室江山有利。而汉武帝真正感兴趣和看重的是董仲舒儒学的核心理念。虽然董儒顶的仍然是孔子的名义，但他却将儒学的重心从道德理想转移到安邦治国的政治轨道上来。董仲舒利用阴阳五行理念，给孔子儒学披上了一件精致的宗教外衣。他将孔老夫子含糊其辞谈不清楚的“天”，放大、加重、系统化地塑造成为有意志的万能主宰。既然万物生生不息，能有序、无限地绵延着，完全是靠“天”的恩泽，这就表明“天”是极其睿智和仁厚的。为了能使人类社会更好地向前发展，他授命君主来管理和带领人民，所以君主的作为是在体现“天”的旨意。我们崇拜君主，其实是在敬畏天命。顺从天命，人们必可得福；反抗君主，就是违逆天意，那就绝不会有好下场。

董仲舒的“君命天授”说，为君权的渊源打造了一个神圣的基础，从而奠定了君权不可侵犯的有力依据，这就成为汉武帝特别欣赏和欣然接受儒家的根本原因。

“君命天授”以后也就成为儒学的核心理念，它对后人倾心地拜倒在皇权脚下、营造个人迷信，起到了决定性的作用。

董仲舒另一个为汉武帝看重的是“大一统”，即现在所谓的“一元化”理念。

先秦儒家，之所以在政界吃不开，孔老夫子周游列国，辛苦了大半辈子，却始终得不到诸侯的青睐，从未有过施展的机会，那是因为政界认为孔子那一套“仁义”大道理，都是云端高调，离现实政治太远，不能认真对待。而汉武帝却看出董氏“罢黜百家，独尊儒术”的一元化献策确是强化皇权的一个举措。不要以为这只关系到文化事业而与政治无关。由于百家林立，可以自由争鸣，于是七嘴八舌，议论丛生，虽然并未直接涉及政事，但它却有助于破除迷信，活跃思想，而这会削弱强化皇权必须具备的个人迷信氛围。随着人民理性程度的提高，对皇帝的绝对崇拜就会动摇，甚至消解。现在董氏主张：凡不在“六艺”、孔子议论范围内的学说，一律废止。这让人们从此囿于统一的论调中而失去批判能力，只能奉儒学的理念为准则。于是人们在崇仰儒学的同时，必然会连带地敬服坐在儒学挂帘后面的王座上的汉室天子。

董仲舒的儒学还有一项为学界所低估，而其实对强化皇权专制极有实践意义的贡献，那就是“春秋决狱”。

所谓“春秋决狱”，就是官员在断案时，直接以《春秋》的内容来作为法律依据。人们一定会觉得奇怪，《春秋》为先秦一部鲁国的史书，怎么能用来与时下务实的法律挂上钩？董仲舒认为，《春秋》乃儒家经典之冠。它虽是一部鲁国史书，但其中对史事本末的评判却完全是以儒家的理念为准则。所以在断案时援引《春秋》事例，也即是在遵循儒家的原则来评定是非，而儒家理念就是“国家意识”，所以，以《春秋》来断案，从根本上来说也就是在贯彻国家意志，这就可确保它在原则上的合理性。

法律无论多么细致，它总不免抽象和固化，使司法者感到有所束缚，放不开手脚，不能名正言顺地按需断案，而“春秋决狱”就能有效地克服这个局限。司法者可根据需要，对所援引的《春秋》事件作出主观解释，这样便可突破法律明文的死板规定。既然它宣称依据的是儒家权威经典，是遵循圣人之教的原则所作出的结论，人们还能有所非议吗？这就给皇权在处理政敌时，获得了堂皇的合理性。这就是为什么汉武帝最得力的酷吏张汤在面对棘手、难以依法判断的案件时，往往不惜屈尊前去拜访已离任很久的董仲舒，向他讨教如何运用《春秋》来解决难题。

“春秋决狱”，不仅在汉武帝时形成了一道极为别致，又相当耀眼的风景线，且由于它显著的实践效果，启示了后世的统治者竞相效尤。魏晋南北朝时期的法律就曾作出明文规定：遇疑难案件，应以儒家经义来决断。可见它在维护皇权统治上的重大价值了。

另外经由“春秋决狱”，儒家的理念便直接成了普通老百姓日常生活是非判断的标准，使老百姓体认到，儒家的伦理才是人间行为的准则，人们只有虔诚地遵奉，才能确保安全，否则便会招来牢狱之灾，弄得身败名裂。这样，儒家伦理便渗入到老百姓的深层意识，积淀而成为一种无意识的信仰，儒学终于成为人们的文化偶像。

所以说，先秦儒学是经董仲舒改造和汉武帝强制推行才成为中华的主流文化的。因此，孔子作为偶像所代表的后世儒学，其实并非精华的集成，而是结合着汉武帝和董仲舒基因的一个综合体。

到了宋代，朱熹将儒学的重心从先秦的“仁”转移到了“理”，建立了“存天理灭人欲”的核心理念，而他所谓的“天理”，就是“三纲五常”，于是彻底抑制了人的个性成长。人的思想和意志，从此就被“纲常”牢牢地紧箍着，完全丧失了独立思考的勇气。这正是大明天子朱元璋梦寐以求的结果。因为若人人都无条件地拜倒在“纲常”义理下，朱姓的江山岂不固若金汤？于是朱元璋就把朱子儒学偶像化推行到了空前的程度。儒家经典以朱熹所编的“四书”《大学》《中庸》《论语》《孟子》，取代五经成为最高典范。诠释非从朱熹之注不取，也就是说对儒家思想的理解一概以朱熹的观点为准绳，绝对不允有所逾越，否则便被认为是异端，是不可容忍的邪说。连先秦儒家的二把手、被尊为仅次于孔子的亚圣孟子，因有“民为贵，社稷次之，君为轻”；“君之视臣如土芥，则臣视君如寇仇”等言论，朱元璋都对之忌恨不已，认为它亵渎了君王的威权，于强化皇帝专制不利，曾扬言“倘此老在今日，岂可免我一刀?”他竟然下令要将孟子逐出孔庙，清除出儒家学统。后因士大夫的激烈阻挠，朱元璋这才变通地将《孟子》原著删去三分之一成《孟子节文》，方始勉强容忍孟老头子留在孔庙里，施舍给他一小碗冷猪头肉，以显示大明天子的宽容大度。儒学先师尚且遭此厄运，对付学界小子朱元璋就更拿捏有方。他洞悉士子之所以一心只读圣贤书，并非是想做圣人，而是要做官，要光宗耀祖，那就非得参加科举。于是他规定考试的试题就出自朱子编订的儒家经典，而答案则以朱注的阐释为准绳，凡不符朱注理念的，则一律被剔除。封建社会的学子，十年寒窗，两耳不闻世间事，除了仕途，往往无路可走。若科举无望，学子一生也就完蛋了。这怎能不令学子对朱注的儒家经典崇拜到盲目的地步?

通过上述简单的历史梳理，我们不难得出结论：中华文化史上的儒学偶像并非是在自由竞争中胜出，经由历史公正选择而自然产生的，它是被权力意志通过迷信刻意塑造出来的。因此，它的生命基因中就蕴含着诸多糟粕，这些东西对现代生命的健康成长，绝无助益。

明白了历史上文化偶像生成的由来，我们就绝不会同意余秋雨以文化偶像来传承文化遗产的观点了。我们向往的是现代文明。现代化的标志是理性、多元和公正。因此，我们要求所传承的文化遗产能有助于现代化建设。应该说我们的文化遗产中确有不少有价值的东西，可以吸收用来服务于现代化。儒学自有其合理的元素；孔子也确是一位大思想家、大教育家和大学问家,其文化人格也足可引为今人的楷模。连德国存在主义思想家雅斯贝尔斯都推崇其在世界性的“轴心时代”占有一席崇高的地位。所以若抱虚无主义态度将其一概抹杀,那不是可笑的无知,就是可厌的矫情。须知文化犹如一股永不止息的激流,任何力量都无法将其截然割断。世界上也从未发现无源之水能形成浩淼的江河。但我们必须清醒地领会到,雅斯贝尔斯说的是“轴心时代”,那已经过去了两千多年,沧海桑田,世界早已换了人间。两千多年前我们整个文化围绕着旋转的轴心——“天命”——在当今信息时代早已锈蚀得周转不灵了,若我们却仍因为它是祖传的遗产而无比珍惜,不思更换,那就是我们的问题了。问题的关键就在于我们不该将它偶像化。

对待文化遗产,偶像传承的观点正好与虚无主义是截然相对的两个极端,同样荒谬和有害。

偶像化,就是迷信对象是一座巍峨的、不可逾越的顶峰。因为它标志着绝对完美,所以后人所要做的工作,只需注解和诠释,忠实地传承它的原意,就足以惠泽于后人了。余秋雨在北大讲授中国文化史时,就是努力在青年学生中培植对文化偶像的迷信。他提出了两个自以为今人无从回答的问题,驱使同学们堕入神秘的信仰迷雾中。他说:

“为什么他们(指轴心时代的思想家)中的每一个人开天辟地,而后代子孙那么多年后还只能追随他们,却没有能够超越?”

“为什么人类最精彩的思想创造,集中完成在二千五百年前?”

因为没有人能够提供答案,所以只能诉诸信仰,于是他就得出了以下结论：

“我们无法超越那些看似童年又是成熟，看似天真又是辉煌的思维。”

我认为余秋雨的说词完全不符合西方文化史发展的实际。苏格拉底固然是西方哲学的源头，人们对其崇敬之情并不逊于中国人之于孔夫子。但人家并不认为他已完善得无可超越了，亚里士多德就认为他有些观点是肤浅的，甚至是错误的。因此，他虽然真挚地敬仰这位了不起的先师，但并没有将苏格拉底当作偶像——只知低头一心地追随着苏师——而是另外开辟、创造出新的体系，其成就远非苏格拉底所能企及。后起的黑格尔照样不甘于拜倒在已成为整个西方世界思维方法指南的亚里士多德式逻辑脚下，而创建了更为深邃的辩证逻辑，使人类的思维能力终于发育进入了“成人期”。牛顿更是不知忌讳，索性将亚氏物理学请出了辉煌的科学宫。当黑格尔自负地认为，他的哲学体系已成为无可替代的经典，马克思却果敢地将他的辩证逻辑头脚颠倒了过来，从而创建了唯物史观，使远在东方的革命群众都因此而受益。……那一幅异峰凸起，一浪高过一浪的景象，是何等的壮观！余秋雨怎么能说后人没有也不可能超越“轴心时代”的老祖宗？但证之于中国历史，他说的确实不错，虽然时间流逝了长达两千五百年，我们文化界思想总体来说还始终没有越出孔老夫子的框架，到现在为止都还只能追随他老人家背后，发表一些《学习〈论语〉心得》的体会，来显示我们的思想水平。余秋雨认为这个非凡的文化现象，已超出了今人理性所能解释的能力。不过在我看来，这个问题余秋雨其实已经触及到了它的核心，只需将他的论述由肯定语态改

成否定语态,答案就全部浮出水面:

那就是,我们用文化偶像来传承文化遗产的负面结果。

西方学界之所以后学迭出、异彩纷呈、高峰林立,并时有超越,其文化根源主要是早已破除了对权威的迷信。他们虽然极为珍视文化遗产,但决不承认有什么不可逾越的顶峰。他们并不将文化遗产当作偶像,而只认为是一份宝贵的资源。作为资源,它值得珍视,并不仅仅在于它固有的价值,更重要的是它可供开发的价值,也就是说它被有效利用后,能使所构建的文化极大地增值。所以他们不是以一种卫道士的精神来守护遗产的完整和独立,力求捍卫它的自在价值,而是采取一种批判态度,敢于质疑、敢于重估,力求在建设更适合现代人需要的文化中有所贡献,这就促使西方的文化界新潮汹涌,不时出现超越前人的波峰。

而在东方学界,如余秋雨所强调的,则是将文化遗产当作偶像。他们认为它已完美得后人无法超越,因此我们所要做的工作,应是忠实地传承它的原意,踏实地贯彻它的精神,为捍卫它的尊严而奋斗不懈。比如余秋雨就认为《易经》是中华民族上古最珍贵的一份文化遗产,它的内容博大精深得不仅蕴含着人文学科所有的要素,甚至也包括了自然科学。他在北大进修班讲授中国文化源流时,就宣称:“我们仍然可以发现,现代物理学的许多规则,与《周易》代表的东方神秘主义暗合。”(《问学》第48页)也就是说,早在三千多年前的我国文化经典——伟大的《周易》——中,就蕴含着现代物理学的精粹,可以肯定其中还含有现代化学、现代生物学、现代医学、现代宇宙学等科学精粹,这就有待于我们进一步去发现了。这样看来,我们科学规划的重点，应立即转移到我们自身的文化遗产上来。掌握了《周易》，就等于掌握了打开科学百宝箱的钥匙，这样就可保证我们后来居上，迅速地超越西方了！

遗憾的是，余秋雨的论述，只是一种信仰语言，无法得到理性对待。他不也认为《周易》是东方神秘主义的总体代表吗？神秘主义的东西与科学是格格不入的。但正因神秘，所以人们不仅可发现它能与任何对象“暗合”，甚至还能发现不无应验的“巧合”呢！但“暗合”与“巧合”是无助于科学成长的。我国积三千多年来以《周易》为指针的“命相”——预测吉凶实践——可谓已积累了相当丰富的“暗合”资料，并没有由此而使“预测学”前进一步。

《周易》确是中华文化宝库中一份珍贵的遗产，但如余秋雨那样将它偶像化，崇拜到几近迷信的程度，那就将其庸俗化成了“万金油”一般低俗的小商品。这不仅是在糟蹋我们宝贵的文化遗产，也是在浊化我们的现代化。

让我们把文化遗产作为有用的资源吧！我相信，若用现代化的批判武器去开发，一定能获得丰硕的收益。

透视第三种人

小人是人际关系中的霉菌。它对社会文明的危害，一直让人民群众惶恐，因此有理由引起余秋雨强烈的愤怒和笔伐。他的《历史的暗角》能获得广泛流传，应该说是在情理之中。

但余秋雨理念中的小人，仍牢牢地黏附在儒学的核心上，并未与时俱进，仅将他们看作是相对于君子的一类道德上极其不堪的人。这种脱离人的存在境遇，进行抽象的二元对立区分，虽然简洁、明快，但证之于实际却完全是种脸谱式的描述，实在太过肤浅，只能戏化舞台上的角色，根本不能用来辨析复杂的历史人物。尤其糟糕的是，由于他过多地聚焦在费无忌①之类的小人身上，从而转移了社会问题的要害，这就使得我们的人文批判显得苍白，把握不了真实。

事实上，像费无忌之类的小人，只是引发人际关系霉变的细菌而已。虽然他们极为诡谲、奸险，但其手段不外乎造谣、挑拨、攻讦……那些完全不能见之于阳光的贱招，人人都对之感到恶心、憎恨。因此，他们并不如余秋雨所言说的那样，历来为

① 费无忌，又作费无极，春秋末年楚国佞臣。

历史学家所忽视。综览我国史册,无不对此类小人严加斥责,毫不留情地将他们钉死在耻辱柱上。一般群众固然极易被此类小人蛊惑和操弄,但在理念上对他们的作为是很反感和警惕的,只要稍有察觉,便会立即止步,唯恐避之不及。所以这类“细菌”所能起的作用,仅仅只是将“局”搅混、搅乱、搅糟而已,并不能扭转乾坤,遏制整个社会文明的进展。

对社会危害极大的,倒不是费无忌之类的“纯粹小人”,而是“多面的大人”。因为他们有地位、有学养、有事业,拥有着相当高的声望,受到人们广泛的敬重而被尊为社会的精英。但他们的灵魂却富含“小人”基因,因此他们的心计就比一般的小人来得更阴险、更狠毒、更无道德顾忌。由于他们都是社会上的头面人物,不像费无忌之类只能隐身在“历史的暗角”中,操弄一些瞒天过海式的贱招,成不了什么气候,而这些大人物却是驰骋在人生大舞台的前沿,高屋建瓴、挥斥方遒。他们的影响之大简直可使历史喘息、社会心理失序。可是他们由于披上了华贵的“大人”外衣,竟使历史学家望而却步,没有足够勇气来直面他们的多重人格。史笔所渲染的,尽是他们的正面形象,而回避涉及时有显露的狰狞面目。在偶像文化的熏陶下,人们对之顶礼膜拜。这怎不令中国文化为之感到战栗!

当前,我们正处于社会的转型期,所以不能再停留在余秋雨的“纯粹小人”批判的水平上,让这些远比小人更丑恶的“多面大人”再牵着大众的鼻子误入历史歧途。我们必须揭出他们另一面的真面目,才能顺利开拓出我们的现代化前程来。

这类“多面大人”,因囿于我国传统人性论的二元对立模式——“君子与小人”——而无法命名这一复杂的组合体,所以人们只能用“大师+小人”的表述式来指称他们。而我为了简洁起见，就概括地以“第三种人”名之，以便使我的阐释更具普适效能。

上述表达式中的“大师”，在现今已是一个耳熟能详的词语了，所以毋需再作多余的阐释。我要下功夫的是，要从我国历史上找出第三种人——“大师+小人”——的原型，来证实我以上的论断。

我要说的第一个原型是萧何。

萧何？他不是中国有口皆碑的名相吗？是的，甚至有历史学家赞之为中国历史上第一名相。刘邦得天下，在论功行赏时，朝臣几乎一致推举韩信为第一大功臣，但刘邦却属意于萧何。我认为刘邦的评判绝对正确。萧何确实受之无愧，他确实是位名至实归的“大师”。

但他又是“小人”。在人格上，他有着小人显著的特征，确是“第三种人”。

萧何具有大师级的智慧。最能显出他优异智慧的，莫过于识人。常人一般都是从对象过去的经历和现有条件，来推断他所能肩负的使命。但具有大师级智慧的眼光，却能从对象蕴藏的潜质，看出他的未来。但潜质这个东西，隐而不露，无法加以实际考核，所以很难评估。即使在今天，中外心理学家也拿不出成熟的学术成果，可以据此得出确切的结论。因此，具有识人智慧的，只能被看作是天才。萧何在这方面，简直可称得上是数一数二的。

就拿刘邦来说，这是一个相当典型的无赖型人物，从来都不务正业，游手好闲，整日里呼朋引伴，花天酒地，就是图个痛快。既无文化，又无靠山，也不知道他是怎么弄到“亭长”职位的——这大约相当于现在街道联保主任角色，很可能是无薪的，仅仅是为政府分担一些琐碎的杂务，比如调查户口、传达政府一些告示等——无赖的刘邦之所以肯扛起这种没有油水的活儿，多半是为了可以以此向愚昧的老百姓摆谱：刘爷可也是头儿，在县衙是挂得上号的！这就可使他在当地混得更风光。

就是这么一个混混儿，别说别人，就连他的父亲都对他失去了信心，根本就不指望他有什么前途。连这样的强刺激，都丝毫不能触动刘邦，你说这个人会有多大出息？但萧何却不这么看。

萧何是刘邦的同乡。虽然只是县衙里一名不起眼的事务员，但却是个知识分子。他与刘邦很熟，应该说刘邦的一切无赖行径，萧何对之都了然在胸。但萧何的慧眼却发现这个混混儿的潜质极其不凡。萧何认为，时当乱世，正是这类人物上台串戏的绝好时机，所以主动与其结交，引为知己。不仅经常在经济上无偿地接济他，甚至不惜利用公务之便，上下其手，几次三番为刘邦开脱牢狱之灾。

秦二世上台不久，随即天下大乱，刘邦亦乘机起事。不过他的起事并不出于预谋，而是迫于无奈才铤而走险。因为他是亭长，所以奉命押了数百壮丁赴骊山服役。半途中，人员已经逃亡过半，无法交差。秦法苛刻，类如这种情况，亭长必然难逃死罪。反正死路一条，于是刘邦索性豁出去起来造反。由此可见，他的基础是何等脆弱，简直谈不上有什么实力。一个不入流的亭长头衔，对天下是不会有什么号召力的。一般的人，绝对看不出刘邦会成什么气候，从而前去投奔于他。所以初起时，官方只将他们看作是一群无足轻重的流寇而已，根本不放在眼里。但萧何却从一开始就跟定了刘邦。虽然刘邦的造反经历十分坎坷，屡战屡败，处境艰险。但萧何从不动摇，竭尽全力，一心辅助刘邦，从零起步，跌打滚爬，终于打出了汉家天下。检阅萧何的背景材料，人们没有发现他有任何“不得不”的理由要去参加造反。因为造反毕竟不是儿戏，它是只能成功、绝对输不起的买卖，不仅要押上自己的身家性命，甚至还得殃及三亲六友们的命运，这就是崇尚理性、讲究功利的士大夫们很少主动参加造反的缘由。由此，我们可看出萧何非凡的政治智慧，他竟敢毫不犹豫就将全部赌注押在这样一个赤条条的混混儿身上。这要不是他对刘邦的政治潜质有着深刻的认识，因而具有坚定不移的信心，是绝不会这么干的。我们无法不对这样的“大师”甘拜下风。

还不仅此一例。在荐举韩信这件事情上，萧何在中国历史上，永恒地留下了一段脍炙人口的故事。

韩信的背景材料更灰暗：十足的无业游民，弄到乞食漂母的地步，甚至甘受强徒的胯下之辱，丧尽了为人应有的最起码的自尊。以这个概要的履历，即使在当今民主社会中，也没有哪家保安公司会不计较地任用他。而他最主要的资历也就是在项羽军中做过类似“门卫”一类的工作——执戟郎。要从一个“门卫”身上，认定这是一个统率三军的司令人才，无论如何有点匪夷所思。但萧何的眼光就是有这个穿透力。在同韩信面对面的交谈中，听到一个不入流的“保安”，居然出言不凡，指点天下大势有如高屋建瓴，给人以醍醐灌顶之感。综观汉营全部将士，萧何还从未遇到过这样的人物。此等英才，岂可错失！

所以他不惜一再违逆刘邦的心意，以自己的身家性命，力保韩信，非要刘邦拜其为统率全军的主帅，甚至向刘邦撂下重话：若不放手重用韩信，我们就永远别想走出汉中。萧何月下追韩信，虽然有艺术夸张成分，却并非全是戏剧家的戏说，而是有载之史册的事实依据的。历史证实了萧何的智慧，其识人之明，可称得上千古独步。即使今人也不禁为之赞绝：萧何这一追，追回了汉朝四百年的江山。

在我看来，提出以上一点，就足以给萧何冠以“大师”的尊号了。其他如为刘邦构建坚实的根据地，使刘邦能屡败再起，不致遭到彻底毁灭；保证军需供应，使前方战士无后顾之虞；约法三章，使汉军飘扬起正义的旗帜，从而使天下人心向刘……这诸多大手笔，已为众多史家所详述，我就不多说了。总之，指称萧何为“大师”，当不至于引起质疑吧！

但我要说萧何又是“小人”，这却要举出过硬的证据来。

证据一：

萧何是开拓汉朝的第一大功臣，功勋卓著，不仅在统治集团中享有很高的声望，且在老百姓中亦口碑良好。由于刘邦长期领军征战在前方，后方都委托萧何来治理。萧何原本出身于县衙，长期以来一直同芸芸众生打交道，所以深知民间疾苦和他们的愿望。他目睹强秦王朝之所以会迅速溃崩引起天下大乱，很快就灭亡，实在是因其过于暴虐，逼得老百姓生活不下去了，百姓才铤而走险起来造反的。因此，他就采取比较宽松的政策，这就使老百姓在强烈的对比下，主动地选择了汉方。而代表汉方，能为老百姓直接感觉到的，却是萧何的作为。所以在后方，萧何的声望一时竟然高出刘邦。封建帝王最忌讳的就是有人声望凌驾于他之上，因为这会削弱帝王至尊无上的神圣性。即使是毫无兵权的文职人员，也被认为是不可忽视的隐患。刘邦是极有心计的帝王，他当然不会容忍这种现象发展下去。但萧何对此却毫无戒心，殊不知危机已悄悄地在向他逼近。倒是萧何身边的谋士冷眼看得很清楚。他警告萧何，若再不从速改变自己的形象，不久就会招来灭门大祸了。经旁人一点拨，萧何立即警觉。为了取悦主子，使刘邦不再对他产生猜疑，以此来确保自己的荣华富贵和生命安全，萧何毫不犹豫采取自污人格的办法，开始明目张胆地采用不正当的卑劣手段，利用自己的高位和权力，大肆侵占民间的田地和房产，使得他人倾家荡产，从而引起民怨沸腾，一时招来百里骂声，彻底抹掉了自己既有的清誉。果然，刘邦闻之，反而大喜过望。因为萧何既有心贪渎敛财，就表明他并无问鼎之志。即使他隐藏野心，但失却了民望的野心家，无论是篡权还是造反，到头来只能落得一头粪土，决计成不了大事。于是刘邦放心了，萧何也安全了。但由此我们也终于看清了“大师”如萧何者，他的灵魂中原来也潜藏着一个丑小人。一个不珍惜自己人格，甘愿出卖自己的人格来换取巩固既得权势的人，难道还算得上是个崇高的人吗？

证据二：

萧何是汉初最大谋杀案——为主子吕后策划谋杀开国的最大功臣韩信——的主谋，是萧何本人将自己推入了卑劣者的行列。

功高震主，韩信虽已被削去了兵权，仍旧是刘邦放心不下的一大隐患。韩信因为其军事天才，在刘邦的将领中始终享有极高的威望。因此，刘邦总是担心，一旦政治形势有所异动，保不定韩信就会趁机再起。到那时他登高召唤的话，那些心怀叵测的将领都会应声聚集在他周围，这对汉室江山来说，真是极其可怕的威胁。所以只要韩信存在一天，刘邦就无法安然入眠。因此早在汉六年，刘邦就利用诬告材料，以谋反罪将韩信拘禁了起来。但因实在拿不出有力的证据，只能将韩信由王贬为侯，严密地监控起来。后陈豨因与韩信关系密切，在奉调巨鹿时，曾特地到韩信府上向他辞别。汉十年，陈豨起兵反汉。刘氏统治集团就捏造韩信与陈豨有密谋：一旦陈军逼近，韩信就在内响应，趁刘邦亲自带兵在外，由韩信率亲信劫杀吕后和太子，内外夹攻一举推翻汉室。

司马迁在《史记》中叙述这一段情节时，不知是由于所依据的资料太过片面呢，还是因身系汉家臣子，不宜翻刘家老祖宗这笔不光彩的旧账，下笔滞涩，推理混乱，在没有提供确实证据之下，就轻率地断定韩信因谋反被诛。司马光对此就表示不敢苟同。我更认定这纯属政治谋杀。试想：谋反是何等机要的秘密，陈豨没有揭露，韩信也没有供认，两人在庭园密谈时，韩信特地屏退了左右，所以没有旁人，告密者从何得此情报？司马迁又从何得知两人密谋的内容，这岂非纯属小说化的描述，而绝非严肃的历史纪实？因此我们无法信以为真。再者，若刘氏集团或萧何果真掌握了韩信谋反证据的话，那就毋须采取阴谋手段将其诱骗进宫，进而以迅雷不及掩耳之势将其秘密斩杀于长乐钟室，而应由审判来绳之以法，那就更具正面的政治效果。这就雄辩地证明刘氏集团的诬陷不能公之于朝堂，见不得天日。

在谋杀韩信的策划过程中，萧何起到了决定性的作用。为了向统治者献忠心，不惜昧着良知，采用了最邪恶的手段，不仅毁灭开国功臣及其三族亲人的生命，并且还肆意污辱对方的名誉，让韩信永远在中国历史上蒙垢抬不起头来。所以说，毒化中国文明进程的，远不是费无忌之类的小人，而是萧何式的第三种人！

就萧何一个实例，其实已足够说明第三种人——“大师+小人”——复合型的主要特征，以及它在文明演进中所产生的负面作用了。不过因为萧何仅仅是个政治方面的典型，有人就以为由于政治的背景过于特殊，有着太多“不得不”的理由，所以不能以此论及全面，那我就补充一个文化方面的代表人物，此人就是晚明的董其昌。

提到董其昌，我们汉族中的民粹主义者是十分引以为傲的。康熙皇帝对董氏书法的仰慕，其痴迷程度完全不让唐太宗李世民对王羲之书法的热爱。他特地将宫藏的董氏法帖置于座右，以便朝夕观赏。主子的举止，是奴才的楷模。由于康熙皇帝推崇董体，于是全国想做官的学子便群起而效之。一时董其昌的书法，几乎又同八股文一样，成了全国学子通往仕途的不二路径。儒林敬之为“御体”，足可知董其昌书法的身价高贵到了何种程度。就凭这一项辉煌的成就，给董氏戴上大师的桂冠，也不会有失妥帖。

我们切不要用权术的眼光，过分敏感地来看待康熙推举董氏书法有什么深沉的政治算计。董其昌的书法确有其不凡之处。中国书法，自晋代二王（王羲之、王献之父子）缔造了“韵味”的境界，唐代则建立了楷书的“法度”，宋四家（苏轼、黄庭坚、米芾、蔡襄)在无法逾越的巅峰前,只能另辟了“意境”。可以说,书法至此,所能达到的境界差不多已臻齐全,余下的似乎只是在技术层面上的一些修补工作了。而董其昌却能孤军突起,另外开拓出一片“淡雅”的园地来,使书法艺苑飘溢出另一股沁人心肺的清香来,令人不觉为之神清气爽。所以,董其昌堪称中国书法史上一位开门立派的大师。

董大师不仅在书法上有着杰出成就,并且还在绘画、鉴赏、收藏以及艺术评论等诸多领域皆有出色的表现。其人格,在前期亦不乏可圈可点之处,曾一度被儒林所推崇。

董其昌是进士出身,并被举为翰林院庶吉上。万历十九年,他的老师礼部侍郎田一俊在京病逝。由于田一俊为官清正、刚直,敢于在朝堂上仗义申言,因此在士大夫中颇孚众望。因田一俊是福建人,如何将其灵柩从北京扶送到远在千里之外的闽南老家,这在古时是个让人犯难且相当艰巨的事情。出于崇高的道义之心,董其昌不避艰辛,主动请急,将老师的遗骸安然送达了他的故乡。这一义举,使董其昌在朝野获得了一份相当良好的声誉。

在政治上,他也保持着相当程度的清醒。万历皇帝去世后,他以六十八岁的高龄应诏回到京师,受命纂修《神宗实录》。两年后书成,他被任命为南京礼部尚书。因看到阉党乱政,朝廷被弄得乌烟瘴气,他不愿同流合污,于是决意告官辞退。所以说在董其昌生命的大半辈子里,我们没有发现他在大节上有何污垢。

但是在他生命的最后十余年,我们却看到了在同一个董其昌身上,竟会发生一件令中国文化史为之泣血的公案。

董其昌是被皇帝特诏赐予太子太保荣誉头衔，特准告老回乡的。应该说无论在政治上，或者在文化艺术上，他都已登上了人生的巅峰。他已经是名动中外、众望所归的一代宗师。他已经不欠缺什么，也不需要再刻意追求什么了，尽可颐养天年，平静地走完他人生的最后一程。但偏偏就在生命的晚期，他的乖戾作为一下子就使他从昆仑山顶坠落到奇臭无比的沟渠里！

他是松江华亭人（现在的上海松江）。告老回到故乡后，他就凭借资深的官僚背景以及显赫的知名度，以近似恶霸的作风，在家乡强占或强买优质的田地房产，乡民们根本奈何他不得。更恶劣的是他甚至纵容他的次子董祖常，指使家丁捣毁生员陆兆芳的家资，并霸占陆家的使女绿英。这一鱼肉乡里的丑行，一经口耳相传，迅速传遍了苏南各地，激起人民极大的愤慨。在艺术上追求"淡雅"风格的大师，对功利却极为执着、极易上火。他丝毫不反省自己的作为，却首先怀疑有人在背地里捣鬼，蓄意破坏他的名誉。于是他也用最阴险、最卑劣的手段来报复对方。他买通了一个民间说书人钱二，要钱二诬陷是当地人范昶编了唱词，唆使钱二走街串巷去演唱，说有人无中生有抹黑董大师。董其昌有财有势，肆无忌惮地用私刑逼迫范昶在他私宅里跪着同钱二对质。范昶赌咒发誓，死不承认有这么回事。半是恐惧、半是愤怒，支撑不了多久，范昶就一命呜呼。于是范家整个沸腾了起来。范昶八十三岁的老母，带了她家的女眷，穿着丧服，前往董府讨公道。熟读经书的董大师，深谙"唯小人与女子难养也"，当然不屑与她们评理。为了避免后续再出现此类事件，他指使仆人们可以不必拘泥于礼教，让这些婆娘们接受一次沉重的教训，以后不敢再来胡闹。于是仆人们就如狼如狗地迎上去，不仅打翻了她们的轿子，并且将她们强行拉进府内，进行殴打谩骂。最不堪的是剥去女人的裤子来羞辱她们，甚至有的还被拖到公共场所去示众，使她们以后再也无法抬头见人。如此灭绝人性的暴行，使松江老百姓再也看不下去了。于是华亭大街小巷，到处传单飞扬，怒斥董其昌实乃不齿于人类的兽宦。群众中迅速流传开一句激愤的口号："若要柴米贱，先杀董其昌。"可见群众愤恨的情绪已达到了沸点。1616 年 3 月 15 日，万名群众——包括来自百里之外的金山的人民——如同潮水般地涌向董府。声势之浩大，吓得董府雇佣的一大群护院的打手们连忙退缩进去，紧锁大门，躲了起来。愤怒的群众撞不开大门，就翻墙爬上了董家的屋顶，一不做，二不休，索性放起火来。乘着风势，董家大院数百间豪华的宅子，没有几个时辰，纷纷化为瓦砾。这时的董其昌真正傻了眼，等不到官府前来镇压，极其匆忙地随手带了些珍宝，赶快趁混乱逃命，一时只好藏身在一条小船上避难，以求躲过此一劫难。事后，他再也不敢返回故乡，惶惶然栖身于苏州吴兴一带，直到老死，都不敢落葬于华亭故乡。本地老百姓对他彻底恩断义绝，当地凡是董其昌所题的碑碣匾额全被捣毁殆尽，不留丝毫痕迹。在老百姓心中，人权大于文化（狭义）。他们以本地有这样一个蔑视人权的"文化大师"为耻！

具有数千年历史的中国，固然不乏底层群众蔑视王法，聚众起来造反，屡屡发生焚烧县衙等恶性事件。但像这次纯粹出于义愤，自发地起来，针对名动中外大师级的文化人的过激行为，可以说是绝无仅有。"民抄董宦"事件，真正使董其昌声名扫地。

现在，可以对本文的要旨进行一下小结了。

一、小人固可恶，但并不可怕，因为他们根本不具备扭转乾坤的智慧和能量。所以如余秋雨那样的小人史观——“小人牵着大师，大师牵着历史。小人顺手将绳索重重一抖，于是大师和历史全都成了罪孽的化身”——将小人抬高到似乎是操控历史的主角，未免过甚其词了。在我看来，真正操控中国历史的主角，既非英雄，也绝不是小人，而是本文所说的“第三种人”。虽然他们活跃在历史舞台的前沿，但我们却从来都没有真正地认识他们。

二、中国史家对英雄顶礼膜拜，对小人口诛笔伐，可说都还不离公正原则，唯独对“第三种人”却显得特别地拘谨，大都只是在他们“标准像”的描述上下功夫，很少愿意进行现实主义的“写真”。这倒不全是中国史家的“曲学阿世”，而是由于他们的史识，出自“酱缸文化”中的沉淀——成败决定是非论。由于他们认定历史是胜利者的记录，在成功的巨人脸皮上找黑痣，对历史来讲是没有任何意义的，为尊者讳、为贤者讳，是历史学家应恪守的职业道德，这就使中国老百姓根本无法认清他们的真面目，于是就一直迷信着由他们随意操控历史。

为此，我们得多留点心眼了。

三、再有我们别被貌如客观的量化评价给“蒙”住了。有人以为萧何虽然在自污人格，以及谋杀韩信这两件事情上，确实显得很卑劣，但与他协助刘邦打下汉室江山和治理国政的业绩来比较的话，其实算不上什么。若以量化来表示功过的话，也仅仅是二八开而已，可见功远远大于过，过只是整体中的细节而已。对历史人物我们应以其功业作为评价的标准，其他概属瑕疵，毋需苛求，所以我们还是应坚定地认定萧何是历史的伟人。这就是中国文化最混沌、最缺乏科学和民主精神的表现。科学和民主讲究就事论事，不以整体来抹杀部分；不以过去来论定现在；不以功业来掩盖罪错。比如丘吉尔这个人，他在第二次世界大战中，为英国反纳粹的胜利建立了不朽的功勋，但在战后首次大选时，英国人民毫不容情地让他下台。因为他们认为领导战争与治理国家是两码事，他们并不放心丘吉尔的强势风格，民主才是英国人民最需要的政治生活，所以应该请他让路。至于他的历史功绩，当然不容抹杀，人们可以用历史的方法来回报他。丘吉尔去世时，全英国毫无异议为他举行了隆重的国葬。我认为这才称得上是成熟的清明理性。

一个王朝的阳谋

《一个王朝的背影》是余秋雨的自得之作，也是得到公众普遍关注的一篇作品。是由于文学上的魅力？那倒不是。同是开篇之作，将其与《文化苦旅》中的《道士塔》相比，非常遗憾，其文学性不是增进了，相反却大为稀释了。但其因有着观点上的尖端性，所以在文坛产生了颇为强烈的刺激效应，这才成为传媒的热点。

历史是人的记忆。记忆对人是绝对重要的。没有记忆，人就无法在生活中进行有效的选择。因此，记忆的任何残缺或迷失，都会使人误入歧途，无辜地葬送自己。中国人重视历史的文化传统，倒是可以引以为豪的。汉代以降，各个朝代都将修史作为一项重要的政治任务来完成。因此，一部二十四史完整地保持了中国数千年的记忆，这对后人来说，真是一份珍贵的遗产。

但记忆是需要进行梳理和剖析的，往往因后人的主观因素，对记忆作出了某种倾向性的选择，若据此作为当下实践指南的话，那结果必定会相当糟糕。余秋雨的《一个王朝的背影》就相当严肃地批判了我们在历史上存在的严重偏见，在对清朝存在的态度上表现得最为突出。因之,我们非但不能从学习清史中得到应有的教益,相反,它却会浊化我们的理念,模糊我们文明建设的大方向。

偏见,往往会使人的理性被情绪淹没,从而使所作出的批判失去应有的公正。人们为什么对清朝怀有明显的偏见?那是因为清朝的统治者是满族。中国的封建文化最核心的支柱有二:一是姓氏正统论。一个王朝必须是由同一姓氏的后人来继承,那才合乎天命和法统。不管出于什么理由,外姓人都不得染指,否则便是篡夺和造反,大逆不道、天理不容,人人得而诛之。这个理念,自五四新文化运动从西方请来了“德先生”后,便被彻底清洗去除掉了,现在可说已没有人再会去理睬它。另一个支柱是民族正统论。据余秋雨看来,它在国人心中植根之深,至今都显得仍有活力。辛亥革命时,我们的革命先辈虽然激烈地反对封建的姓氏正统论,但却激情洋溢地高举民族正统论来鼓励民众起来推翻“异族”——满族——的统治。余秋雨清晰地记得,在他上小学时,每逢历史老师在讲到明朝被清朝征服、灭亡时,满室师生都禁不住热泪盈眶,仇恨之气陡然贯穿全身。自恃具有大文化观点高度的余秋雨,深为民族正统论这一观念的狭隘和陈腐感到不安,怎么能把汉族等同于整个中华民族?“把中华历史的正义、光亮、希望全部押在汉族这一边”,这岂非汉族沙文主义了吗?那确是完全丧失人类普遍价值的一种畸形理念。因此,是毫不吝惜将其抛弃的时候了!

余秋雨根据明清两朝史实的对比,论证了大汉族的明朝该亡;而满族的清朝“是很可以看看的”。

满族虽与汉族有别,但自古就与汉族处于同一中华民族版图中，应该说他们是中华民族大家庭中的一支少数民族，虽属少数，但对整个中华民族的命运，他们亦有当然的一份责任与权利。因此，当支撑大家庭的汉族统治者们，由于“他们大量的污浊、昏聩和丑恶”，把中国历史活生生地推入死胡同时，在这种情况下，“历史有可能作出超越汉族正统论的选择，而这种选择未必就是倒退”。余秋雨要人们客观地，睁大眼睛看看明朝，晚明的政治和社会已经倒退到了什么样的一种荒谬状态：作为最高统治者——万历皇帝竟长达二十五年之久躲在深宫，不上朝，不理朝政。他的孙子，明熹宗——朱由校——是一个只适宜去做木匠的人，怎么能担当得起治理国家的大任？他将国家大事全部委托给一个无恶不作的宦官魏忠贤来管理，结果大明天下被糟蹋得比地狱还要阴森可怕。这样的朝廷难道还有存在下去的价值吗？“让它去吧！”连孔夫子的后裔孔尚任都看不下去，借《桃花扇》主角李香君血溅纸扇与它彻底了结，难道我们还有什么割弃不了的？

清朝替换了明朝，终于避免了整个中华大厦的倾塌。余秋雨认为它是顺从了历史发展的大方向，但“至今在很多中国人心里，它仍然是一种冤孽般的存在”，这是多大的不公正！清朝皇帝的素质，比起明朝末期那一群不是昏懦就是心理扭曲的昏君，不知要高明多少倍。特别是极富生命力的康熙大帝，由于他的雄才大略和英明举措，不仅有效地统一了偌大的中国，甚至将中华版图扩展到前所未有的规模。尤其是在文化上，他的文化认同政策，更是促进了满汉民族的融合。对此，余秋雨满怀激情地赞颂：“康熙皇帝甚至可说是中国历史上最好的皇帝之一，他与唐太宗李世民一样使我这个现代汉族的中国人感到骄傲。”

在反对民族正统论这一点上，我认为余秋雨说得没错。但我发现他在据此论述明清更替，满族统治汉族的具体历史时，却滑向了另一个极端。因为他只睁大了眼睛看明朝，却有意绕开清朝诸多民族迫害的历史事实，这样便以一种偏见代替另一种偏见，结果便同样得出远离人类普遍价值的谬论。

在一个民族大家庭中，无论哪个民族，即使占据了绝对多数或者绝对权力，都没有理由可以成为必然的正统。人类的普遍价值是正义和尊严。民族之间绝对应该是平等和相互尊重的关系，任何一方都不得欺压、凌辱其他方。汉民族应恪守此原则，满族也不能例外。大汉族主义，以数目的绝对优势和悠久的传统为由，自认是理所当然的正统，这种观点固然应该抛弃；而满族以政权在我，我即中心和正统，以汉族为奴才，对于这种观点亦当坚决反对。现在余秋雨对此不加辨析，只看到汉族正统论的荒谬，而不识满族正统论的丑恶，这样片面的观点能有助于民族之间消除歧见，达成真诚的融合吗？

今人对清军入主中原之际的“扬州十日”“嘉定三屠”，仍有着强烈的情绪反应，那是因为清军不该如此残忍地屠杀汉族同胞。想想吧，有着百万人口的美丽扬州，连续十天的屠城，仅仅剩下了不超过千人，这是多么恐怖的暴行！无论明朝政权对清军欠下多大的孽债，都不能要求无辜的汉族老百姓来偿还，这是公然践踏民族正义原则的民族迫害！可说是人世间最野蛮的罪行。难道今人为了自己的汉族同胞被清军屠杀而感到愤慨——尽管满族也是中华民族大家庭中的一分子——是有欠公正的一种情绪化反应？余秋雨竟公然表示应对这种情绪有所“警惕”！

我们并不否认康熙确实是一个英明有为的帝王，也应该正确评价他在历史上所作出的贡献。但我却绝对无法苟同余秋雨这样的观点：康熙对汉文化认同极为诚恳。“一个民族、一个国家、一个人种，其最终意义不是军事的、地域的、政治的，而是文化的。”余秋雨认为既然作为满族的代表，其最高统治者康熙并没有摇撼汉族主要的文化生态系统，那么汉族的知识分子又为什么不能诚恳地认同康熙—满族的政权呢？他要我们不妨回头去看看，连当时最有抵触情绪的汉族高级知识分子——李颙和黄宗羲等人——他们原先都曾立下与清廷不共戴天之誓，但在面对康熙真挚的文化认同政策现实时，敌对情绪终于逐渐消解。他们都通过特有的方式——让他们的儿子应召——来表示对清朝—满族政权的认同。一个世纪都已经过去了，作为现代人若还陷在民族正统论的泥淖中，对清朝—满族的政权仍怀有难以消解的心结，那岂不显得相当狭隘、过于落后！

余秋雨上述论述，因模糊了两个焦点，所以经不起深入探究。

首先，康熙对汉文化的认同，并不如余秋雨倾情赞颂的那么诚恳。人若对一种文化的认同真是那么真挚和诚恳的话，那他就会与该文化体融洽无间，绝不会出尔反尔地出现截然相反的态度。余秋雨根据的是康熙在朝堂上的宣示以及在阳光下的表现：开博学鸿儒科；在全国范围内搜求荐举有才学、有声望的汉族知识分子；对前朝遗留下来的不合作的大知识分子，更是礼遇有加。比如前面提到的李颙，他是当时名闻遐迩的大儒，但他坚决不肯与清廷合作，朝廷曾多次征召他入朝为官，他都推说有病坚决拒绝。既然康熙点到了他的大名，地方官又请不动他，就只能来硬的，用床抬着他前去参加考试。倔强的李颙就以绝食来对抗。康熙闻知，并不动怒怪罪。下令地方官尊重李颙的个人意愿，不能强求，应放他回去。二十五年后，康熙西巡途经西安时，想起了这位倔老头，要召见他。可是李颙照样不给面子，托病拒绝。这要是换了其他皇帝，狂士竟敢对圣上大不敬，不仅李颙的头，就连李家所有人的头都得搬家。但康熙却莞尔释之，还意外送了他一块匾额："志操高洁"。这些招数，显示康熙具有出众的政治智慧和精深的政治权术。他深谙帝王统治的奥秘：政治的最高目的是政权稳定。文化只是外衣，当它有利于自己统治时，不管红袍、白袍，都可披；相反，当觉得有害时，随手扔掉就是。像李颙这些大明遗留下来的朽老头，他们虽然已无任何政治潜力，但却仍具不小的"装饰"或"广告"作用，我借此作"秀"一下，可有效地削弱汉族知识分子对清廷—满族的敌对情绪，为我政权大大加分。可见，真正的赢家实乃爱新觉罗氏也！

而余秋雨却被这些政治表演给吸引过去了。因此，他完全无视另一些十分真实的史料，这就使得他的判断暴露出明显的片面性。

在私密空间与亲人或心腹谈话时，康熙所吐露的却是完全相反的另一种心声。

"我们这些上等人（满族）要时时训诫，防止沾染汉人习俗。历史上，金元时代渐渐汉化，竟变得像汉人一样，我对此深深警鉴，并屡屡告诫你们，这实在是我朝最首要的事务。对此，你们

一定要小心谨慎。”（《庭训格言》，引自李亚平《前清秘史》第188页）

对满族大臣，他坦率地表明了自己的立场：

“为国家长治久安考虑，满洲人绝不学汉人。”

“文臣中许多人都希望我学习汉族。汉族文化有什么难学的？一入汉俗，便大违祖宗明训，我死都不会去做。”（《康熙起居注》，同上）

由此可见，康熙对“汉化”是十分警惕的。他甚至认为汉文化对清廷的统治具有不可见的解构作用，必须严加防范。这能谈得上他对汉文化的认同是多么诚恳么！

以上还只是反映了他的深层意识。让我们再来看看他在这方面的实际作为。

“文字狱”是最能表明清朝统治者对汉文化的暴政的。康熙五十年，在他亲自主持下，上演了一出“大手笔”的“文字狱”——戴名世“《南山集》案”。

安徽桐城人戴名世，学识渊博，名闻遐迩。康熙四十八年会试时考取第一，在殿试时高中探花，于是顺利进入翰林院，任职编修。

戴名世不仅才学出众，且为人坦诚耿直，虽在官场，却仍不改书生本色，不屑媚权附众，经常不合时宜地直言伤人。因此官场上皆鄙之为不谙世事的“麻烦制造者”，对他深怀忌恨，总想设法整掉他。对付知识分子最有效的办法，是在他的文字里“挑骨头”。光滑的鸡蛋里尚且能找到“骨头”，在文字堆里挑刺实在是太容易了。果然，他们在戴名世三十年前为《南山集》写的文章中发现了“石头”，比预期的“骨头”要大得多！

康熙皇帝自从开设了博学鸿儒科，以及对不合作的名儒李颙、傅山们的宽厚姿态，已卓有成效地消解了汉族知识分子的仇满心结。他们都如余秋雨那样，认为康熙已“诚恳地认同了汉族文化”，因此也就纷纷地认同了康熙的政权。康熙在任命万斯同、张玉书、王鸿绪、徐元文等大历史学家编写《明史实录》时，曾明确指示：“他书或以文章见长，独修史宜直书实事。”也就说，史笔绝对要以真实为宗旨。既然清朝皇帝都以真实为准绳，汉人又何必神经兮兮地有所戒惧？戴名世在所编的《南山集》中，写的有关明史的一些文章，纯粹是一个历史学者出于忠于史事的学术良知，如实反映南明小朝廷垮台的历史，旨在揭出乱贼误国的血泪教训，以警示后人。全书并无任何反清复明的意涵。只是戴名世的史学识见，认为南明是明室的正统延续，不宜称之为“伪朝”，所以在陈述南明史事时，便想当然地用了南明小朝廷的纪年，绝非由此隐含着什么政治用意。读者也绝不可能从记述中，看到南明小朝廷在危若累卵即将覆灭的情势下，还昏天黑地腐败得简直可令神人共泣，而仅仅因为看到明室的年号，就会勾起复明的念头。所以有人举报戴名世以记述明室年号意图煽动谋反，明显是诬陷，以莫须有来构人入罪！

而康熙此时却意外过敏地“警鉴”起来，此案竟然引起他严重关注。但这次我们看到的却是另一个偏执、狭隘、蔑视文明、捍卫满族正统的康熙皇帝。他对此案竟然雷霆震怒，痛斥戴名世乃禽兽不如的乱臣贼子，下令严办。最后，康熙对此案作出了如下裁决：

戴名世斩首。涉案的已经死去的一位学者（方孝标）开棺戮尸。他的祖父、父亲、子孙、兄弟以及叔伯父、兄弟之子，凡十六岁以上都杀头。母女、妻妾、姊妹、儿子妻妾，十五岁以下的孙辈都分配给功臣为奴。其他无辜被牵连进来的一百多人，有的全家被流放，有的全家被迫迁移到边远地区去。

假如我们仅仅从人格层面对康熙这种两面性进行道德分析的话，那我们就太低估康熙的政治智慧了。我倒认为这是一个成熟的专制统治者所运用的一种相当精深的阳谋策略。

谋略学是中国传统文化中一个特别发达的分支。因其核心源自老子的阴柔理念，所以基本上是以阴谋来取胜。被中国人奉为宝典的《孙子兵法》，以及奸雄们如曹操等的帝王术，其实都只能算是阴谋学的经典。阴谋，是运用权术来进行博弈，因此必须具有高度的隐蔽性。由于其全然不顾诚信，所以只能应用于攻占、掠夺等只求获得一时成功的特殊场合，而对于那些治国、争取民心等长治久安的宏大目标，是绝对不行的。这就需要应用"阳谋"。遗憾的是，中国传统文化虽然博大精深，但相对于成熟的阴谋学，在谋略学上一直未能提升出一种具有理论高度的阳谋学来。而康熙大帝却为我们提供了一个实践的范例。

康熙亲政时，虽然清朝已入主中原二十多年，但江山并非稳固无虞。康熙非常清楚，汉族子民内心是不服的。更加上清军的暴行——"扬州十日""嘉定三屠"——那些血债，已在汉族的心底里埋下了仇恨的种子，很难将其消除。而暴力只能起到暂时的镇压作用，让人心生畏惧不敢轻举妄动而已。只要汉族对清朝的仇恨心结不解开，那清朝的统治无异是坐在易燃的柴堆上，很难求得长治久安。因此，必须有效地解开汉族仇满的心结，让他们发自内心认同清朝的政权，大清才能稳固地在中原统治下去。

英明的康熙就想到了运用文化这一极好的杠杆。

文化,原来的意涵是指人类创造的物质和精神成果的总和,诸如政治、经济、文教、艺术、习俗、礼仪……都包含在文化这一整体概念中。文化的意义在于它所体现的一个民族的价值取向和核心价值观。但余秋雨的文化概念却显得相当混沌,他往往只择取其中几个特定项目,就笼统地来代表整个文化。比如,当他看到康熙在礼仪上对汉族那些大知识分子表现出特别的尊重和礼让时,他就认定康熙确实是诚恳地认同了汉文化。既然文化是一个民族的终极意义所在,汉族也就该诚恳地认同大清政权。

但康熙就远比余秋雨来得精明和深刻。他看出在汉族这个文化综合体中,礼仪并不一定表征着核心价值,它很大程度上只显示某些表面意义,因此完全可以加以利用。利用对方文化中的某一形态,来实现自己的核心价值,其效果肯定良好。因为既然是对方民族的某种文化,那必定已深藏在其广大人民的意识中,所以在心理上就铺垫好了一层亲和感,乐于接受我方所传递的信息。于是便可将我方的核心价值,通过对方的感情通道,渗透进入深层意识,融化在他们的血肉中,这就使对方自主地认同我方的价值取向,当然也就不会再对当下的政权怀有任何逆反情绪了。

这就是所谓“阳谋”。因为它是利用了对方文化的形式,所以是敞亮、公开的;又因为这一谋略使对方仅仅获得一些表面意义,稍稍满足一下心理上的美感渴望而已,而最终实现的却是我方的核心价值——促成了我方政权的稳定。真正的赢家是我方。

康熙多次利用传统礼仪文化作为他的阳谋策略，可说无不取得显著的效果。我们可以举出以下一些事件来佐证。

上面已经讲到过的康熙对待李颙、傅山那些不合作的汉族高级知识分子，在礼仪上表示出特别地宽厚、大度，就是这方面的一个范例。因为他认识到，虽然这些人现在已无实际政治作为的能量，但由于他们的文章和品行，在人民中有着广泛的美誉，因此他们在清政权下的遭遇，就会引起广泛关注，产生很大的社会效应。康熙深谙汉族文化最重等级，汉族士大夫最讲究“知遇”之恩和“知己”之情，所以只要主动释出善意，稍稍放下身段，以显示对他们的尊重的话，这些士大夫就会由衷地感动，从而改变他们的态度，甚至立场。康熙这一精明的阳谋高招，让汉族知识分子获得的仅仅是表面意义上的尊重，而清政权却由此争取到了民心。汉族的广大人民看到连这些不识相的倔老头都得到了如此宽厚的礼遇，就会以为现政权绝不会视汉族为贱民的。由此而产生的向心作用，大大有助于维护政权的稳定。果然，许多汉族知识分子由于受到康熙特别的礼遇，仇满心结也就基本上自动化解了。李颙本人虽未应康熙召见——那只是避免在国人面前产生一种别扭的感觉——但心底里已经感到对明君很过意不去了。于是便派了儿子李慎言作代表前去应召，并送了两部自己的著作给康熙，以表诚意。所以在这场民族心防的博弈中，康熙不仅由此赢得了文明、宽厚的美名，进入了中国明君的前列，让后世的汉族甚至今人余秋雨都为之感到骄傲，也实现了维护清朝政权稳定的终极目标。胜利属于康熙。

康熙还有更漂亮的两大礼仪攻势。

康熙二十三年，康熙南巡在经过江宁（今南京）时，他特地派遣官员先去祭奠明太祖朱元璋，随后再亲自来到明孝陵前，对这位出身于社会最低层，居然能拼搏、创建出大明江山的前朝皇帝表达了最高敬意。他向朱元璋像行了三跪九叩首的大礼。皇帝是只接受他人跪拜的，除了祭天之外，从来未曾听说他会下跪参拜，更别提像三跪九叩首的大礼了。而现在在众目睽睽之下，头戴皇冠、身穿龙袍的康熙皇帝，竟然对一个被自己民族推翻的前朝皇帝祖宗，“诚恳”地献上如此庄重的礼仪，在历史上似乎还从未见到过，无怪乎汉族人民为之感动得热泪盈眶。人们由此自然会这样推论：这位清朝皇帝对异族的皇帝祖先都如此敬服，那他对汉族人民还会歧视、暴虐不仁吗？回顾晚明那一群混账皇帝，老百姓在他们治理下，并没有过上好日子，而这位康熙皇帝倒是“还可以看看的”。于是人们开始从仇视的态度，逐渐转变为观望，最后终于趋于认同。康熙的目的达到了——清政权从此就由稳定而走向巩固了。

同年的十一月，康熙在南巡回京途经山东时，又直奔曲阜，特地去朝拜汉族百姓心目中的第一大圣人孔子。当日清早，皇帝亲自率领全副仪仗，极其庄重地自南门直奔孔庙。在奎女阁前，康熙甚至下辇，步行至大成殿，其时四周舞乐大作。在孔子像前，康熙无限虔诚地肃立、下跪、三叩首，恭顺地连续三次。最后，康熙御笔亲题“万世师表”匾额，高悬在大成殿上。

孔子在中国人的心目中，不仅是万世师表，更是永恒的仁道象征。他们认定，凡对孔老夫子顶礼膜拜者，一定是向往文明，会给人民带来福祉的有道仁君。康熙既然肯拜倒在孔圣人膝下，也就宣示他也是孔子—儒学的忠实信徒。原来大家都服膺同一文化理念，那彼此之间还有什么不能互相认同的呢？正如余秋雨所说，政治是表面的，文化才是最根本的。只要终极意义没有丧失文化生态，没有被解构，就不存在什么严重问题。

于是，当康熙恭顺地在孔子像前三跪九叩首时，全国汉族人士久憋在胸中的一股怨愤之气，都自然地冲出“天灵盖”消散得不见踪影了。

康熙认同孔子？不！康熙认同的是偶像孔子。

孔子以及儒家文化在汉族社会早已升华成为一种信仰。而信仰发展到极致往往形成图腾崇拜，于是人的心理因素就远远凌驾在理性之上，这就为权谋者在谋略运筹上提供了有隙可入的空间。康熙就是深悉此中的三昧。他对汉族所信仰的圣人孔子表达最高敬意，对于他来说，只不过是认同了偶像的孔子，并不表明他诚恳地认同了孔子的儒家学说。但他却以此成功地突破了汉族的心理防线，使他们在感情上认同自己，不再有陌生感或疏离感，确立了可以真诚沟通的可靠基础。至于儒学的内核，他看得很清楚，它并不如中国士大夫所认为的那么纯净和单一，统治者完全可以从中挑选到他所需要的东西。中国历史上无比显赫的汉武大帝，其实他的意识形态服膺的是暴力主义，儒学所标榜的仁义理念与他的口味全然相左，但他却在诸子百家众多学说中，独独选择了儒学作为他的官学。这绝不是他认同儒家学说，而是汉武帝懂得，在他的龙座前，高悬用儒学编织成的帘子，将大大有助于大汉江山的稳定和发展。那么清朝又何尝不可利用儒学作为八旗军军旗上的飘带，它一定也有助于清政权获得稳定和巩固。而政权的稳定才是清朝统治者的终极目标。康熙是从这个维度上来认同孔子的，而绝不是余秋雨所认为的已对“汉文化认同得那么诚恳了”。

在儒学内核中，康熙认为，凡不利于清政权统治的东西，经过“现实主义”诠释后，可将其改造成为对自己有益的东西，仍可将其举为“品牌”，以资招徕。比如姓氏正统论，儒学核心特别强调的一个“忠”字，原意是以忠于原主为道德的最高境界。这在心理上就阻碍了对爱新觉罗王朝的认同。现在康熙利用“天命论”来有力地将它冲洗、漂白一下。天命是有取舍的，因此中国历史上才会出现刘汉、李唐、赵宋、朱明等不同姓氏的王朝。而只要某个王朝的政权能稳定地存续下来，中国老百姓就会认为这是天命显示对它的选择。朱明江山一统已近三百年了。晚期那些混账皇帝的倒行逆施已违背了天命的意旨，所以必然气数已绝。天命毫不顾惜地抛弃了它，重新选择了爱新觉罗氏，这正是大道所在，人民怎能抗拒天命？因此崇高的“忠”的精神，现在应该体现在对于爱新觉罗清王朝身上，这才是真正恪守儒家忠君的原则。由此可见，康熙这一阳谋高招，对关外的清政权入主中原，能为汉族人民从思想上认同和接受所起的作用，再怎么估价都不过分。所以他的聪明孙子乾隆，就进一步发扬乃祖的高招，大力标举儒家的核心理念——忠君——使汉族几乎所有的士大夫都真心诚意地甘愿追随清廷。

而儒家学说中的“华夷之辨”理念，对清政权的统治是绝对有害的，康熙对此就坚决杜绝，决不手软。凡有助于保存民族记忆的文化生态，比如留发，就决不含糊、决不宽容，必定予以彻底解决。在他主政期间，曾多次对独立于清廷的台湾进行招抚。郑成功的后人亦有意与清廷议和。清廷曾大开方便之门，允许郑氏封藩、世守台湾。但就是有一个焦点,康熙决不通融,那就是“削发”。台湾方面要求保持汉人原有的风俗,不削发拖辫,而康熙却寸步不让。因此和谈始终无法达成协议,最后终于引发了一场大规模的海战。清廷不惜出兵两万余人、大型战船三百余艘、中小型战船两百三十余艘,历时两年才收复台湾,取得了这场“辫子之争”的彻底胜利。所以说,在涉及清廷核心价值的问题上,康熙也是不惜用暴力来解决的。就凭这一点,余秋雨赞颂康熙皇帝对汉文化的认同是多么“诚恳”的说词,便属无稽之谈!

至此,当我们洞悉了康熙的谋略后,我们对上述戴名世《南山集》案的悬疑,就可迎刃而解了。这绝非康熙人格中的两面性,而是他努力实现清政权终极目标的意志体现。由于康熙本人的文化修养甚高,他深知文字在保存和启示民族记忆中有着不可忽视的作用。他不能允许任何可能唤醒汉民族意识觉醒文字的出现,哪怕戴名世本人完全出于无意,他也必须无情地予以打击和剿灭。虽然他很了解,“文字狱”这码子事相当恐怖,完全违背正义,但它确能有效地吓阻住其他人,那就够了。在终极目标面前,一切都显得微不足道。因此,《南山集》案犯都必须下地狱!

而余秋雨却看不透康熙阳谋的奥秘。他完全迷失于康熙“诚恳”认同汉文化的现象,对其他民族人民对清廷的一些情绪化反应表示了反感,甚至责难辛亥革命是出于民族正统论的蛊惑,应该予以批判。他根本不理解,现代汉人之所以对清政权还存在着颇为强烈的反应,不是出于狭隘的民族偏见,而是因为清政权本着始终坚持满族统治原则,实施民族压迫政策,所以才导致了一场伟大的辛亥革命。辛亥革命的实质并不如余秋雨所贬损的根由出自封建的民族正统论。要是仅仅是对少数民族的统治,感到非我正统而不甘心的话,那辛亥革命的民族主义就毫无可取之处了。历史的真实反驳了余秋雨的轻妄断语,民族平等、民族共和,那才是辛亥革命民族主义的精髓。

余秋雨从“一个王朝的背影”看到它在避暑山庄上所升腾的那股朝气,以及它借此所建成的功业,对之赞颂不已,而完全无视这个王朝的铁骑,以及大规模“文字狱”所肆意摧残人类共同价值——民族正义和平等——的暴行,这样的文化哲学能将人引向何方?

易中天卷

也谈易中天的"历史同情论"

"腐败是被逼出来的。"

一个"逼"字,就完全转移了事件的责任者。据易中天看来,人因无法脱离环境而超然存在,因此人的行为必然都受到环境的制约。所以对于腐败,我们不应要求腐败分子承担全部责任,而应该多从环境上去理解,那样就会有较多的"历史同情",而不至于显得过于偏执。根本的问题在于环境。环境,用社会学的观点来说,就是制度。制度,才是腐败的真正根由,或者说是主犯。由于制度的腐败,体制内的有关人员才不得不随之而腐败,否则你在体制内就无法存在下去。因此,一切应归咎于制度,这就是易中天历史观的核心理念。他是用这个观点来"品"历史人物的。

他举明朝的官场来论证他的观点。

明清两代官场的俸禄极低。明代一个县太爷的月薪相当于多少呢?据吴思先生计算,相当于现在的1 130元人民币。这些少得可怜的钱,要用来做路费、买官服、养家人、雇师爷。师爷是什么?就是长官的私人秘书，国家不发工资的。这个钱谁出？自己掏。还有迎来送往，还有请客送礼，你说这 1 130 元，他够吗？……不收红包没有办法过日子啊！所以这个腐败是逼出来的腐败，是“逼良为寇”。这种腐败因制度而生，最后又形成了一种不成文的制度，因此是“制度性腐败”。

正是制度性腐败“培养”出大大小小的贪官来。有明一代，除了海瑞外，几乎可以说无官不贪、无吏不污。“集大成者”，可推严嵩。近五百年来，几乎无人不唾骂严嵩是一个丑恶害民的大贪官、大奸贼。

但是在易中天看来，将腐败归咎于历史人物个体的素质，那是肤浅的。他说：

实际上严嵩原本也是“正人君子”。《明史》说他身材高大，眉目清朗，声音洪亮，才华横溢，名重一时。初入官场时也还正派，能和其他大臣一起反对嘉靖的胡作非为。但是自从嘉靖皇帝发过一次雷霆之怒后，严嵩身上原本不多，却好歹还有那么一些的“正义感”，就荡然无存了。他也就从此踏上了媚上、邀宠、弄权、谋私的不归路。可以说严嵩这个“奸臣”其实是嘉靖培养出来的。

那么嘉靖这个混账皇帝，又是谁培养出来的？……

嘉靖的个人素质也不差，至少是个明白人。但是

> 一当皇帝，就对不起了。既没有是非，也不讲道理。……从这个意义上讲，混账和丑恶的就不是嘉靖，而是皇帝制度……
>
> 所以我觉得对于历史人物，确实要有“历史之同情”，要看到他当时的那些处境和原因。最后我们得出的结果也不应该是个人品质的优劣，而是制度的问题。

我承认易中天以上的观点有其合理部分。他通过历史人物的腐败看到了深一层的制度问题，的确显示了其思想的深刻性；但他进而将制度问题推向了绝对化，一切唯制度是问，完全抹杀了历史人物的责任，那就走进了另一条死胡同。显得同样荒谬。

脱离现实环境，一味抽象地去探究人的自然属性，什么性善、性恶，那的确没有多大意义，并且永远都不会得出有意义的结论。人是社会性的，也就是说他必须在一定的制度下生活，因此他的素质肯定摆脱不了制度的影响，所以，人是制度“培养”出来的，这一说法应该说有其相当的合理性。但这仅仅是问题的一方面，我们还得从问题的另一面深入地探究下去。制度又从何而来？认为制度是“天命”或者是“绝对理性”的体现，那纯粹是一种形而上的迷信，相信现在已很少有人会认同。从社会学的角度去看，制度是由人自己设计、制造出来的，因此人与制度互为因果关系，不能为了强调一方就完全抹杀另一方的作用，那样会导致同样荒谬的结果。

只有从“互为因果”的角度去评估历史人物，才能得出公正的结论。这就需要我们理清人与制度之间不同层次的关系。

首要的当然是制度的构建者、决策者;其次是制度铁杆的捍卫者和强化者;而绝大多数人是制度的顺从者。由于他们在制度中所起的作用不同,所以他们所承担的责任亦应有显著的区分,不能一概而论都对之抱有“历史之同情”。

比如皇帝制度,在中国就是秦始皇创建出来的。当然,这样说并非夸大个人的作用,认为社会制度纯粹来自个别杰出历史人物自由意志的创造,那就犯了唯心史观的错误,显得浅薄而幼稚。一种社会制度的出现,必须具备一定的历史条件。由于当时的历史条件,秦国结束了长达数百年来极其混乱的纷争局面,完成了大一统,这才提供了秦始皇中央集权的可能性。但在封建制和皇帝制的决策上,秦始皇个人意志毕竟是起了决定性的作用。所以在这个特定意义上,我们可以将秦始皇与皇帝制等同起来。这与我们现在将希特勒与纳粹制看作一回事是相同的。秦始皇建立了皇帝制,做出了一些政绩,史家就以其为中国千年帝制的创始者而吹捧他为“千古一帝”;至于皇帝制度之恶——蔑视人权、敌视文化、个人专制、实施暴力统治,严重摧残中国文明的罪恶——难道就该归咎于制度而对秦始皇抱有一份“历史之同情”? 相类似的,现今我们在清算德国纳粹屠杀犹太民族的罪行时,如果对希特勒持有一份“历史同情”,这说得过去吗?!

就以易中天所举的嘉靖皇帝为例,虽然他不是皇帝制度的创造者而只是继承者,但明代的皇帝制度经过他的胡作非为,将其恶质更深、更充分地张扬出来,因此戕害了无数无辜的人,使一大批正直的士大夫尊严丧失殆尽,如同猪狗一般地含恨死去。对如此暴君,我们还能对他抱有一份历史同情吗?

嘉靖名朱厚熜,本是湖广安陆州(今湖北钟祥县)的藩王。按皇室继承制度,原本轮不到他来做皇帝。因为正德皇帝纵情声色,荒唐胡闹,以致才三十一岁就猝然吐血而亡。在世时,既未育子又未立储,所以才由张太后和以大学士杨廷和为首的重臣计议后,选择了旁支的朱厚熜,将他接到京城来继位的。

因为朱厚熜是藩王,在皇族谱系中有别于皇嫡长子制的大宗帝系,属于小宗。他是以正德皇帝的堂弟身份入继大统的,这就脱离了大宗的帝系。按封建宗法制度:“大宗者,尊之统也,不可以绝。”因此,当大宗无嗣,也无同父兄弟,需由小宗入继帝位时,小宗必须过继给大宗,然后才能继承帝位。这就是说嘉靖皇帝必须奉孝宗为父,而认自己的亲生父亲兴献王为叔。这一皇位继嗣制为历代皇朝所遵奉。但刚愎自用的嘉靖虽然年轻,却不甘依附在大宗后奉孝宗为父亲,决心打破这个制度,非要尊自己已故的亲生父亲为皇帝不可。这就爆发了明史上一场极为严重的“大礼议”之争,弄得朝堂硝烟弥漫、危机四伏,终于引来一场腥风血雨。

由于朝臣们不合作,顽固地捍卫封建宗法制度,不予通融,嘉靖皇帝才决心与以杨廷和为首的朝臣展开一场决战,不达目的誓不罢休。这倒不是说嘉靖皇帝本性有着一颗纯真的孝心,难以割弃父母养育的恩情,才义无反顾地挑战祖宗既定的制度。因为嘉靖深知,这场决战表面上看来似乎只是礼仪上的名分之争,并无多大现实意义,其实它隐含着对嘉靖未来的君权严重的负面影响。若嘉靖甘于过继给大宗奉孝宗为父的话,那就表明朱厚熜今日得继大位,乃附人之后侥幸取得,归功于张太后的恩泽和以杨廷和为首的重臣们的拥戴。这就降低了自己在王朝中独立自主的地位，今后免不了会受到他们的掣肘而削弱自己至高无上的君权。这是嘉靖绝对不乐意接受的。

当然，这只是统治集团内部一场封建伦理和权力之争。在现代读者看来，那是毫无意义的事，我们完全没有必要去辨析其中的是非以及嘉靖皇帝的作为有多少合理性。我们要批判的只是他在这场纷争中所表现的暴力。

首辅杨廷和是一位很有能耐且使命感极强的大臣。在正德归天、朱厚熜尚在来京途中，有一段为时三十七天的帝位空缺期，是由杨廷和总揽朝政。他以极为干练的手段，迅速剪除京城内佞臣江彬叛乱的潜在危机，稳定了朝政，使朱厚熜能顺利地继位，对社稷作出了巨大的贡献。他也一心一意扶助嘉靖，力求彻底革除正德朝所遗留下来的弊政，使嘉靖新政出现焕然一新的景象，颇有中兴趋势。但仅仅因为他不能顺遂嘉靖私人的心愿，在有关嘉靖生父称皇的礼仪上不肯通融，坚决抵制，嘉靖就对他极为忌恨，他终于在嘉靖三年就被逼致仕，退回老家去。事后嘉靖在论述杨廷和时毫不掩饰对他的痛恨，说他藐视皇帝年轻，肆意侵犯君权，其罪该当戮市（即斩首）。打发他退休回老家去，已是对他格外开恩了。

杨廷和被逼退后，嘉靖的一意孤行激起了满朝官员的抗争。嘉靖三年七月，上起大学士，联同各部首长暨众官共二百余人，从上午七时到下午一时，一直跪伏在皇宫的左顺门外，高呼太祖高皇帝，声震云天，响彻大内，集体请愿要求嘉靖勿破坏宗法制度。这一声势浩大、极为壮观的场面，在千余年的王朝政治史上还很少见到过。

这极大地激怒了嘉靖，立即指令锦衣卫将为首的八位大臣逮下诏狱,严加刑讯后充军边地;其余的都逮捕下狱。五品以下共一百八十名官员各予廷杖,其中有十七人受创过重而毙命。

廷杖是朱元璋的一大创举,是炫扬君威震慑朝臣极为野蛮的手段。这种刑罚是没有法律规定的。在朝堂上,无论多大官员,只要触怒了皇帝老子,一声令下,当场就会被殿前武士像狗一样拖出去,强行按倒在地,上身用麻布捆紧,手脚被四方拴住,下身脱光露出臀部,接受杖刑。那些受过专业训练的廷杖高手,毋需几下,就会将人打得不成人样,再强壮的体格都经不起一百下。打死了也是活该。恐怖至极!

廷杖,是明朝最丑恶的暴行。以往的封建王朝虽然野蛮,但好歹还要以所谓"刑不上大夫"来照顾一下士人的尊严,用以点缀王朝的文明,而明代的廷杖却赤裸裸地将人权看作是破烂的尿布,扔进了垃圾堆里。士大夫等都只是王朝的看门狗,只能乖乖地俯伏在皇帝老子的臭脚下,唯主人的好恶是从。否则,廷杖伺候!虽然,这个制度并非始自嘉靖,但自明朝开国以来,即使是他的前任、堪称明代最荒唐的正德皇帝,其草菅人命的残忍程度都远不及这位嘉靖皇帝。在"左顺门事件"中,被嘉靖廷杖活活打死的就有十七名之多,开创了明代朝廷暴行的最高纪录。嘉靖皇帝还有亲自监督廷杖执行的嗜好。人们很难理解,在廷杖时受刑者那抑制不住呼天叫地的哀号声,任谁都唯恐避之不远、塞耳不及,怎么倒能激发出嘉靖的"快感"来?在廷杖中,很少有人能熬过一百下的,那些平时只有握三寸笔管之力的士大夫,当然更承受不住。有位文职官员,嘉靖下令责打一百,不到五十就已气绝,但仍不能平息嘉靖的愤怒,责令非杖毕一百不可。由此可见这位皇帝残忍到了何种程度。

这些载于正史的资料，充分显现嘉靖是一位纵性逞威，将皇帝制度中的恶质发挥到了极致的暴君。皇帝制度可恶，一个强化皇帝制度的暴君也同样可恶。所以我们在批判丑恶的皇帝制度时，当同时清算暴君的残忍罪行。

在有关记录嘉靖罄竹难书的丑恶行径的材料中，还有一件极具他个人特色的罪行，有必要在此凸显一下，那就是“宫婢之变”。

所谓“宫婢之变”，就是在嘉靖二十一年十月，有十几名宫女联合起来集体谋杀嘉靖的一起特大刑事案件，皇帝差一点就被她们弄死。

在封建王朝史上，宫廷政变以及后宫动乱事件，可说是在每个朝代都不乏精彩的演出，已算不得什么新鲜的节目了。但像这次由十几个宫女联合起来集体谋杀皇帝的事件，倒确可称得上是史无前例的传奇。

纵观所有的宫廷政变或后宫动乱，策划者的目标是很明确和坚定的，那就是权力。也就是说搞掉当权者，由自己取而代之。因此策划者必定是实力派或权力场中的关键人物，历来是由重臣、外戚、宦官、后妃、皇族们担纲充任主角的。但此次宫女们为了什么呢？这十几个宫女，并没有人想要做皇帝，也没有意图要在政治权力场中攫取什么。她们毫无背景，不受任何人指使，也得不到任何方面的声援。她们深知，无论行动成功还是失败，她们都逃脱不了皇宫禁卫的抓捕，下场必定是无比惨烈，即使千刀万剐都偿付不了谋杀皇帝的弥天大罪，甚至连自己的九族都会被株连。中国女性在封建社会中，是人伦中最受凌辱的一群，在可以想得到的情由下，她们几乎都逆来顺受，忍气吞声,能苟活下去就是最大的幸运了,抗争的念头从来都不会在她们的脑海中闪现。现在这十几个宫女,之所以不顾一切,全都豁了出去,必定是连苟活都指望不上了,才会抱着同归于尽的决心拖嘉靖一同下地狱去!

在中国长达两千年的封建王朝中,可以说没有一个皇帝不荒淫成性。但嘉靖那样无耻和"下作",毫无人性地摧残女性尊严的作为,确可算得上是历史的一绝。

在明代皇帝中,嘉靖在位长达四十五年,仅次于万历皇帝。他活了六十岁,在古代皇帝中算是相当长寿了。但他内心却十分恐慌,惶惶然不可终日,老是对自己的健康忧心忡忡,恐惧自己会早衰而亡,千方百计设法延长自己的寿命。他崇信道教,不时在大内禁苑设道场,进行斋醮活动,祈求上天降福赐寿于他。因迷信道士陶仲文的邪说,经常服用"先天丹铅药"可获长生不老(所谓"先天丹铅药",是用幼女的经血炼制的药),于是嘉靖就在三年内,进行三次大选,将七百六十名八至十四岁的幼女送入宫中准备炼药之用。这些幼女,不仅在炼药中饱受非人的摧残,并因嘉靖迷信道士采阴补阳的房中术,不时遭受临幸之苦,致使身心受到极大的伤害。正是因为实在不堪经受嘉靖毫无人性的性摧残,才有杨金英等十几名宫女联合起来集体谋杀嘉靖以求解脱的事件。

夜深,在密室中,趁嘉靖纵欲过度而酣睡入梦时,由杨金英发动,十几名宫女一拥而上,有的用黄绫抹布将嘉靖的脸蒙住,有的掐脖子,有的按前胸,有的强拉着他的左右手,有的揿住他的两腿。杨金英就势把预先打好结的绳索套在嘉靖的脖子上,再由另外两人分别用力收紧绳套。嘉靖虽被惊醒却动弹不了,以至于昏迷过去，眼看毋需多久就会归天。可惜，毕竟是弱女子，临场慌乱，杨金英将绳套打成了死结，无论怎么用力都收不紧，场面开始混乱起来。其中有个叫张金莲的宫女见事不成，顿生怯意，趁乱逃出密室去向皇后禀报。于是在场进行谋害的十六位宫女全被拿下。她们的下场当然毋需赘述。嘉靖总算被抢救过来，逃过一劫。

宫女们的行为被正史定性为“犯上肆逆”。当然，她们是不会得到封建史家同情的；而具有现代史识的易中天既然对嘉靖抱有“历史之同情”，那么又如何来面对这些被凌辱、被残杀的宫女们呢？

因为易中天特别提到严嵩，所以有必要在此也论述一番。

易中天说的不错，严嵩这个人原本也并非一个臭名昭著的无行文人。他进士出身，才华横溢，其诗词和书法造诣誉满当时的儒林。从一个尚不失为“正人君子”的士大夫，日益堕落成为世人无不辱骂的国贼，的确让我们看到了嘉靖以及皇帝制度对他“培养”的成效。但这只是问题的一面。我们从严嵩飞黄腾达的历程中，同时也可明显地看到问题的另一面，即士大夫在人生道路上选择的主动性，由此他必须对此负责。严嵩为了追求个人利益的最大化，是完全主动地将自己的良知出卖给嘉靖的。他不仅谄媚、奉迎，无所不用其极地求取皇帝的宠信，助长了嘉靖的倒行逆施；同时也利用这个丑陋的皇帝制度，充分施展了一己的恶行，从而更加深、加重了皇帝制度的罪恶，使广大民众被逼堕入灾难日益深重的苦海中，见不到天日。对这种强化制度的恶的角色，人们焉能对之抱有“历史之同情”？

严嵩原在留都南京供职，自入京担任礼部尚书后，便有机会就近接触和了解嘉靖的秉性和朝中的政局。毋需多久,机敏、乖巧的严嵩便找到了一条可以使他扶摇直上、攀登人生顶峰的捷径:毋需为国为民建立坚实的功业,而只要“搞定”嘉靖,便可达到目的。他看透嘉靖这个皇帝虽然不乏聪明,却根本不是一个像样的君主,他刚愎自用,心思完全用在个人享乐和威权上,且残忍成性,无论谁违拗了他的意志,他都会绝对无情地施以重罚。嘉靖给人的感觉似乎很精明,而其实却是一个很容易被糊弄的对象。因为他极度迷信,奉玄事道已成为他整个精神生活的主轴,正常理性已被压缩得僵如化石。所以只要能顺遂他的心意,积极进献以及编造一些祥瑞事件,就能博得龙心大悦,骗得他的信任。若能竭力吹捧道教,崇扬道法的灵验,特别是能为他不断写出华丽优美的“青词”——道教信徒求上天降福赐寿的祈祷文章——那就一定能取得他的宠信。

要做到这些对严嵩来说并不难。他本来就学养深厚,写得一手好文章。应付嘉靖的“青词”需要,自信只要稍加用功,一定能使对方满意。综览今后仕途,在客观上并无显著的障碍。

问题在于士大夫的良知上。

中国的士大夫向来是读圣贤书,奉孔子为大宗师,以“修齐治平”为人生圭臬的,对于佛道二教种种虚无缥缈的出世论说,向来采取排斥态度。特别对于那些荒诞不经的迷信邪说,更是深恶痛绝。而现在严嵩仅仅为了个人能爬得更高,就全然背弃毕生所学,一味谄媚嘉靖,编造种种荒诞不经的祥瑞来糊弄这个昏君,以求得到他的欢心和宠信,毫无读书人的一点诚实品质。这并非当时的环境逼迫每个人非如此做不可。我们看到,即使与严嵩同朝为官的人,大多数还是不屑如此廉价地出卖自己的人格的。所以说,这完全是严嵩个人的主动选择,因此他就不能逃脱应负的历史责任。固然,在嘉靖的淫威和暴力的威慑下,绝大多数人也都随势附和,以顺时宜,并没有挺身而出起来反对,那倒确实应予以一定的"历史同情"。因为毕竟人非圣贤,正常的人性很难经受得了暴力的肆虐,我们不能对之苛求。但严嵩却不在此例。他不只是谄媚嘉靖以求个人顺遂而已,同时也利用嘉靖对他的宠信,干尽了坏事,戕害了很多无辜的人,加强了封建制度的罪恶。

他已经被嘉靖提拔为六部之首的礼部尚书(嘉靖朝是礼部位于吏部之上),却有志进入帝国权力的最高枢纽——内阁——以遂其位极人臣的理想。当时内阁首辅是夏言。此人精明、强势,权倾朝野,严嵩就不惜用丑陋的手段来讨好夏言。

严嵩与夏言都是江西人。在科第上,严嵩还早于夏言十二年,论资历完全可自居"年兄"。由于严嵩来京后的种种表现,夏言觉得这是一个十分阴柔的伪君子,所以很鄙视他,不屑与他来往。但严嵩却暗藏心计,深知他非越过夏言这块绊脚石,是实现不了他的梦想的。因此无论夏言对他怎样"白眼"相加,他对夏言都处处恭顺得如同对待父辈。历史记载了这样一件极为突出的事:有次严嵩特地置备了一桌丰富的酒席宴请夏言,并亲自到其府第相邀。但夏言却丝毫不给面子,一口回绝,甚至都不予接见。要是换了他人,谁都忍受不了此等轻慢,一定会引以为奇耻大辱。但严嵩却显得毫不在意,回府后开宴如常,仍旧频频跪着向为夏言预设的空座敬酒,以表示对夏言无限诚挚的敬仰。消息流传到夏言的耳中,他终于被感动,就此逐渐放松了对严嵩的警惕。

严嵩当然并不真心诚服于夏言。但他深知对于夏言这个强劲对手,非得以极度示弱和卑顺的姿态才能麻痹其防范心理。但堂堂礼部尚书出此行为,实在太有损人格尊严而贻笑儒林。不过严嵩深知中国文化向来是以最后的成败来论英雄的。因为唯有如此,才能使夏言在对自己的放松戒备中露出破绽。等搞掉了这个强敌,历史就会从谋略角度来为他的成功辩护,来欣赏他的谋略。所以毋需在乎一时的毁誉,达到目的才是最重要的。由此,严嵩之类的奸贼在背弃良知、出卖人格实施种种丑恶行径时,毫无顾忌,又何需后人为之同情?

人际关系中,只要潜心窥伺,总有可能抓到对方的把柄。因嘉靖对道教的狂热,甚至认为真人(道教中的得道大师)的尊严完全可以与俗世的权贵并肩而论,所以他往往头戴香叶道冠,打扮成一副真人模样接见大臣。同时,他还特地将沉水香冠(道冠)分别赐给几位重臣,怂恿他们顶戴,以显示他弘扬道教的诚意和热情。夏言和严嵩分别领到一件。夏言对此十分反感,认为当朝高官和儒家子弟头戴道冠简直不成体统,所以从不主动顶戴。而严嵩却积极响应。他在每次朝见嘉靖时,都十分庄重地戴上香冠,周围还特地笼以轻纱,以示虔敬。两下明显的对比,就使嘉靖对夏言甚感不快。严嵩也就趁机进行挑唆,无限上纲,说这是夏言恃权傲上,借此显示对君权的蔑视。嘉靖是一个极度虚荣,对威权极为敏感的人,凡有损于他个人威严以及对道教不满的言行,皆易激怒他。严嵩完全击中要害。夏言就此日益遭到嘉靖的忌恨,最后被勒令致仕,让出位子由严嵩接任。严嵩终于达到目的,实现了梦寐以求跻身阁臣行列的愿望,于嘉庆二十三年入值文渊阁而成为内阁的首辅。

因夏言在宦海中曾多次沉浮，严嵩深恐他会再一次卷土重来，所以非在肉体上将其彻底消灭，是难以心安的。于是严嵩就用重金买通宫中太监，广泛散布流言，说夏言在离京时有怨恨和诽谤圣上的言论，使嘉靖闻之甚为忿恨；严嵩并串通锦衣卫总管陆炳诬陷夏言前不久因收受了贿赂，便支持陕西总督曹铣轻启收复河套之议，因之而挑起北方边衅，事后却委过于嘉靖本人决策的反复。这终于激发了嘉靖的狠心，就将夏言斩于西市，夏的妻子也被流放到广西。

严嵩洞悉嘉靖对君主威权的偏执，所以他悉心包装，竭力将自己打扮成对权力毫不热衷的皇帝的好秘书（明朝取消了丞相制，而以内阁大学士用“票拟”形式来辅助皇帝治理天下），来骗取嘉靖的信任。自夏言致仕后，内阁中又有几位老学士也相继离去，内阁中只存严嵩一个人。他词意恳切，主动多次上疏，请求嘉靖及早增派阁员，以免出现内阁独议的局面。严嵩这一招真是抓到了嘉靖的痒处，使嘉靖感到欣慰不已。因为纵观历朝内阁重臣，无不揽权自重。而现在内阁出现空缺，这在旁人正是难得的揽权的好机会，鲜有像严嵩那样淡泊权势主动上疏请求增添的。这就使嘉靖对严嵩更为放心，也更为宠信。因此足足有一年多，就让严嵩一人独占内阁，总揽朝政，这在明史上可称得上是极为罕见的。由于嘉靖对严嵩的信任和恩宠，严嵩竟能连续十多年担任内阁首辅。

其实严嵩正是弄权的高手。以后嘉靖虽依制充实了内阁成员，但严嵩却以首辅自诩，并利用嘉靖移居西苑后很少与外界接触，唯独自己能经常和皇帝见面的有利条件，将信息垄断起来，使其他官员很难知晓嘉靖的真实旨意，因此大都是在执行严嵩的意志。内阁中的重要“票拟”，严嵩牢牢掌握在自己的手中，绝不容他人插手。因此，在严嵩担任内阁首辅十多年的时间里，嘉靖朝的政事几乎全由他一手掌控。嘉靖朝晚期朝政的腐败，归罪于严嵩实不为过。指责他阴险毒辣、奸佞无比，是误国殃民的大奸贼，是为确论。

在严嵩专权期间，他的恶行便得到了充分的施展。他遍引私人亲信占据了朝廷部院的所有要津，形成了一张密不透风的势力网。真可谓条条权力之路通向严嵩，没有严嵩办不到的事，也别想绕过严嵩办成任何事。那些不那么顺从或者敢于向他挑战的人，无不遭到严嵩的陷害而落了个悲惨的下场。吏部尚书李默很反感严嵩不断插手吏部事务，往往有所抵制。严嵩就诬陷吏部在试选人策目中借古喻今，影射嘉靖皇帝晚年昏庸。结果李默就因此而被嘉靖下诏拷讯，死于狱中。

还有一个很突出的事例，御史叶经曾上疏揭露过严嵩受贿事件，但因嘉靖偏袒，并未触及严嵩皮毛。严嵩就怀恨在心，决意设法置他于死地。一年后，严嵩诬陷山东乡试一条涉及边防的问策中，有批评朝廷应对不力的含意，目标针对的是皇帝。因叶经当时担任该次乡试的监管员，严嵩要他对此负主要责任。结果叶经被廷杖八十，当场毙命。严嵩诸如此类蓄意构陷他人的罪恶，可谓罄竹难书。

本篇开首所引易中天的一段话，显示他认为腐败应归咎于制度，由于明朝官俸太低，官员无法应对日常开支，这才逼不得已而蹚进这潭污水池去的，所以对之应有“历史之同情”。那么现在就让我们来看看严嵩在这方面的表现。

在他担任首辅期间，所有官员的任免和升迁，都得仰承严嵩的意志而定。于是官场就显现了这样一条潜规则：凡求州判之职，非贿严三百两不可；通判则需五百两；武职都指挥一级的底线是七百两；谋求知州官职则需两千两百两方能搞定；而一个刑部主事花了一万三千两银子的代价，严嵩才让他转官吏部。

除了卖官，刑狱方面更是取财进宝的一大通道，这只要举出俞大猷一个事例就足以说明一切。俞乃当朝抗倭名将，为朝廷屡建功勋。因不善巴结奉承，就被严世藩（严嵩之子）借故逮入京师，最后俞不得已借了三千两银子送过去，才免于死罪。

由于严嵩的权势无孔不入，他的黑手甚至伸到了国防的财政上。嘉靖中期以后，边患频仍，北有鞑靼之扰，东南倭寇猖獗不已，致使国防军费开支激增。但每次朝廷支出，到达军中不过四成，六成却用来奉承严嵩。

严嵩不仅是一个弄权高手，在攫取财富的手段上，也堪称明代一绝。严嵩富可敌国，他的家产要超过整个国家一年的财政收入。

严嵩的腐败是被逼出来的吗？是易中天所说的那样不收“红包”就没有办法过日子吗？显然不是。那么有什么理由要求对这一类腐败分子予以“历史之同情”？

制度因素和历史人物的主观选择，二者是同构互补的，只要片面强调一方，那就是在泡沫化历史，在对历史进行一种耐人寻味的包装！

（**附记**：本篇所引易中天的话语，摘自他的《品三国·附录2：我的历史观》上册，上海文艺出版社，2006年版）

为空想而奋斗的政治伦理应予否定

在中国历史上，几乎很难找得出一个历史人物，如诸葛亮那样获得中华民族全体的爱戴和敬仰。诸葛亮在人民心目中，不仅是智慧的化身，更是人格的典范。他的“鞠躬尽瘁，死而后已”已成为中国政治伦理无比辉煌的名言。由此，中国文化将诸葛亮奉为完美的政治偶像，对之顶礼膜拜。传统文化如是观可以理解，而现代文化名人如易中天也还在积极发扬这样的理念，那就表明我们的文化转型还未走出滞后效应，至少在政治伦理上可以这样说。因此，重估诸葛亮的政治伦理就成为我们当前急需面对的课题。

2007 年 7 月 21 日在香港会展中心，易中天在答复读者如何评价诸葛亮的北伐时，他极其简要地概括为“全是梦想”。诸葛亮北伐注定不会成功，他举出了三个理由：一、曹魏非速亡之国；二、益州非进取之地；三、诸葛亮非将略之才。应该说，这个事实判断是相当确切的。其实前面两个原因，诸葛亮本人也心知肚明，不然他也不会在《出师表》中流露出“尽力而为”的口气了。既然如此，那么诸葛亮为什么还要倾全力北伐呢？

如此北伐,是否有其充分的合理性?易中天为诸葛亮找到了三条理由:一、安内必须攘外;二、小国必须图强;三、理想必须坚持。为了突出这一价值评估的正面性,他紧接着强调:"我们不能以成败论英雄。人,是不能没有理想的,也是不能没有梦想的。"(易中天《书生傻气》,广西师范大学出版社,2010 年版,第 207 页)这就表明,易中天虽然认定诸葛亮北伐劳而无果,从整体上来说是失败的,但我们不能以成败论英雄,我们要看到诸葛亮高于一般士大夫的是他有宏伟的政治理想——荡平群雄战乱,重现大好河山一统的局面。这个理想在当时的历史境遇下,应该说具有相当的正义性,值得肯定。但因客观条件的限制,北伐对蜀汉政权而言,其难度已远远超出人的主观能动性所能克服的程度,所以不能将失败归咎于诸葛亮的无能。但诸葛亮无视成败,明知犯难却毫不畏缩,知其不可为而为之,坚毅地为争取实现理想一直拼搏到死,这种执着于理想、奋斗不懈的献身精神,堪为中国士大夫的楷模,足以垂范千古!

这个观点,凸显了中国政治伦理的核心价值,因此必须予以彻底厘清,才有助于我国文化的现代化转型。

固然,我也信从易中天所说的"人是不能没有理想的"。一个执着于崇高理想、勇于追求、甘于献身的人,是应该受到人们钦佩和敬仰的。与诸葛亮同时期的那些才俊们,虽然他们在才智、奇谋和应变能力方面,往往并不逊于诸葛亮,有的或许更为优胜,但他们只能令人称赞,而绝不会如诸葛亮那样让人由衷地敬仰。根本原因就在于他们才智虽高,但精神境界却相对褊狭。我们无法以政治家的标准来衡量他们,他们充其量只能算谋士。谋士的价值理念是以自我为核心,以功利为人生的终极意义。他们所追求的目标，只是最大程度发挥自己的才华，建立可以炫世的功名。因此，无论谁——不管是英雄、奸雄还是奸贼——只要能提供他们所期求的发展空间，并最后获得成功，他们都可以出卖自己为对方效忠。对于一个不以众生命运为念的人物，无论他们的才华多么杰出，人民决不会由衷地敬爱他们。

诸葛亮高出三国其他谋士而受到人们广泛崇仰，主要并不在于他的智慧和功业，而是他有着真挚的政治伦理情怀和执着的追求。他在隆中高卧时就好《梁父吟》，这是中国乐府诗体中一种葬歌体裁，可见诸葛亮具有一种悲天悯人的情怀。在当时天下大乱的情势下，目睹黎民百姓陷于兵火浩劫中，经受着惨绝人寰的磨难，他常以声震遐迩的长啸来舒解胸中的积愤，立志要以管仲、乐毅为范例，廓清四海，一匡天下，以造福社稷作为自己人生的目标。

正因为诸葛亮有着明确的价值取向，所以他在荆州十多年来，一直隐居隆中没有去投奔刘表。其实依当时士大夫的实践理性来说，刘表应是诸葛亮入世从政首选的靠山。因为荆州地据神州要冲，乃图王霸大业者一块难得的基地。中原地带，由于历年来诸侯不断地争夺，兵灾连连，社会生态已受到极大的破坏。而荆州却在刘表保境自全策略的治理下，很少参与诸侯间的争夺，所以社会元气没有遭到重大损伤，一切都还显得稳定自足，可供有志者进一步谋求更远大的发展。选择刘表对诸葛亮特别有利的一点是：荆州政坛的人脉，上层人物都与他有着非同寻常的社会关系。诸葛亮原是山东人，叔父诸葛玄与刘表乃好友。东汉末年，由于黄巾大起义以及随后的董卓之乱，关东诸侯联兵征讨董卓，天下从此大乱，大小军阀混战不休，中原大地陷于一片兵火的灾难中，老百姓纷纷四处逃难求生。诸葛玄也就领了幼年丧父、一直由他抚养长大的诸葛亮和诸葛均两兄弟，避难辗转来到南方。由于诸葛玄和刘表是旧交，所以他就到荆州襄阳来依附刘表，但不久即病故。于是诸葛亮与弟弟诸葛均就结庐在襄阳城西二十里的隆中，躬耕待时。在那时，诸葛亮结交了当时荆州士林中如司马徽、庞德公和徐庶等一批精英。名士黄承彦就十分赏识诸葛亮，主动将女儿许配给他。而诸葛亮的岳母却是刘表后妻的亲姐妹，这样刘表也就成了诸葛亮的姨夫，那可不是一般的亲戚关系了。另外，刘表政权集团中两大豪族势力之一，蔡家的蔡瑁是诸葛亮妻子的亲舅父，以后刘表的小儿子刘琮娶了蔡瑁的侄女，这就使刘表与诸葛亮的关系更是亲上加亲，关系非常紧密。另一大豪族势力蒯家中的蒯祺，娶诸葛亮的大姐为妻，成为诸葛亮的姐夫，曾任房陵太守。凭借这一连串不寻常的社会关系，诸葛亮若投入刘表集团，可确保左右逢源、八方呼应。无论从建功立业还是从一展自己才能的角度上来考虑，都可望畅通无阻、扶摇直上。若换了一般士人，不待“呼之”，早就“欲出”了。但诸葛亮却默然自守，丝毫不为所动，长期来一直远居村野，隐身不出，这就是诸葛亮极其可贵不同凡俗的一面。因为刘表虽是他的至亲，他却看透刘表的素质。虽然刘表号称“八俊”之一，也曾不避艰难单骑赴荆州上任。当时荆州内部十分动荡，宗贼势力极为猖獗，他们逞强作乱，根本不将外来的刘表放在眼里。刘表运用谋略，采用分化政策，诱杀首恶，招抚附从，荆州八郡很快便被刘表平定。从这一突出事件上考量，刘表确也称得上是个人物。但是这个人境界狭隘,胸无大志,安于现状。荆州取得稳定后,他就感到心满意足,再无更大的抱负。所以任凭中原烽火连天,天下大乱,万民涂炭,他只求能维持荆州偏安,根本就不想再有任何作为。这就与诸葛亮澄清宇内、一匡天下的宏伟理想大相径庭,辅佐这样的人物,对诸葛亮来说毫无意义。因此,虽近在咫尺,又是自己的至亲,诸葛亮却从未有过出山的念头。

当然,诸葛亮也不会去投奔曹操。虽然他也承认曹操从其条件和才能各个方面来看,是最有可能结束割据混战局面的人物。但曹操尚在创业的征途中,就已经显露出诸多狰狞的面目,无疑又是一个残忍的暴君。他若一统天下,掌握了绝对权力,国家和人民说不定会更遭殃。诸葛亮绝对不愿成为一个帮凶式的历史罪人。

因为诸葛亮有着坚定的治世理想,所以他必定十分关注时局的动态和在政治舞台上驰骋的各色人物,他不会不留心有关刘备的信息。

从刘备的一贯表现来看,他闯了大半辈子,可是连一个能安身、站稳脚跟的地方都没有,一如浪里浮萍,不断地漂移,到处寄人篱下,既无足够的兵力,又无稳定的根据地,几乎是屡战屡败。但令人钦佩的是,他却屡败屡战,毫不气馁,仍坚持不懈,一往无前地奋斗着。这绝不是一般人所能做到的,要不是有着远大的理想,或许他早就放弃不干了。

大家都知道刘备是个织席贩履的草民。虽流传说他有皇族血统,但那却是一笔很难厘清的陈年烂账,大家也只是姑妄听之而已,并没有认真地对待。在他投身社会时,确实两手空空，一无凭借，完全是从零开始。但在那样纷乱的年代中，他竟然能从“天下从不知有刘备这么一个人”发展到天下无不恭迎刘玄德！即使他被人家打得七零八落，无处立足，以败军之将的身份前去投靠，对方也无不以最高规格，隆重接待他。

刘备走青州投奔袁绍时，正值袁绍声势冲天的当口，袁绍不仅遣将道路恭迎，自己还亲去二百里郊外与其会见。

曹操收纳刘备时，对其也敬若上宾，出则同舆，坐则同席。

最难能可贵的是刘备无论到哪里，都能受到老百姓热诚拥戴。一个最突出的事件是，他在平原县当县令时，当地恶霸曾派刺客去刺杀他。不料那刺客混进县衙，亲眼看到刘备一系列亲民、爱民的表现，竟然天良发现，不忍对刘备下手，还主动坦陈了自己的真实身份，告诉刘备有人要害他的阴谋。最后刺客倒与刘备做起好朋友来了。得人心如此，可见刘备确具成大事的素质，这才是诸葛亮所向往的明君。

但是刘备虽然早在建安六年就来到了荆州投靠刘表，直到建安十二年，其间足足有六年之久，诸葛亮并没有主动去求见刘备，这又是诸葛亮历来为世人所赞颂的一个主要缘由。一个有崇高理想的政治家，必当是一个有健全人格的人，他应该具有高度的自尊和自信。人才当然需要倚仗权力才能充分发挥出一己的才能，但人才自有他独立的尊严和价值，与权力之间，不应该只是权力单方面居高临下的挑选，而应该体现出一种互信和合作关系。虽然刘备的舆情良好，但那毕竟是间接的信息，诸葛亮需要直接体察一番。他自知本身既年轻，又毫无从政资历，若非一流明君，是决不会真心诚意来聘用他的。即使破例使用，若不加以重用，也很难充分发挥自己的才能，那样参与其中也就没有多大意义，所以直到刘备诚恳地亲自三顾茅庐，诸葛亮终于确认刘备确是他所期待的明公，才慨然走出隆中。诸葛亮的“先主诣亮，凡三往，乃见”，为中国士大夫的尊严和选择，涂上了一层无比绚丽的油彩。

诸葛亮确是中国历史上少有的一位有崇高理想的士大夫。他辅佐刘备，为争取实现自己的理想顽强地奋斗终生，不屈不挠，从未畏缩退避过。即使在曹操大兵南下，直取荆州，刘备兵败，狼狈地丢妻弃子而逃的危急存亡关头，诸葛亮都毫不动摇，相反，却挺身而出，主动请求出使东吴，以求联孙抗曹。最后，终因孙刘合力，赤壁一战大获全胜，造就了鼎足三分天下的局面，实现了他理想中的前期目标。

但是在论述他的北伐时，我们却不能因此就不加深入探究，惯性地沿着原有的思维路径予以评估。

“知其不可为而为之”，此种为追求崇高理想，无视成败、不屈不挠、永不气馁、坚持到底的坚毅精神，在境界上确可誉为上乘，值得人们肯定和发扬，但这只能限定在个人的修养和奋斗上。而对于政治家，特别是对握有最高权力、能左右社会进程的执政者而言，却绝非是种美德。它不仅不值得赞许，甚至可以说是一种极为负面的东西，应该予以严肃批判。

政治家是对人民大众负有严肃责任的。因此，唯有人民大众的利益，才应该是他们实践的绝对核心理念，其他一切都应以此为轴心而旋转。当政治家已非常清醒地认识到，原有的崇高理想，根据当前的现实条件，已成空想，根本没有实现的可能时，那就应该直面现实，认真务实地修正原来的理想，敢于调整既定的政策和规划，踏实地行进。若为了诸如道德、信仰或舆论等其他原因，仍顽强或者说顽固地坚持已成为空想的目标和完全务虚的既定方针蛮干到底，致使人民的利益受到严重损害，那就绝对是不可原谅的过错，应该受到谴责。诸葛亮的北伐就是这方面的典型事件。

诸葛亮在“隆中对”中，就分析得很清楚，在形成鼎足三分的形势后，蜀汉才有实现更远大政治目标——北定中原、统一天下——的基础和条件。但即便如此，还得等待有利的客观形势出现，那就是“天下有变”。在诸葛亮看来，曹操绝不是一个满足于“挟天子”而甘心称王的人。他在权势绝对巩固之后，迟早有一天在政治上会有大动作。倘他不再有所顾忌，终于露出狰狞的本来面目，废汉自立为帝的话，中原势必会大乱，那对蜀汉来说就是天赐的良机了。此时，打出正义的旗帜发动北伐，必定会吸引中原广大群众热烈响应，在内外交相进逼之下，成功的形势就极为乐观。可是事与愿违，诸葛亮北伐时的客观形势与前述的愿景截然相背。虽然曹操本人到死都没能实现废汉称帝，但他的儿子曹丕却在曹操死后不久，就以“禅让”的“和平演变”，完成了曹操的夙愿。但出乎意料的是，由于曹丕措施得宜，魏国内部平稳如常，无论朝野都没有出现反抗和动乱的事件。既然天下无变，魏国稳定得很，外部没有出现有利条件，诸葛亮却执意北伐，岂非违背自己的理性？这就不是一个成熟的政治家对国家和人民负责任的决策。

天下无变，倒是蜀汉内部突发了一连串不利的巨变。关羽失荆州，这对蜀汉来说，可称得上是一次致命的打击。在“隆中对”时，诸葛亮就着重指出，北伐必须奉行两路出兵，东西夹击、相互呼应的战略。东路从荆州出发，经宛城，取洛阳；西路从益州北上,取道秦川,直指西安。而现在只剩了一个益州,在物质条件上,在兵力和财力上,也都根本无法与拥有七个州的曹魏相抗衡。从纯军事角度来说,这不仅在战略上失去了一个关键性的据点,从此再也不可能对曹魏采取钳形攻势,而得由僻远、艰险的西蜀山地来直接面对辽阔平坦的北方强敌。不利的地势对意图采取攻势的蜀汉,在后勤补给上制造了难以克服的困难。另外,在国力上,刘备在夷陵的惨败,使蜀军主力几乎被东吴陆逊一把火烧去大半。刘备病故后,蜀汉南中三郡又起反叛,诸葛亮只得亲率大军,深入不毛之地进行征伐。虽然孟获不久即被平定收服,但连续用兵已使蜀汉的元气大伤,综合国力已呈明显衰竭之态。且在人才资源上,大批创业精英都已离世,而后续的人才却严重短缺,不能紧接着补上,如此又怎能群策群力有效地来开拓艰难的征途?尤其对方的主帅司马懿,又是一个少见的枭雄,其军事才干,是个足可与曹操比肩的高手。面对如此众多的主客观不利因素,作为一个成熟的政治家,就应本着对国家和人民利益负责的原则,不再沉溺于已成空想的梦想,清醒地直面现实,适时地调整既定的方针,搁置北伐计划,争取时间休养生息,积极改善人民生活,努力充实国力,以待有利时机的到来。但诸葛亮出于对刘备的知遇之恩和托孤的使命感,深感本人已入老境,时不我待,若不抓紧时间有所作为的话,那将愧对先帝的重托和历史的召唤。所以他虽然清醒地认识到事已不可为,也只得鞠躬尽瘁竭尽人事而已。尽管迎难而上,奋力进行拼搏,结果却屡屡受挫,长达七年连续不断的北伐,都无功而返,寸土未获,最后自己也病死在征途中。虽然他个人因此而在道德上达到了完美的高度,也获得了历史的好评，但一次次的劳师远征给蜀汉人民带来的灾难却是沉重无比的。蜀国人口约有一百万。诸葛亮带往前线作战的部队有十万左右，保卫京师及驻防各地区的部队不下十万人，另外后备以及负责后勤的部队也得有与此相应的数目。据此推算，服务于军事行动的人口要占到总人口的十分之三，这个比例是相当惊人的，可以说蜀汉的青壮年几乎大部分都抽调去打仗了，哪里还有什么人力能用来进行经济建设？战争不仅使老百姓深受兵役之苦，妻离子散，而且也使国家的整个基础产生了动摇，从蜀亡时全国兵力只能勉强凑得区区十数万可见一斑，这不能不归咎于诸葛亮大举北伐所造成的严重后果。

易中天另举“以攻为守”（他将安内必须攘外，小国必须图强综合成“以攻为守”这个理由）的战略为诸葛亮北伐辩护。殊不知若敌我双方强弱过于悬殊，仍坚持运用“以攻为守”的战略，那更是在加速彼此的军备竞赛，这只会拖垮自己，加速走向灭亡！

因此，人固然不可以没有梦想，但对于那些回避现实，一味沉溺于为梦想奋战的政治家，人民还是坚决舍弃为好。我们的政治文化要是还在为诸如诸葛亮北伐这一类行为作辩护的话，那就很难融入现代文明的潮流。

奸雄史观可以休矣

"时势造英雄,英雄造时势"——中国人历来崇拜英雄。

英雄是值得尊重的,一个不知道尊敬英雄的民族是没有恢宏前途的。但过于崇拜就不合民主风尚了。更糟的是错把奸雄当成英雄。而一个热衷于称颂奸雄的民族是很难自新的。但是中国文化却总是不知疲倦地在鼓吹奸雄的伟大,一部廿四史记载的,自秦皇汉武起,后继者唐宗宋祖,直至恢复汉民族自主的大明天子朱元璋,都被中国文化尊之为杰出的英雄。但在我看来,这些彪炳史册的所谓伟大人物,其实根本不是英雄,而是奸雄。而中国传统文化实际标榜的是一种奸雄史观——奸雄造时势。遗憾的是,即使在现当代仍有人热衷于此,易中天先生就是其中一位极有影响的"大家"。他热情洋溢地称颂曹操、武则天、雍正等人:"他们无疑都是中国历史上最杰出、最优秀的人物之一……他们的形象光彩照人……他们的魅力至今犹存……"(易中天《品人录·文化与人》,上海文艺出版社,2000 版,第 324 页)

英雄和奸雄在现象上有一点是相同的,他们都有着非凡的才能和勇于作为的气魄,因此他们往往能干出一番常人所不能为的宏伟事业，但本质上却是完全相异的两路人。英雄奋战一生的目标始终是以人为本，为谋求人民福祉、捍卫社会正义，坚毅不拔地奋斗终生；而奸雄却是为追求个人利益的最大化，为了达到目的，敢于采取任何手段。因为奸雄全无道德顾忌，所以他们实践的成功率极高。而中国的政治文化始终恪守“成功乃检验真理的唯一标准”，于是奸雄就成为历史歌颂和崇拜的对象，这就是中国文明长时期翻滚在权力意志轮回中难以突破，以致远远落后于世界潮流一大截的根由。

奸雄史观之所以是中华的一大文化罂粟，是因为它渲染的是一种权术文化。传统的权术文化以奸雄精神和奸雄的实践理性作为其价值准则，这就使我们的社会伦理日益沦丧，人性倒退到丛林时代，从而散发出阵阵浓烈的血腥气，阻碍了我们早日跨进现代文明。

因此，我们要批判传统的权术文化，就得从奸雄身上着手。在中国的奸雄榜上，最具样板意义的莫过于曹操。特别是自诩持有现代视角的易中天先生不仅对之钦佩有加，甚至还满怀深情地表达了敬意，可见曹操的魅力是如何地深入人心，他的权术已使国人珍若传世经典，精英们纷纷将它作为处世的制胜宝典，这就促使我们得对曹操加大力度，非认真“品”出一个究竟来不可了！

易中天品三国人物，对曹操作出了非常突出的评价。他认为曹操不仅是三国时代的英雄，甚至是我们的民族英雄。在他看来，曹操雄才大略，胆识过人，一生为了结束国家的分裂奋斗到死。他削平北方各路军阀的割据，为后来西晋的统一奠定了坚实的基础，其伟大的功业实有泽于中华民族的成长。加上他个性上的魅力——真实而本色、率性而从容、沛然而大气——令人钦佩之余，又倍觉可爱。“可爱的奸雄”曹操，是个使中国历史闪光的人物。

看来易中天混淆了英雄与奸雄的范畴，错把奸雄当作了英雄。

不错，曹操确有过人的胆识，其雄才大略堪称三国政坛上的翘楚，即便在漫长的中国历史演进中也属罕见。但是谋略过人，非常有本事，功业卓著，就能尊之为英雄，值得老百姓敬仰、爱戴？中国人民从来都不将秦始皇看作是英雄；全世界人民也绝不会赞颂希特勒是历史上最杰出和最优秀的人物之一。英雄，即使没有取得辉煌的成功，甚至失败了也能令人怀念和敬仰；奸雄如希特勒虽曾横扫欧洲大陆，不可一世，却无人不切齿痛恨。

曹操虽有非凡才干，但只是用来实现一己的野心。为了达到个人的目标，他不择手段地役使他人，残忍地消灭所有可能妨碍他的人，甚至穷凶极恶地大肆屠杀无辜。这样的人我们怎能赞之为历史上最优秀的人物之一？又怎能觉得他可爱呢？

我们责之为奸雄，并不如以往的正统论者，主要着眼于他的“篡逆”问题上。天下并不命定为一姓所有，王朝姓刘或姓曹，对老百姓来讲都无关紧要。更何况东汉王朝早已腐朽不堪，即使曹操是运用了不正当手段篡夺了刘姓的皇权，那又怎样？纵观中国封建历史，几乎所有得天下者都是用不正当的手段巧取豪夺而得，那就没有必要对曹操特别苛刻，专给他的脸上涂一层白粉。我们所不能放过的是，他肆意践踏社会文明，太不尊重人性，太不将老百姓当人看待。但他又并不类似一般的草莽强人,他懂得权术。他的奸诈突出表现在,虽然内心极端鄙视人权,但深知在争夺权力的征途中,民心大有利用的必要。因此,他会用淳朴的语言,写出极富人道精神的诗篇来蛊惑人们,使人不由自主地堕入其彀中,误认为这是一位难得的爱民的救世主,对其仰慕、向往不已。比如在《蒿里行》一诗中,曹操对兵祸连年给百姓造成的惨烈灾难,表示了无限深沉的同情和忧伤:

“铠甲生虮虱,万姓以死亡,白骨露于野,千里无鸡鸣。生民百遗一,念之断人肠!”

再来看他的一首《度关山》,一上来那四句:“天地间,人为贵。立君牧民,为之轨则。”这更是高扬起无比崇高的人权大旗,使人对之仰慕不已。任何人读了,都会由衷地感佩这是一位多么人道的政治家。在千年以前的封建社会,能有这样的英雄领导前进,万民都将有福了!

可是,他的实际作为却与此截然相反。

公元 193 年,曹操据有兖州后,便派人去接老父曹嵩来享福。曹嵩是中常侍曹腾的养子。有了靠山,又花了大把银子,就买了个太尉高官。这种人买官,当然不是为了名,而更着眼于财。有官就有权,有权就有财,这已不是什么潜规则,而是所有王朝的显规则。于是财源便滚滚而来,几年下来,便富得流油。出发时,竟装了一百多辆车的行李和金银财宝,浩浩荡荡,招摇过市。在途经徐州时,陶谦手下的张闿实在抗拒不了财富的诱惑,就指挥部下的兵士杀了曹老太爷,抢去了所有的财物,逃之夭夭。曹操一口咬定是陶谦蓄意派人去抢劫杀他父亲的。为了报父仇,曹操就尽起兵马,亲自率领大军进攻徐州。陶谦抵御不住,连连败退,一时连失五城——彭城、傅阳、取虑、睢陵与夏丘。曹操每攻克一城,便下令屠城,进行血腥大屠杀以泄私愤。五个城市总计有几十万人,不分男女老少全被曹军杀光。屠杀的尸体竟能堵得泗水都不能流动,其酷烈程度,真可谓惨绝人寰!

这几十万老百姓,其中不少是陕西因避李傕、郭汜之乱而逃到徐州来的难民,他们与徐州事件毫无瓜葛,也难逃此劫,全都屈死在曹军的屠刀下。

抢走财宝、杀死曹嵩的只不过是徐州一小撮兵丁,与老百姓毫无关系,这笔账怎么能算到老百姓头上?现在要几十万无辜的老百姓——其中不少是老人、妇女和不懂事的孩子——来偿还曹老太爷一人的命!可见曹操本性的残忍简直如同兽类。对于这种灭绝人性的兽类,用任何视角去审视,都"可爱"不起来。即使是站在资治帝业立场的封建士大夫,如司马光等比较正直的史学家都抑制不住义愤对其严加斥责。可是当下易中天却从权术学角度,对此作出了全新的诠释:

> 曹操虽然残忍,却并不暴虐;冷酷,却并非无情。残忍和冷酷不是他的天性,是在残酷的政治斗争和军事斗争中被逼出来的。因为他不残忍,别人就要对他残忍;他不冷酷,就战胜不了一个又一个凶险的敌人。他面对的,毕竟是你死我活的斗争。不知多少人在居心叵测地抓他的辫子,不知多少人在幸灾乐祸地看他的笑话,不知多少人磨刀霍霍地想要他的脑袋。他不能不冷酷,不能不残忍,不能不抢先一步要了别人的

性命，甚至不惜误杀无辜。

（易中天《品人录·曹操》第 100 页）

误杀无辜，易中天可以用“不能不”的逻辑为曹操误杀吕伯奢一案作“费厄泼赖”辩护。那么滥杀无辜呢？难道也可以用“不能不”的逻辑获得合理性？要知道曹操这里所对付的并不是武装到牙齿的凶恶敌人，也不是处在千钧一发被包围的战场中，而是被虏获的赤手空拳的老百姓。他们成千上万如同牲畜似的被捆绑在一起，跌跌撞撞地被拖到了泗水岸边，老人们涕泗满面地跪倒在地，妇女们呼天抢地哀求着，孩子们死抱着娘亲哭叫着……只见曹军大刀举起，血柱冲天，江山顿时变色，夕阳之下，天空中弥漫起一股刺鼻的血腥气。十几万人的尸体如同破草包似的被扔进了泗水……易中天可以为曹操情急之下误杀吕伯奢老人一家而辩护，认为那是在逃亡期间，形势险恶，命在发间，不容犹豫，实乃不得已而为之的非常之举。从其事后流露的“凄怆”心情来看，易中天认为曹操的本性并不残忍和冷酷。但泗水这一场大屠杀，总是蓄意而为的一种滥杀无辜的恐怖行为吧。一个以滥杀无辜炫耀威权的政治家，易中天竟肯定他是历史上最杰出、最优秀的人物之一，这在崇尚生命正义的老百姓听来，简直匪夷所思！

从审美角度看，曹操在军事的战略、战术上，的确表现出非凡的才干，人们往往不吝赐予“中国历史上杰出的军事家”的头衔。但是他那为杜绝后患，不惜大肆坑杀降军的血腥手段，从人类学的角度去评判，简直让中华文明蒙受极大的耻辱，应当遭到唾弃。

战争当然是残酷的。兵者，诡道也。为了制胜，制伏敌方，不能不钩心斗角，无所不用其极。但即便如此，它仍然有其底线，交战各方都必须遵守，不能肆意践踏，更不能逾越。在古代，中华文明关于战争也自有它的“游戏规则”：两国交战，不斩来使；对放下武器而降者，不得杀戮，这是中华文明对人权理念的一大贡献。虽在遥远的古代，中华文化已充分认识到：战争，究其实质并非是属于同一族类的人与人之间的争斗，而只是人与人之间对权或对物的争夺。若对方已经放下武器，不再或不能再继续争夺，甘愿全部让与的话，那胜者一方就没有理由再加以伤害。因此，虐杀俘虏是一种违背人类文明的野蛮行为，为世人所不齿，那等于是在向全人类宣战。历史上虽不乏独夫暴君，但敢于对此肆意而为之的倒也寥寥可数，而曹操却是这方面一个敢于冒天下之大不韪的“大气”式人物！

公元199年，袁绍在消灭公孙瓒后就拥有了青、幽、并、冀四州之地。此四州乃中原的精华所在，物产丰富，兵源充足，自此袁绍便成为北方最强大的武装割据者。且后方乌桓诚心归服，没有了后顾之忧，于是在公元200年，袁绍便起兵十余万发动官渡大战，意图一举消灭曹操。与其相比，曹操可说是处于绝对劣势的不利境地。由于双方实力悬殊，若长久相持下去的话，后果肯定对曹操不利。在此决定命运的关键时刻，曹操放胆一搏，出险招用奇兵夜袭袁绍粮营，结果一举击溃袁绍。最后袁绍惨败，只带了八百残骑仓促逃回河北老巢。来不及撤退的袁军兵士七万多人全部放下武器向曹操投降。

曹操自知此次战役乃奇谋所致的险胜，而非实力较量的结果，深恐袁营人士内心不甘臣服，事后会有反叛，为杜绝后患起见，曹操竟悍然下令：全部坑杀！七万多名投降的袁军一个都逃脱不了厄运。

我们评判政治家还可以从其对文化人的态度上着手。这倒并不是说文化人在人民中有着什么特殊的地位，政治家必须区别对待，而是文化人是知识的载体，知识又是人类文明的标志，由此便可间接地折射出政治家对知识的态度，对文明的倾向。一个敌视知识和仇视文明的政治家，绝不可能造福于人民，推动社会进步。后人对于这一类政治家，无论其功业显得多么辉煌，都应该站在人本主义立场上予以谴责。

曹操对文化人的残忍和暴虐，在中国历史上也称得上一绝。虽然他本人确可称得上是一个货真价实的高级知识分子，无人能低估他在文学上的成就，也不能忽视他在中国文学史上所占有的重要地位。但他却异乎寻常地敌视文化人，这倒并不是狭隘的文人相忌心理作祟，而是出于在政治上凡专制者都必然具有的一种警觉。因为本人越是有知识，他就对知识的双刃性体会得越深刻，对文化人所能发挥的作用认识得越透彻。他们不像一般的草莽强人，对手无缚鸡之力的文人不屑一顾，而是深知文人对人民的影响不可小觑，甚至往往能左右他们的意向。因此既可利用其来加强自己的统治，也可能被他者利用来解构自己的威权，千万不能掉以轻心。因之，唯才是用是阳谋，而对不与自己合作的俊杰则无情地铲除，这样才能确保一己权力的巩固。现在让我们举几个比较突出的事例来看曹操的表现。

兖州有个大名士边让，曾做过九江太守，但他的名望并不来自他的官宦生涯，而是他的才学。其人学养丰厚，又具有辩才，曾著有《章华台赋》，传诵一时，为当时儒林所仰慕，蔡邕、孔融和王朗等名流，无不竭诚推崇。且边让本人操守亦相当严正，不喜媚权迎上，因厌恶当时官场的腐败，不久便辞官不就，回到了兖州老家。返回兖州后的边让，历史没有记载他与何方诸侯再有任何往来，也不见他有什么政治活动，看来他已决意退出政治舞台，甘愿成为一个纯粹意义上的文人。按常理推论，纯粹意义上的文人，政治上绝不可能成为与当局势不两立的敌人。边让与曹操既无宿怨，又无新仇，不知为了什么，曹操却对边让狠毒于心，终于捕杀了边让。甚至一不做二不休连带地诛灭了他的全家，以绝后患，其手段之野蛮，简直令人发指！所有的三国史料，即使是明显护曹的《魏书》，都未能提供任何事实来说明边让被杀的事由。交代不出，也就表示实在没有什么可交代的，由此可见边让的被杀完全是无辜的。曹操不是心理变态者，不是杀人狂，他不会无缘无故地对边让下毒手。这，我们只能从其他两个类似的事例中去推测其究竟。

沛相袁忠和沛人桓邵，两人与曹操并无任何利害冲突，只是因为他们很鄙视曹操的为人，对其缺乏敬意，这就使曹操怀恨在心。边让被杀后，两人深感恐惧，便一起逃往交州。曹操竟将他们的家人全部关入死牢。桓邵闻讯不得已只好回来自首，向曹操下跪认罪，乞求宽恕。有情决非奸雄本色，曹操根本不为所动，仍恶狠狠地辱骂桓邵：你以为讨饶就可免你一死了吗！桓邵不仅救不了他的家人，连自己也搭了进去，一家子统统被曹操杀掉。

由此我们联想到边让事件。尽管边让在政治上或在法治上，并没有给曹操增添任何麻烦，但作为一个博学的文化人，自命清高，以名流之尊不屑与一心攫取权势的豪强为伍，骨子里根本看不起曹操的为人，因此必然会在态度上表现出缺乏敬意，在言论上不时会流露出讥刺和嘲弄的口吻，这就使曹操感到威严受损。作为独裁者，他最需要人们对他怀有非理性的敬畏，这样才便于他有效地操纵时局。若有人敢于无视他的威权和尊严，影响蔓延开去，那就会消解人们对他的迷信，这对他的统治是极为不利的。尤其是文化人，由于他们的社会形象较为清新，民众对他们比较信从，因此影响也就相当深远。所以曹操对此决不手软，非我族类者死，不合作者也得死，边让这类人都非死不可！

边让被虐杀，即使同是曹营中的人，都觉得奸雄的残忍未免太出格，就连曹操旧时多年的好友张邈和部属陈宫都看不下去了。他们由此而省悟，追随此等“英雄”平天下，即使成功，也不会有什么好的结果。于是他们联合起来，招引了周边的吕布，乘曹操东征徐州，兖州内部空虚之机，起兵反叛。当反曹的义旗一经举起，兖州各地群起响应，除鄄城、范、东阿三地外，曹操兖州的根据地几乎全部反水，可见曹操滥杀无辜的暴政是多么不得人心。

除了边让事件外，曹操还有一件非常可憎的虐杀无辜的事件，那就是杀害名医华佗。

中国的医学，比起西方来，我们不得不承认，近几百年来确实是落后了一大截。但回首历史，远在中古时期，中国的医学竟独步世界，处于遥遥领先的地位。早在一千八百多年前的东汉末期，亦即三国战乱时代，中国北方的沛国谯地，即今之安徽亳州出了个华佗。他的诸多高明的医术事迹，均有正史的明载。陈寿在《三国志》中介绍过他的外科医术，在那个时代，华佗已经能成功地进行腹腔大手术。他发明一种麻醉药，名叫“麻沸散”，患者在手术之前喝下，就进入了昏迷状态，完全失去知觉。华佗开刀切腹，将腹腔内的病灶割除后，再将腹腔缝起来。病人休养几个月后便可痊愈。华佗不仅精于外科手术，而且还精于针灸，对内科中诸多疑难杂症，也都有良方予以医治，所以当时人们视之为神医，名声很大。

曹操因长期患有头痛病，发作起来，痛苦万分。一般医生对之束手无策，但请来华佗后，却能立刻控制症状。由于曹操这病是顽疾，要根治，非得待以时日，因此曹操要华佗留下来，永远跟随在身边做他的“御医”。作为一个至诚的医者，他的医德要求他去减少尽可能多的病患者的痛苦，若单为一个人服务，那岂不有违于从医的崇高目标？更何况曹操的暴虐，普天之下早已怨声载道，华佗岂肯玷污自己的名声，所以推说近接家书，有要事须待自己回家料理，一去之后，也就逾假久久不归。虽曹操一再手书召回，亦曾下令地方官不断催促，但华佗谎称妻子有病，需要他照顾，敷衍着根本就没有返回的念头。曹操为之勃然大怒，遂派出特使专门去华佗家查看，发现作假，当即给他戴上手铐，押来问罪。华佗就此被曹操打入大牢，定了死罪。曹操首席谋士荀彧闻之立即为他求情，请求曹操念及华佗乃国家少有的医学奇才，自古以来，人才难得，而医学人才更难造就，特别是处于乱世，战乱频仍，瘟疫盛行，老百姓苦于病害的磨难，若能法外施恩，留下华佗一命，可挽救更多人的生命，这对为政者安定民生也是有莫大助益的，希求曹操能宽恕华佗。但是奸雄的度量可以容得下有杀子之仇的反叛者张绣，却绝对不肯宽恕一个不肯为他服务的医者。在他眼里，反叛而使他折将（曹操最信任的护卫猛将典韦）丧子（曹操最中意的接班人，长子曹昂）的张绣，虽罪莫大焉，但却与自己的政治利益有着密切的关系。宽恕并再次收纳张绣，是因当时正值与袁绍对抗期间，曹操有感于自己实力与对方相差过于悬殊，因此必须竭力扩大自己的队伍，并可利用张绣叛而再降来显示自己不记滔天旧仇的宽大胸怀，以此改善自己的形象，有利于招徕各方人士。因此他可以无比大度地欢迎张绣重新来归，同他握手言欢。至于那笔旧账嘛，来日方长，以后机会有的是。而对于华佗这样的医者，在曹操看来：宽恕他对我政治毫无影响，且实在难解本丞相心头之恨。这个刁医太可恶，竟敢无视本丞相的病痛和威权。他难道不知道本人身系天下安危？不肯倾心为我服务，也就表示他反对曹魏政权，究其实质与叛逆并无两样，若宽恕了这样的人，将使本丞相的威权尊严荡然无存！以往曹操对荀彧的意见是相当尊重的，但这一次却丝毫不给荀彧面子。曹操恶狠狠地回答：没有关系，中华之大医生有的是，何愁无此鼠辈！华佗终于无辜地死在曹操刀下。

华佗在被打入死牢时，已知不可能再有生机。对于一个至诚的医者来说，死于奸雄之手，那也是时代命运的一种必然，倒也并不特别地悲痛。唯其锥心难忍的，却是积平生几十年的临床经验和艰难探索所结集而成的医学成果，还没有来得及传授给别人，广泛地流传开来，眼看着也要随自己同归于尽，这才真正令医家痛心！虽然华佗也做过一番努力，准备将所著成果送给狱吏，希望他保存着，将来可救人生命。但狱吏慑于曹操的暴虐，怕因此而招来横祸，不敢接受。华佗无奈，长叹之下，只得流泪引火烧毁。由此,中国一千八百多年前的先进医术“麻沸散”麻醉药的配方,以及华佗诸多外科手术要诀,顷刻间化为灰烬,随风消散得无影无踪!

医者,在曹操眼中只是方技一类的末士,根本不足挂齿。乱世所需要的是谋士和将士,他们才是关系到当权者政治命运的要紧人物。至于医生,那还不是鼠类之辈,可呼之即来,挥之便去的扈从。中原之大,少一个医士,即便是医界中的“大家”,又算得了什么!曹操的心态,可说集中体现了中国统治者对医学文化的蔑视。中华民族正是在曹操式强人的轮回统治下,医学文化非但得不到应有的尊重和帮助,相反却不时受到打击和摧残。于是虽时日俱进,反而日益退化起来,以致近百年来与西方相比,其差距简直不可以道里计。曹操所作之孽,为中国医药学文化所留下的后患,实令世人痛心疾首。

在易中天看来,曹操蔑视人权、滥杀无辜、迫害知识分子等罪孽,在其辉煌的政治业绩的映衬下,都是应予“历史同情”而不必苛责的。倒是他在临终时所作的一些遗令,反倒体现出曹操乃是一个有真性情的英雄。

曹操临终时,最放心不下的不是未竟的统一大业和身后政局的变化,而是跟随他生活多年的那些妃子和艺妓们的命运。所以他郑重其事地在遗命中指示,要他的后人在他死后仍让她们生活在豪华的铜雀台里,不得亏待她们。余下的熏香都分给她们,不要用来祭祀,免得浪费等等。

后人对曹操的临终表现,颇多讥讽:奸雄一世,滥杀无辜时,敢于蔑视天条和人性,显得何等磅礴“大气”;而在临终时,却婆婆妈妈,一副小女人腔调,走得了,放不下,岂不令人吐酸!

易中天对苏东坡老先生讥讽曹操“平生奸伪，死见真性”不以为然。他认为曹操虽是一个政治人物，但却是一个“有血、有肉、有思想、有感情的人。如果说，平时为了政治斗争的需要，他们不得不把内心世界遮蔽起来，那么临死之前，就没有什么顾忌了”。以曹操拥有准帝王的尊贵身份，在临终前“居然敢于把凡夫俗子的一面公开暴露出来，并不遮遮掩掩，装腔作势，正是曹操的过人之处和英雄本色”。曹操临终前的遗言，使易中天深感曹操满怀着“对生活的眷恋和亲人的感情”，实乃是个性情中人。有真情者，乃大丈夫、真豪杰也，所以易中天称之为“可爱的奸雄”。

是人，当然都有情感，每个人都有他独特的真性情。问题在于人们对“真性”这一关键词是怎样理解的，不同的理解也就出现不同的评价。易中天和苏老先生对“真性”的理解不同，评价也就截然不同；而我和易中天对“真性”的理解迥然相异，评价自然也就大相径庭。我的观点是来自易中天“人性论”的启发。是易中天发现真小人和伪君子有着本质上的差异；大丈夫和奸雄在人性上却有着基本的共同点。据此，我们就可以得出：人，除了基本人性外，其各自真性情的内涵种类繁多，性质大相迥异。曹操在临终遗命中所表露的，易中天认为是一种关爱亲人的真情，是可贵的人性。此话倒也不假。但他紧接着推论出：曹操在临死前能从容地展现他的真性，那就是一种大丈夫气概，应该予以高度评价。慢，且慢！这里出现了陷阱，别忙着滑过去。真性和人性不是一个概念。曹操关爱他所欢喜的小妾所展现的人性，只是他复杂真性的一小部分，而他真性的绝大部分却是残忍的兽性。我们怎能因为他仅仅展现了一小部分的人性，就毫无保留地肯定了他的整体真性？易中天本人也举出过曹操对待亲人的另一个事件：他曾经宠爱过的儿子曹植，他的妻子仅仅因为爱美，喜欢打扮，爱穿漂亮华丽的衣服，没有积极响应曹操节俭的号召，就被他以“违制命”的罪名赐死！儿媳总该算是至亲了吧，为这点小事就毫不容情剥夺儿媳的性命，这是哪一码的人性？关爱小妾是曹操的人性；赐死儿媳，即使在临终前都毫无忏悔的意念，却是曹操的兽性，这些都出于曹操的真性。唯真性才是大丈夫、真豪杰？我想奉劝易中天先生，你在讥刺苏东坡老先生评曹操“平生奸伪，死见真性”时，不妨谨慎一点，自己也别露出什么不雅的尾巴来！

易中天很为有“过人才略和盖世功勋”的曹操由于被后人在脸上涂了一层白粉，功绩几乎被抹杀而深感痛惜。他认为，“这不仅是曹操个人的悲剧，也是时代的悲剧，历史的悲剧”，归根到底是中国文化的悲剧，“是曹操得罪了中国文化对人的评价系统”。中国文化对历史人物的要求重在德性，而贬低才能，宁可要仁慈的羊，也坚拒有为的虎和豹。积淀的结果是使中国人民的国民性陷于平庸和虚伪的泥淖中难以自拔。易中天通过对曹操的评估发出了高分贝的召唤：不要再沉溺于对抽象人性的追求了，在评价历史人物时，我们对其应持有一份必要的“历史同情”。用“不能不”的逻辑来看待曹操的作为，我们就不会对他作出情绪化的酷评。易中天竭力引导我们看到：曹操那种将奸和真、善与恶有机地统一于“雄”的气概中，坦然而无顾忌地敢将本色直露于众的沛然大气和真性情，让他不愧为历史上难得的一位大丈夫、真豪杰。

奸雄本色，在易中天看来是大丈夫，而在普通人看来却是真流氓。对流氓,人民从来都恶心和痛恨,无论他们怎样“杰出”,都不会认同他们是优秀人物。人们无法对希特勒的暴行存有“历史同情”,人们也无法对曹操的残忍用“不能不”的逻辑予以“费厄泼赖”。

奸雄史观——易中天的“可爱的奸雄”说——可以休矣!

狷介之士绝非混蛋

对奸雄，易中天不乏爱心。

对狷介之士，易中天却深表鄙夷。

在三国中，曹操是最完美的奸雄标本；而狷介之士则可首推祢衡。对奸雄曹操的评价，可折射出论者历史观的价值准则；同样，对狷介之士祢衡的评价亦复如是。

关于祢衡，《后汉书》的评价是"少有辩才，尚气刚傲，好矫时慢物"，这是事实判断。而易中天却作出了鲜明的价值判断，"他（祢衡）其实是一个极端自私的人，他的自高自大就是他自私的表现"；"祢衡的所谓傲骨，毫无正义的内容，只不过是他自我表现的恶性膨胀而已，而且到了不惜贬低别人来抬高自己的地步"；"为了表现他的傲气，不惜把自己的朋友孔融推到极为尴尬的境地，这就不能算是英雄，只能叫混蛋"。（易中天《品人录》第95页）

混蛋，在中国社会里是对最丑恶一类人物的蔑称。混蛋越少，社会的氛围就越清爽。

由此可见，易中天对祢衡是采取严厉谴责、彻底否定的态度。这样沉重的断语出自一位自诩站在平民立场的名家笔下，这就应该引起我们严肃思考,因为对历史人物的判别将有力左右我们历史观的价值取向。

祢衡字正平,今山东平原县人。他出身布衣。天赋之高有正史的确切记载。《后汉书》说他"少有辩才",表明他才气横溢、颖悟过人。孔融介绍这个人给曹操时,说他具有超强的记忆力,只要看过一遍便能成诵,听到一次便不会忘记。这倒不是捧场的夸张之词,其实际表现更令人感到惊奇。祢衡在军阀黄祖那里时,黄祖的儿子黄射对祢衡很友善。有次两人共同前往观赏大儒蔡邕所留下的碑石,黄射对蔡邕文辞的优美赞不绝口,回来后对自己当时没有抄录下来感到十分后悔。祢衡说不妨,虽然他只浏览了一下,但已能全部记下。黄射不信。他拿了祢衡凭记忆写下的文字,立即赶往原处核对,结果竟然毫无差错,这使黄射及其幕僚佩服得五体投地。

三国风流人物,奇才异能者可谓难以胜数,但同时又精熟音律者,却屈指可数。蔡邕是一个,嵇康当然毋庸置疑,而这位祢衡也不让他人。他能即兴演奏鼓乐,一通《渔阳曲》,他击得音节铿锵、悲壮动人,竟能使在座的宾客无不为之感慨动容。

由此可见,祢衡并不是一个招摇撞骗、徒托大言的狂生。他确实颖悟过人,是一个有真才实学的青年。但不可否认的是他性格上确有高傲、自我张扬的缺陷,不过这绝不能说是青年人的人格素质有问题。而易中天因此就说他是个极端自私、不惜贬低他人来抬高自己的可鄙的混蛋,那就纯属情绪化的酷评了。自高自大就一定是极端自私?这在逻辑推理上未免太牵强了吧!

易中天历数祢衡的劣迹,主要是以下一些内容。

建安初期，祢衡满怀期望来到当时的政治文化中心许昌。他原以为在文化人聚集之地，当可一展自己的抱负。及至接触到了残酷的现实，他却感到一种透心凉的幻灭。他虽在许昌待了不少时间，但始终一张名片都没有递出去。名片上的字迹都已斑驳，模糊得分辨不清了，他依旧找不到心目中的对象。有人劝他可去求见当时许昌的头面人物，如司空掾陈群或司马朗。但他却一脸不屑地回答说，我怎么能和这些杀猪、卖酒的人打交道？事实上，陈群或司马朗两人均无杀猪、卖酒的经历。两人的才学不俗，在当时也堪称名士。易中天认为祢衡毫无根据地肆意贬损他人，真正狂傲到了几近疯癫的程度。更离谱的是连当时众望所归、人皆钦佩的曹操首席谋士荀彧，也竟然入不了他的法眼。因为荀彧长得相当俊秀，他就以此讥讽：人们倒大可借用这位仁兄的脸蛋去吊丧！如此目中无人、唾尽天下的狂小子，易中天抑制不住最大的憎恶，斥责祢衡是个极端自私的混蛋！

但若站在被欺压的平民立场去看的话，那就会得出全然不同的解读。我们发现祢衡的矛头是针对着特定群体而发的。因为他从心底里极端蔑视那些趋炎附势的帮凶或帮闲的士大夫。在他眼里，陈群和司马朗这些人，道貌岸然、满嘴礼义，其实只是些不知气节为何物的"软体动物"，为了个人功名，甘心拜倒在曹操强权的臭脚下，摇尾乞求一杯羹的可鄙东西而已。无论他们个人在才学上或修养方面有着多么令人称羡的亮点，概属人品的细节。用人的终极价值去衡量的话，他们都只配以猪、酒之值论之。至于众望所归的荀彧，尽管他确具卓越的才干和高超的谋略，但竟糊涂到竭诚襄助当今天下第一号奸雄去争夺天下。在祢衡看来,荀彧所建功业的价值在历史上绝不会让后人感恩,还不如向丧家吊丧,倒可抚慰死者的家属,令人感激在心。这不是对荀彧的贬低,而是嘲讽!

祢衡并非如易中天所认为的狂妄到目中无人,自认为唯有老子才是天下第一。他在许昌的士林中,对孔融和杨修的评价是相当高的。他甚至赞扬孔融为“仲尼不死”,也就是说是一位堪称孔子类的师表人物。从祢衡对这两个人的选择来看,我们可以感受到祢衡所服膺的人物都富有个性、有灵性、有创造性思维,敢于拥有主见并勇于坚守。而易中天认为祢衡“大儿孔文举(融),小儿杨德祖(修),余子碌碌,莫足数也!”的说法,完全是将两人踩在脚底下来抬高自己。祢衡当时才不过是二十岁刚出头的小青年,而孔融已是四十岁左右的中年人,无论如何孔也算得上是长一辈的人了,但祢衡竟视孔为儿辈,岂不狂妄至极!这不仅缺乏最起码的礼貌,简直是在嘲弄和侮辱对方,哪里还有什么高看对方的成分!关于这一点,我建议易中天应对汉语古今语用的演变有所梳理,然后再行发挥,切忌片面断定。古语中的大儿、小儿,在某些语境中,其语义并非等同现代口语中的大儿子、小儿子,而含有尊称的意味。如苏东坡的《书丹元子所示〈李太白集〉》中有“大儿汾阳中令君,小儿天台贺季真”之句。最有说服力的是革命先烈邹容所作的《革命军》中,亦有“大儿华盛顿,小儿拿破仑”之句,可见并非贬语。若按易中天的解读,那又怎能与祢衡的赞语“仲尼不死”联系起来?我想易中天再怎么鄙夷祢衡是个混蛋,大概还不至于说祢衡是个两面派、很虚伪的人吧。他不会既颂扬孔融是个可以尊敬的师辈,同时又诋毁孔融其实只不过是一个拖鼻涕的“小儿科”型的人物吧！

易中天认为祢衡干得最不像话的一件事，就是在“击鼓辱曹”中一番近乎下流的表现。

当时孔融非常赏识祢衡的才华，认为他堪与孔子最得意的学生颜回相比肩。他曾多次鼓励祢衡主动去求见曹操，但祢衡却对曹操十分鄙视，自称有狂疾，不肯前往。于是孔融就主动向曹操推荐，希望曹操能破格录用这位奇才。但祢衡在许昌被传得沸沸扬扬的一些狂妄言行令曹操异常反感。丞相肚里固然可以撑船，但丞相肚里绝对容不得狂飙。于是，曹操明知祢衡性情高傲，却刻意安排在宴请群臣时接见他，命他充当鼓吏，当众表演来取悦大家。

曹操意图利用这个公开场合当众羞辱祢衡，警告一下这个狂小子，不要自以为颇有虚名，天下人就得闻风拜倒在你的脚下。在我丞相面前，你只是一个微不足道、供人取乐的击鼓手而已。你若不向我弯腰低头的话，你所有的抱负都只是梦想。无论你有多么骄人的才华，都只配在我堂下当鼓手。

这次祢衡竟然毫无架子，破天荒地“呼”之即来。但他的意念不是去“应试”，而是去“应战”。因为他完全洞悉曹操的不良图谋，而他正好可以利用这个机会直面领教一下奸雄的威权；也准备让这个当今天下第一号强人领教一下士大夫的“意气”。

祢衡当场一通《渔阳曲》，击得全场为之屏声息气，听众的神魂竟都不由自主地离开自己的中枢，深深地沉浸在如此美妙的旋律中。棒，棒极了！众宾客内心无不赞佩：真是难得的击鼓高手。

在歇息的间隔，有鼓吏出来宣示：应遵守宴席礼制，鼓手必须更换特定的制服，以显尊卑。

祢衡深悉此乃曹操特意为了羞辱他而玩弄的一套把戏。那好，“来而不往非礼也”，祢衡也就加倍奉还。他站立在大厅中央，面向曹操，当着众多的大人先生们，利索地将身上衣服脱了个精光，赤条条、光脱脱，来个全方位大亮相。吓得在座的高官显贵莫不垂头掩面；曹操也赶紧扭过脖子去眼不见为净，而祢衡却毫无羞愧的意思。

这真是天大的恶作剧，完完全全的“下三烂”，一个知书识礼的士子怎么能干出如此下作的勾当。儒家是从“礼”的角度，易中天从现代文明的角度，都严厉地谴责祢衡此举狂妄得太不像话，简直无耻！十足的混蛋！

但我们若从捍卫人格尊严的角度去看，对祢衡敢于蔑视威权所显示出来的抗争勇气，就会有另一种评价。我们知道人之所以为人，最主要的是人有尊严，要是抽取掉其中的尊严，那么人与狗、与猪的价值就没有太大的区别。所以尊严是人权最基本的部分。任何刑罚甚至包括死刑，都只能剥夺人的部分，而若摧毁一个人的尊严，那无异剥夺了对方为人的资格，虽死都不能解脱，则其野蛮和残酷的性质，就远远超越所有的戕害。所以中国士大夫历来就有“士可杀而不可辱”的信条，凡有健全人格的士大夫，莫不为维护人格的尊严而作殊死的争斗。我们说祢衡此举确实有点过分，但在捍卫个人人格尊严这一大原则上，他那敢于蔑视无上威权的伟岸气概，足以让天下趋炎附势的小人无颜以对！

祢衡是名士，不是优伶。现在曹操随意地“呼”之前来，为那批瘟侯们击鼓取乐，这明明是将他当作前来乞讨的卑贱者。

如此肆意践踏才俊的人格尊严，是可忍，孰不可忍！

威权不一定能击溃士大夫的尊严，但士大夫的凛然气概却能使强权的威严轰然崩塌。在这场中国历史上很少见到的政治威权与士子意气的直面较量中，曹操无奈地承认输给了这个狂小子。奸雄当然不能容忍狷介之士的意气冲击他的威权，他咬着牙对孔融说：祢衡这狂小子，我杀他简直比杀一只麻雀或老鼠都容易。但因为他有虚名，我犯不着为他而玷污我曹某的英名。也罢，让他滚出许昌去吧！

一个敢于坑杀降卒八万，屠杀数十万徐州无辜百姓的威权者，却不敢轻易杀戮出他洋相的一介书生。要是祢衡只是一个徒有虚名的小丑，或是不入流的混蛋，那我们这位举世公认的大奸雄，曹操，岂会不杀之而后快？

曹操不只是将祢衡驱逐出境了事，还将其强行押送到荆州去。这就是曹操奸恶之处，他要借他人之刀来除掉这个可恶的狂生。果然，祢衡最后终于死在暴戾的军阀黄祖刀下，死时才二十六岁。易中天的结论是：祢衡的下场完全咎由自取，丝毫不值得同情。

当今学界有推易中天为“新国学”的代表人物。虽然他本人嫌这顶桂冠型号不够现代化而不乐意顶戴，但从他对历史人物评论中所折射出来的价值理念，我认为倒是与之相当贴切的。易中天虽然应用的是现代语言，但他的观点却完全源自儒家学说。儒家的做人之道是严守“中庸”。根据易中天的解释，“中”，就是不走极端，恰到好处；“庸”，就是“常用”，切实可行。用这个标准去评论祢衡的话，必然会令易中天对祢衡的张扬个性极度厌恶，因而贬斥他的行为简直等同于混蛋。不过在我看来,这却是儒家学说致命的缺陷,正是"中庸之道"的污染,才使中华民族的国民性被熏染成为合乎时宜的"看客"。因为在强权眼里,一切不臣从他指令的思想言行都是走极端,他决不会给这类人留有任何存在的空间。人欲追求自为存在的话,就必须挣脱儒家这一思想枷锁,敢于反抗强权自设的"法则"。而强烈的自我意识,大都显得独特、张扬、狂傲,不合时宜。但我们应分辨清楚,它的行为对象是何许人也,若仅仅对孺子或弱势的人们摆出一副大人先生的姿态,自我感觉高人一等,处处以救世主或教师爷的身份指点江山,那当然滑稽,可称其为小丑也不为过;反之,敢于直面威权,寸步不让,捍卫尊严,嬉笑怒骂皆是战斗,这样的气概和作为是应该受到人们敬佩的。强烈的自我意识,被易中天看作是极端自私的意识,殊不知社会的进步、文明的发展,莫不源于人的个性解放。

祢衡针对的是威权不可一世的奸雄曹操。他不会不明白,敢于挑战曹操的威权,很可能被曹操当作老鼠轻易地一脚踩死。要是祢衡是个极端自私的人——凡是自私的人都是名利狂热的追逐者,更不用说对自己生命的吝惜了——绝对早就"顶不住"了,绝不敢冒生命的危险去"作秀"的。祢衡是出于沛然的正义激情,勇敢到已将生命置之度外,为了捍卫士人(不仅仅为了他个人)的人格尊严,才无畏地加倍予以还击,使强权者的威严当众轰然崩塌,易中天怎么能说这毫无正义的内容?至于祢衡运用那种有欠文明的方式,我们当然可以加以批评。但我们无论如何得高度赞扬祢衡面对强权的凛然气概。中国的士林之所以能艰辛地撑起文明的半片天,就因为历史上还不乏祢衡那样的狷介之士。勇哉,祢衡!

不要将最丑陋的人看作是最聪明的人

在三国人才风云榜上，若以“聪明”来举行一次选赛的话，我想大家都毋需多少思索就能举出很多闪光的姓名来：诸葛亮、庞统、荀彧、荀攸、郭嘉、贾诩、周瑜、鲁肃、陆逊……但要问到谁最有资格独占鳌头，我看十有八九都会就此打住，表示愿意弃权。

而只有易中天亮出他的庄严一票：

“贾诩，是三国史上最聪明的一位谋士。”（易中天《品三国》上册第83页）

聪明，在心理学意义上仅仅显示个体在智商上的优异，但在历史和政治的坐标里，却有着更深一层的含义。依照易中天的观点：

> 三国时代的那些谋士和名人，很多人结局都不好。就说曹操这边的人吧，有的早夭（如郭嘉），有的反目（如毛玠），有的神秘去世（如荀彧），有的死于非命（如许攸），贾诩却安然无恙，寿终正寝。他为曹氏

集团服务了两代人，在文帝曹丕朝官居太尉，七十七岁去世，谥曰肃侯，结局比许多人都好。……贾诩真是聪明人。

（易中天《品三国》）

在易中天看来，人才的聪明，不仅显示在他的谋略是否能达到预期的目的，同时也包括个人的结局是否能保持圆满。综合起来说的话，就是他一生作为的成功度如何。贾诩的确谋略超常，计出必中，可以说他的计谋几乎从未失败过。特别是在他个人的仕途上，表现尤为出众。历史上多少杰出的才俊，虽一度辉煌光彩夺目，但下场大都非常悲惨。只有极少数明智人士如范蠡、张良，能趁早放弃，告别政坛，总算幸运保全了余生。而唯有这位贾诩先生，能稳居高座，富贵终生。从"成功"这个意义上来说，他无疑获得了满分，让其他三国谋士望尘莫及。易中天一个"最"字评，显然是将贾诩高举为三国第一谋士焉！

现在让我们先来介绍一下历史上真实的贾诩，然后再来讨论易中天的评论。

东汉末期，由于桓灵二帝的极度贪婪和腐败，朝政昏暗无比，弄得民不聊生，以致盗贼蜂起，各处屡屡出现光天化日之下，拦路抢劫、伤人害民的事件。贾诩是武威人，地处帝国的大西北。峻险的西北地形，更为亡命之徒提供了施展身手的好地方。其间的贾诩，尚未登上政治舞台，只是一个默默无闻的文人而已。为了安全起见，他与一个约有几十个人的群体同行，合伙通过一条山路，但还是遇到了强盗。强盗人数十几倍于路人，几十个老百姓无效反抗后全部被擒。强盗不仅抢劫了路人所带的全部财物，为了杜绝后患，还想要他们的命。地坑已经挖好，不少人已被推入坑中，马上就要轮到贾诩了，他却完全不同于其他同行者那样呼天抢地，不断地乞求饶命，而是神色自如地招呼强盗头目："慢，且听我说两句，可以吗？"

这倒引起了红眉毛绿眼睛的强盗们的好奇心。他们见过的世面也不算少了，在这条山路上不知杀了多少人，今天还真是第一次碰到一个手无缚鸡之力的酸腐文人，在临死前竟还能有如此从容的神态，倒不妨听一下他会说出什么玩意儿来。

"不好意思，这次由于太匆忙，我随身没有带多少银两，现有的区区小数，实在不足以与弟兄们交个朋友。"贾诩用十分流畅的江湖行话来表示他的歉意，"等几天，怎么样？我写个条子，你们派人送到我外公那里去。我外公段颎见到我的亲笔，一定会带银两来赎我的。你们说个数目，我照给就是，交个朋友嘛！……"

"等等——"强盗头子顿时惊讶地打断了他的话，"你说什么？段颎是你的外公？"

"是的，这次就是我外公叫我去看他的。"贾诩从容地答道，"他看到我的亲笔信一定会照办的。我可以保证绝对不会使你们失望。"

强盗头子立刻命令给贾诩松绑。同行的伙伴一个都没有留下，全部被推入地坑中活埋。只有贾诩一人被请上山寨去饮酒，为他压惊。吃喝完了后，即被礼遇送下山去，放行。

段颎曾久驻边疆，威震西土，时任当朝的太尉，大致相当于如今的国防部长，权势冲天，任何人都没有胆量敢到老虎头上拍苍蝇。强人虽是亡命之徒，无法无天，没有什么前途概念，但却有着浓厚的后路意识,无论如何留一条后路,总可备不时之需。多杀一个人意义不大,但于国防部长留有一份交情,那却是有百利而无一害的。

但事实上段颎和贾诩压根儿八竿子打不着,一点关系也没有,这只是贾诩临场扯的一个弥天大谎。他料定那些强人绝无胆量,也不具备起码的智慧去探究这个问题。他们不得不提防,若真的拿了贾诩的信去勒索国防部长的话,惹怒了爱外孙心切的"外公",只需派出一个小分队,就能将他们打得粉碎。段颎可不是吃素的!

当然,强人也没那么愚蠢,可以任谁牛皮哄哄让他们轻易上当。他们闯荡江湖多年,从残酷的铁血洗礼中,也锻炼出一种异常敏锐的直觉。他们那两道摄人魂魄的目光,简直能使任何企图说谎者舌头打结、脸面发青而自我暴露。现在看到有人在临死的关头,已经被推到了活埋的坑边,还能如此自在地回答,这就完全超出了他们的经验,使他们无从怀疑贾诩是在作假。由此,足见贾诩其人的胆魄、智慧和应变能力是何等地出众了。

不过,以上事例其范围和影响仅涉及个人,尚不足以论谋士的等次。下面我要再举出贾诩一个作为,他竟能一计而倾覆汉室的一统天下。综观三国谋士,可说还没有别的人能发挥如此巨大的影响力。

东汉王朝的倾覆,当然主要是由于黄巾起义的致命一击,使它从此根基松动,整个大厦开始出现大幅度的晃荡。但那毕竟是外部因素。从系统论的观点来看,任何系统若其内部不产生足够强大的解构张力的话,它是不会轻易倒塌的。东汉王朝之所以分崩离析，弄到奄奄一息的地步，其内部致命的一击应该归因于董卓的篡权作乱。自董卓应大将军何进之召为消除宦官之患带兵入京后，趁势攫取到了国家的最高权力，将中枢权力全部集中在一个人的手中，于是他便肆无忌惮地胡作非为起来：擅自废立天子、鸩酒害死太后、大规模掘墓夺宝、用恐怖手段来震慑反对者……一时激起国人齐声斥责，以致引起十几路诸侯联盟兴师讨伐，进军洛阳。为了回避关东联军攻击的锐势，董卓便挟帝西迁到长安。撤离时，一把大火竟然将东汉两百年来好不容易建成的巍峨京城洛阳——当时可称得上是全国最大、最繁华的城市——烧成一片瓦砾。

由于董卓的倒行逆施已到了神人共愤的程度，最后司徒王允终于成功策反吕布，在一次盛大朝会时，发动突然袭击，将其刺杀于朝中。

窃国元凶被诛，消息传出，朝野一片欢呼，国人无不为之振奋，一时人气高度凝聚，人人盼求重振朝纲，及早恢复正常有序的政治机制。这对于汉室来讲，真是天赐良机，若能以此为契机而励精图治，汉室很有可能获得重生。可惜王允不是一个上乘的政治家，由于他的偏执，竟没有抓住这一难得的历史机缘。他不懂得政治的艺术，在首恶已除的情况下，便当全力维护大局的稳定，最大限度地采取宽容的政策，努力争取胁从者回归正道，将逆反势力缩减到最小，使自己能有较多的精力集中到拨乱反正的治理上去。若能如此，那东汉政权即使已被折腾得只存一丝气息，仍有重振的可能。但由于王允痛恨董卓乱政时对国家所造成的巨大灾难，出于道德义愤，他十分仇视附逆董卓的西凉军方人士，竟不顾自己根基尚未稳固，形势尚在动荡之中，就决意彻底铲除董卓的所有残余势力，下达了追杀令，务求将董卓的“部曲”（嫡系部队）一概斩尽杀绝。

董卓被诛，他的嫡系部队西凉军个个自危，军心极度不稳。董卓拥兵的女婿牛辅在陕县又被部下刺死，一时群龙无首，内部乱作一团。牛辅帐下两员凶悍的大将李傕和郭汜乃是两个无知的老粗，面对当前凶险的形势全然乱了心思，觉得主子既死，大势已去，前程无望，已不打算顽抗了。于是两人紧急商议后，就打算解散部队，作鸟兽散，各自逃往凉州腹地去避难，自找生路。

这时贾诩出现了。

其时的贾诩在牛辅帐下任谋士。面对这一严峻的历史转折当口，他挺身而出竭力拦阻李、郭两人。

“两位将军万万不可出此下策！”贾诩用不容置疑的语气说，“你们这样做，那真是自取灭亡了。王允不肯出赦书，就是要将我们西凉军斩尽杀绝。倘若你们解散了部队，那么不管你们逃往何处，他的追杀令可以下达到全国每一个角落，即使是远在天涯海角也可以追捕到你们。到那时，只要区区一个亭长就能收拾你们。虽然你们两位勇武无比，但毕竟只有两只手。而一个亭长，他却可以发动百来个人将你们围困起来，难道还不能制伏你俩？王允对我们凉州人一直恨之入骨，董太师可悲的下场难道还不足以使你们寒心吗？到那时你们都将死无葬身之地了！所以千万不能解散军队。董太师虽死，牛将军亦被害，但我们的基本力量并未受到重大的摧残。我们必须加紧团结起来，可以推你们两位为首，重新建立起领导的权威，以我们凉州军的战斗力，断不是那么容易被打垮的。长安的武装实力是不足的，光有一个吕布决定不了整个大局。让我们高举为董太师复仇的大旗，重新返回长安去。以我们西凉军炽烈的复仇意志，以及西凉军兵力的绝对优势，与吕布拼个死活，我们不是没有战胜的可能。退一万步来说，即使战败，到时再撤退向西北内地发展也不迟。只要手中有枪，就不会任人宰割！”

李傕和郭汜原本就是土匪型的军人，贾诩那一番豪赌的宏论，让他们听得亢奋无比，热血翻滚，再无任何犹豫，立即打消原来的计划。两人就此联合起来，集体行动，再汇合了樊稠、张济等其他西凉军头目，总计十余万兵力，打出为董卓报仇的旗帜，杀回长安。

果然，京城长安内部并没有多少军队，而十余万西凉军是怀着复仇和绝处求生的超强意志而来，所以战斗力特别旺盛。吕布本人虽神勇，但毕竟寡不敌众，抵挡不了潮水般的攻势，不得不节节败退。长安被包围了，对朝廷来讲，形势顿时逆转，一下子直线地跌至谷底。

吕布眼看长安即将陷落，自己是西凉军复仇的主要目标，三十六计趁早逃离为上策。仗着他个人的勇武，以及赤兔马的飞蹄，终于被他冲出重围，奔向南阳去投靠袁术。

长安终于被西凉军攻破。王允及其家族全部被诛。自此，朝政便被李傕和郭汜篡夺，中枢完全由这两个强人一手把持。

李傕和郭汜这两个土匪型军阀，其跋扈和残暴丝毫不逊于董卓。西凉军本来就野蛮，现加上他们两人争权夺利，不时内斗火拼。为激励士兵斗志，双方都有意纵容兵丁作恶，于是奸淫掳掠无所不为，整个长安被弄得乌烟瘴气，黑暗得简直如同地狱。长安城原有数十万人口，平时境况相当热闹，此时却被这两个魔鬼糟蹋得竟然白天难觅人影。

更使朝廷感到窒息的是,李傕为了巩固自己的威权,以及突出他至高无上的地位,这个野蛮的军阀,干脆史无前例地将皇帝和皇后强行安置在自己的军营中,当作他的人质。郭汜见状,不甘示弱,也趁势同时扣留了司徒杨彪、司空张喜、大司农朱儁等公卿大臣与李傕对峙。整个东汉朝廷被肢解得四分五裂,不成样子。无限神圣的皇权,被这两个魔鬼糟蹋得如同破烂般卑微;刘姓皇室的尊严几乎荡然无存!

汉室中央皇权的"休克",导致大小军阀纷纷拥兵自重,全国顿时陷于一片混乱中。可怜的中华民族再次陷入了秦汉以来最大的内战灾难中,"白骨露于野,千里无鸡鸣",中国老百姓的生命价值卑贱得简直连虫蚁都不如!

这次西凉军的反叛,可以说纯粹出于历史的偶然,完全是由贾诩一手策划而造成的。中国历史虽然悠久,江山亦代有奇才高参,但真正能由一计兴邦、一计而乱国的史事倒也并不多见。长安这次再度发生大规模军事叛乱,不可否认是贾诩的馊主意搅乱了当时整个政局,使国家从此更可悲地加速沦落下去。从谋略的角度看,人们不得不佩服贾诩的才智,以及他对人性的深刻把握——野蛮无知、不可理喻的土匪型军阀,绝对抵御不了豪赌的诱惑,桀骜不驯的两只野兽竟然乖乖地成了贯彻他意志的工具。贾诩获得了巨大的成功,也让易中天钦佩之至,将他推举为三国第一谋士。

但历史之所以有价值是因为它负载着一种文化理念,有助于促进社会文明的提升。大众之所以会对"百家讲坛"上的文化人讲说历史故事抱有很高的期待,也就是希望文化人能"将历史酿成坛坛好酒”,可使大众由此获得一种清新的文化理念、一种正确的价值观,这就要求讲说者超越人际权术博弈的热闹和短时段的功利得失,而围绕着鲜明的价值主轴旋转。运用这样的视角,人们就不会仅仅从权术角度去评判谋士才智的高下,而更关心从社会价值上去分析谋士作为意义的大小。像贾诩这样的谋士,他的意识中毫无社稷和众生命运的理念,一切都以成败为唯一的准绳。他毫不顾及董卓麾下的西凉军其实就是一支土匪型部队,激励这些人怀着强烈的复仇意志返回长安去,对整个国家,对黎民百姓会带来何等重大的灾难!董卓误国,已经将国家弄到残破不堪的地步。贾诩竟鼓励比董卓更野蛮、更残暴的李、郭二人,回来再重新蹂躏国民一次,作为也是华夏子孙一员的谋士,如何对得起养育他的土地和人民,可见贾诩内心的阴暗和龌龊。对这样一个完全丧失了士大夫最起码良知的谋士,即使在古代,《三国志》注家裴松之就十分不满陈寿赞佩贾诩的才智,严正地批评了陈寿史识的浅薄。在这一点上,我完全与裴松之同感。在我看来,应该说贾诩是三国时代最丑陋的谋士!

“认死理”精神值得提倡吗?

“人是要有点精神的。”

易中天说得没错。没有“精神”的人,无异于行尸走肉。在世一场,不仅显得可怜兮兮,也着实令人感到可悲。

一个国家,一个民族也是要有点“精神”的。没有“精神”的民族是永远都长不大的;没有“精神”的国家将永远落在人后,受人欺凌。

问题是需要什么样的“精神”?

易中天强调的精神是“认死理”。

什么叫“认死理”?

他的解释是:

> 认准了的事,撞到南墙也不回头。
>
> 那“理”是坚持者本人认定的,包括别人灌输而他本人真诚地接受的(比如纲常伦理)。至于这些东西是否合理,则另当别论。重要的是精神。

死理，在它们被认为“天理”的时代，对这种非理之理的坚持本身，就是一种应该肯定的精神。

在易中天看来，“认死理”是一种伟大的人文精神，“实际上我们这个民族之所以历经苦难，却又屹立不倒，我们民族的文化之所以屡遭毁坏却又延绵不绝，原因之一就是几千年来总有人认死理”。因此说它是缔造我中华文明永不衰竭的动力源都不为过。

这个说法就有问题了。

我的看法正好与易中天相反，“认死理”是我中华文化的一大顽疾。我们这个民族之所以屡遭苦难，其中一个很主要的原因，就是因为我们的文化洋溢着“认死理”的精神；我国的文明之所以历经曲折而难有跃进之势，就是“认死理”紧箍了我们的思想。

用理论来批判理论往往使人觉得苍白，那么让我们就用铁一样的历史事实来说事吧。

对大明朝，易中天是极度蔑视的——“在我看来，自称日月双悬的明，乃是中国历史上最黑暗和最沉闷的朝代。”

那么明朝为什么会成为中国历史上最黑暗的朝代？

这是因为明朝所实施的，是空前野蛮和残酷的皇帝绝对专制制度。生活在那个朝代的人们，简直如同置身于蛮荒的丛林世界。浓重的黑暗以及令人毛骨悚然的恐怖，如同空气般地紧紧包围着人的一生，使人从来都不懂得什么叫安全，什么是人应有的尊严。人完全类同于虫蚁！

这一切都是由大明王朝创始者朱元璋的“认死理”精神精

心创造出来的。

中国历史上,一个沦落为叫花子的和尚能奋斗而得天下,当上皇帝,的确可称得上是个奇迹。这个人就是朱元璋。元朝末年的朱元璋,出身于濠州钟离县(今安徽凤阳)一个极端贫困的农民家庭。十七岁那年,当地发生大灾荒,引发了严重的瘟疫。父母兄长在几天内相继死亡。死后,不要说葬身的坟地,连棺材都买不起,只能用旧衣服将三具尸体裹着,草草埋掉了事。没有亲人可以依靠的朱元璋,生活艰难到只能剥树皮、掘野菜来打发日子。实在支撑不下去了,最后只能到当地的皇觉寺出家当和尚,以此混口粥吃。但灾荒年,人们现世都顾不了,哪有力量再去求来世?没有人拜佛烧香了,寺庙也难以维持下去,终于不得不宣告解散。和尚们各奔东西,自找活路。在皇觉寺只待了五十多天的朱元璋,虽拖到最后一个,也终于不得不离寺游走四方,化缘求生。说是化缘,其实就是乞讨。在此灾荒期间,十室七空,每家无不紧勒裤带,三餐减为一餐半,哪还有什么剩饭残汤来结缘出家人?这一阶段朱元璋生活艰难的程度,远非常人所能想象。经常是两三天才能勉强填充一下肚子,没饿死,已算得上是莫大的侥幸了。

朱元璋这个亡命者,在皖西、豫东八九个郡流浪了差不多四年才回到家乡。这一段极不平凡的经历,对朱元璋的心理成长产生了决定性的影响。由于非人的磨难,他深刻体验到生活的残酷和人性的丑陋;又由于在江湖上摸爬滚打了四年,他洞悉了存在的奥秘:软弱和无助可以使人异化为狗;而权力和"厚黑"却能让人八面临风。"成败决定是非",这是千古不灭的天理。

在流亡中体验到的“死理”，就此日益渗入到他的骨髓和血液中，以后在从军、造反等漫长经历的锻炼下，终于形成了朱元璋对“死理”坚不可摧的固守。等到他登上皇位，做了大明天子，就毫不犹豫，坚决遵循上述“死理”的准则。暴力恐怖是威慑人心最有效的手段，可以用来统治他的江山。没有任何力量能动摇他的意志和决心，不要说是人间的南墙，即使是九天之上神圣的南天大门，都无法使朱元璋低头！正是在这易中天无限肯定的“认死理”精神的主宰下，朱元璋才将大明彻底弄成了中国历史上最专制、最黑暗的王国。

朱元璋从来都不相信人性有什么善的元素，一切都是围绕着个人的名利而旋转，什么仁义道德全都是骗人的东西。权力决定人的存在。他坚信：如今是由于自己掌握了无上的权力，人们才弯腰屈膝，一脸恭敬地尊奉我为天子；一旦自己丧失了权力，一无所有，立刻就会被人看成叫花子无情地踏在脚底下。所以，他当上了大明天子后，随即建立了一套严密的将所有权力全部集中在皇帝一个人手中的绝对专制制度，使天下人全都成为他个人意志的奴隶。其凶残和野蛮的程度，甚至远远超过秦始皇。即便如此，他还不放心，只要那些开国功臣健在，他就睡不好觉。他深知这些功臣都是跟随他赤手打出大明江山来的，功勋盖世，威望显赫，潜势力甚为深厚。他绝不认为这些人对大明朝真有什么诚挚的忠心，那只是客观既成的现实使他们不得不就范。一旦有机会或条件成熟的话，哪个人不想做皇帝？朱元璋认为：在自己的有生之年，他们还有所忌惮不敢轻举妄动，可是当我的儿辈继位时，这些老家伙就会翘起他们的大尾巴。而我的下一代远不是他们的对手，我好不容易打下的江山,就有可能落到他们的手里。在关系到朱姓江山安危的“死理”上,几十年残酷的政治斗争和中国几千年来王朝兴衰的教训,早已将朱元璋的“精神”锻炼成无比沉重的铁锤:一切妨碍或有可能妨碍大明千秋的人,都得被碾成粉末。于是他撒下天罗地网,乘自己精力尚充沛时,及早铲除掉这些隐患。于是,号称日月双悬的大明,便演出了中国历史上空前残忍、无比血腥的一幕:朱元璋有计划地大规模合法屠杀功臣。

但是,功臣是很难治罪的,特别是要求在“合法”的框架内实施,那就更不容易了。所幸中国悠久的文化传统,早就在这方面提供了不朽的经典,以谋反的罪名就可以合法地谋杀任何功臣。因为只有靠谋反罪,才可以完全抹杀对方曾对国家作出过的重大贡献;也只有靠谋反罪才可以无限地“瓜蔓抄”,株连一切想要消灭的对象;并且也只有靠谋反罪才可以无中生有地制造出对方的罪证。因为谁都无法辨明策划于密室里的谋反情节,这就便于任意构陷。至于告发者以及本人的口供,那是不难获取的,酷刑之下,必定屈打成招!

朱元璋有计划地以谋反罪名大规模屠杀功臣,以丞相胡惟庸和大将蓝玉两案最为残忍。

胡、蓝两案,前后历时十四年之久,一共诛杀了四万五千人。在这两次屠杀潮中,大明功臣宿将几乎被诛灭殆尽,而其中最“莫须有”的当数李善长。

说到这个李善长,在中国几千年的政治史上,也称得上是个一流人物。朱元璋曾将他看作是自己的萧何,是创建大明朝的第一功臣。

李善长在四十岁时才遇到朱元璋。那时朱才二十六岁,在郭子兴帐下只不过是个区区“镇抚”。但李善长独具慧眼，一眼就识出这个低级军官倒是个人物，当今乱世，只有他才能担负起收拾河山的重任。所以就一心跟定了他，前后十数年来从未动摇过。朱元璋因屡立战功，在军中声望日益高涨，发展很快。在打下滁州后，郭子兴开始对朱元璋忌惮起来，于是想方设法以各种借口来削减朱的兵权。他深知李善长是朱元璋不可缺少的智囊，要是失去了李善长，就等于砍掉了朱的一条右臂，所以千方百计加以拉拢，唆使李善长脱离朱元璋来为自己服务。眼看利诱无法见效，郭就索性下达调令逼李离开朱的帐下。军令如山，连朱元璋都有所畏缩，不敢违抗主帅的命令，但却不能动摇李的意志，调令终于被他设法巧妙地应付过去。可见他对朱元璋坚定不移的忠心。

在创业阶段，是用人时期。朱元璋将与李善长的相处，比作鱼水关系，对他表现出最大的信任。每次朱元璋领军出征，都安排李善长作留守，将后方一切政务全都托付给他，由其全权处理。

李善长是个行政长才，处理政务有条不紊，爽快利落，后方因之显得稳定有序，完全免除了朱元璋的后顾之忧。而最为朱元璋赞许的是，在粮秣、辎重方面，李善长能保证源源不断地供应，为朱元璋前方的军事行动，提供了有力的保障。

李善长在识才、用人以及协调人际关系方面也有过人之处。朱元璋的淮西集团，都是跟随朱元璋起于草莽，赤手打天下的老乡、铁杆的哥儿们，都曾立下过不同凡响的功劳。因此，大都目中无人，骄横粗暴，不时惹出事端，引起纠纷。但只要李善长出面调停，大家都会看在“李先生”的分上——那些淮西老粗们，平时都很尊敬地称呼善长为李先生——而彼此退让一步，息纷了事。

那些新来归附的将士，都是先由李善长考察才能，然后由他推荐给朱元璋量才录用；也由李对他们做思想工作，以显示朱营海纳百川的诚意，彻底打消归附者的心理顾虑，从而为朱元璋争取到了一大批有用的人才。

大明朝开国时的种种制度，大部分都是由李善长拟定的。

由于李善长的杰出贡献，所以大明朝一建立，朱元璋在大封功臣时，就将李列为第一功臣，赐免死铁券，任左丞相，封太师，授予韩国公爵位，位于军功最高的徐达之上，并将自己的大女儿临安公主下嫁给他的儿子李琪。由此，李善长便与皇帝结成了亲家。其声势之显赫，天下无人能望其项背。

但当大明朝步入治平时期后，大功臣李善长却成了朱元璋的一大心病。中国王朝千余年来频繁更迭所凝成的“死理”——权力决定天下——不时在警示着朱元璋，李善长的存在让他感到莫大的威胁。李在功臣宿将中的声望和人脉，使他几乎具有一呼百应的号召力；以李的学识和才干，他既能帮助朱元璋赤手打出一个大明天下来，又何尝不能帮其他人再开拓出另一个异姓朝廷来？此人的存在，在朱元璋看来，无异于在自己腹内隐伏着一个巨大的肿瘤，不予彻底根除，朱明天下就很难保证无虞。

在构陷胡惟庸谋反大案时，李善长已年届七十七岁高龄，且早已退休回到故乡，但朱元璋还是不放过他。因他与胡惟庸不仅是淮西老乡，还是至亲（李善长的侄子娶了胡惟庸的侄女为妻），朱元璋便诬陷他参与了胡的谋反活动，不仅杀了他，还将他家中妻女老少七十余口全部杀死。其用心之狠毒、手段之残忍，是稍具人性和情义的人绝对做不出来的。朱元璋本不是一个变态的杀人狂，应该说是极其坚毅和果敢的“认死理”精神，才使他有蔑视人道的豪气。

临刑那天，李善长用颤抖的手，捧着朱元璋亲赐的诰命铁券，仰天痛哭：

“免死，怎么免死；谋反，何谓谋反？欲加之罪，何患无辞！”

历史，几乎没有异议就认定李善长的谋反罪名完全是荒谬绝伦的一大冤案；但“厚黑”，却肯定朱元璋这一坚不可摧的“认死理”精神，赞许它为我中华的帝王文化，提供了一个“光彩照人”的雄主范例。

为了强化对“认死理”精神的认知，下面我再补充一个事例，那就是明初有名的“靖难之役”中，明成祖和方孝孺两人在“认死理”上的一番较量。

明成祖朱棣是朱元璋的第四个儿子，朱元璋这个儿子，在“认死理”上，其坚毅和果敢丝毫不逊于其父，甚至可说有过之而无不及。依封建伦理和皇位继承法，自当由太子来接任，根本轮不到他来继承皇位。虽然太子早亡，但朱元璋已指定皇孙朱允炆即位。建文帝朱允炆仁厚有道，极得民心，应该说朱棣毫无理由违逆不从。但朱棣认定的“死理”却是“强者为王”。他自诩朱允炆无论哪方面都远不能和他相提并论，只有他才是当今大明朝天子的不二人选。天命就是武力，他完全有信心可以凭武力来改变既定的现实。由此，他发动了“靖难之役”。最终，他用武力夺取了侄子的皇位。

因为是篡夺，那就不能用道理来说服天下。但朱棣认定，暴力比道理更能有效地收拾人心，没有人敢于同暴力来评定是非。所以对敢于抗拒不愿归附的人，朱棣就施用最残忍的手段来教训他们。

建文帝的礼部尚书陈迪坚决不肯附从，朱棣就把他几个儿子都抓来，当着他的面，割下他们的耳朵和鼻子，煮熟了逼着他吞吃下去。最后，陈迪父子六人同被凌迟处死。

建文帝的老师和“宰相”黄子澄也不屈服。朱棣就当着他的家族的面，特别是在他那年迈的父母前，命人砍掉他的双手，再斩去双脚，然后把他砍成肉泥。全家六十五人不分老小，一律斩首，近四百名亲戚全部发配边疆。

朱棣最灭绝人性的毒招是把不肯投降者的女眷发配到军中充当军妓，任士兵们轮奸取乐，残酷之极。

而与朱棣较劲最激烈的是方孝孺。

方孝孺，浙江宁海人，乃明初著名学者宋濂的学生，文章德行名重一时。建文帝时应召入京为翰林侍讲，不久便提升为文学博士。他的工作是为朝廷起草诏书、诰文和檄文，于实际政治并无多大牵连。

靖难之役后，他被北军投入牢房。朱棣召见他，礼请他起草即帝位的诏书。因为方孝孺当时的声望，若能得到他起草即位的诏书，在当时就会有极大的感染力，可以大大增强朱棣即位的正当性。但是纲常伦理乃儒者方孝孺据以安身立命的“天理”，也即是他认定的“死理”，是绝对不可逾越的价值底线。可以说方孝孺一生孜孜不倦、刻苦砥砺的终极目标，就是要充分发扬这个“认死理”精神，使之留传于青史而不朽。他当然绝不会顺从。最后朱棣终于露出狰狞面目，威胁方孝孺：“你若执迷不从，我就灭掉你九族！”

灭族，是封建时代最残忍的刑罚，针对的应该是罪不可恕的叛国、造反者。而方孝孺仅仅是一介书生，只不过在学术上有所造诣、颇孚众望而已，与政治可说并无任何关联，怎么能用如此酷烈的刑罚加害于他？这就充分显示出朱棣“认死理”，“顺我者生，逆我者亡”，是多么地顽固，什么法理、人道、舆论，诸如此类的“南墙”，都被他撞得粉碎，不能使他退缩半步。

任何人——只要稍具有正常人性的话——都会因为自己大批无辜的亲人遭受此等浩劫，悲恸得昏厥过去。但方孝孺坚贞的“认死理”精神，已使他逾越了正常的人性，九族亲人生命的价值，在他看来远不能和纲常伦理相提并论。所以他毫无痛惜、悲愤之情，镇定如常，不屑地反讥道：“你就只有这一招了吧！你以为这就能吓倒所有人了吗？嘿，不要说灭九族，即使你灭我十族，你也休想让我归服！”

朱棣是言出必行。他当真下令灭掉方氏十族！创造了数千年封建王朝从未有过的特大酷刑——消灭只是一个不肯屈从的儒者的十族生命。

方孝孺精神的坚挺，可说在中国文化史上数千年来也从未见到过。他走在自己十族的最前列——九族之外，再加门生朋友一族，共八百七十三人——从容自如地走向刑场。

面对如此残忍，抑或迂腐的“认死理”精神，易中天却还在那里不懈地强调，“对这种‘非理之理’的坚持本身，确是一种应该肯定的精神”。他的意思是要我们继续发扬这一精神。

但我认为，“精神”是不能抽离内核而作为一种纯粹形式单独存在的。对于“非理之理”，不加反思、不行批判、不问价值，偏执地坚持，那是一种迷信，一种狂热，它是会驱使人进入丛林，使人异化成兽类的。

迷信与偏执——那种“认死理”精神——简直与现代文明格格不入，不知易中天想以此将我们引向何方？

（**附记**：本文所引易中天的话语，摘自他的《帝国的惆怅·人是要有一点精神的》，第95页，上海文汇出版社，2005年8月版）

如此盘点，焉能清仓

——评易中天《盘点李泽厚》

《盘点李泽厚》，有人认为是赶时髦，而我认为易中天提出了一个相当有意义的课题。

李泽厚，改革开放初期文化界的先锋人物。他的著作对我国文化转型作出了不小的贡献，20世纪70年代末期的青年，可以说无不以李泽厚的著作为精神上的高档营养品，所以有人概括说“这一代人是读朦胧诗和李泽厚长大的”，绝非夸饰之词。但令人极为遗憾的是，曾几何时——不过短短二十来年光景吧，已经到了需要盘点、清理李泽厚的时候了。

“盘点”，来自商业用语。稍有商业常识的人都能体会到，凡挂出“盘点”告示的公司十有八九已到了清仓、歇业的阶段，快要“打烊”了。有人讥刺易中天在“赶时髦”，而这却反证了它并非易中天的一家偏见，已差不多是公众所趋的大势了。一个“赶”字，倒表明易中天其实还落后了一大截呢！但旗帜鲜明，敢于毫不含糊地挂出“盘点”的告示的，我认为只有易中天。在这一点上，我是真诚地愿向易中天献上一份敬意。

中国人大都厌恶政治权威，讽刺政治偶像，但对文化偶像，却怀有深厚的感情，所以每当后人起而质疑文化偶像时，往往会有人觉得在感情上过不去，认为这是对先辈缺乏应有的敬意，有违师道和恕道，因此就有人对易中天表示了不满。对此，我却不以为然。

为什么重估先辈的文化资产就是一种有违师道的作为？假如恕道被界定为真理应容忍先辈的谬误，那我认为这确是我们文化的一大痼疾。时光流逝已快百年了，我国文坛的胸襟怎么还不如“五四”时期？想当年蔡元培无论于公于私，都对胡适助益很大，因此胡适对其甚为崇敬，真诚地引以为师长级的先辈。但在《红楼梦》问题上，胡适本着“吾爱吾师，吾更爱真理”的精神，毫不含糊、直截了当地批评蔡元培的《石头记索隐》是在猜谜，在学术上根本站不住脚。蔡老夫子苦心经营的一大学术成果就此遭到质疑。但当时的文化界，甚至包括蔡元培本人毫不计较胡适的“失敬”，相反却赞许此种崇尚理性，以及以说理方式来辩明真理的良好风气。为什么到了今天，凡对先辈或者经典持有异议，就会引来阵阵不满，而遭到排斥？如此狭隘的风气，能有助于进一步解放思想，促进学术繁荣吗？

易中天的“盘点”并没有任何动机或态度上的问题。他没有抹杀李泽厚过去的贡献，而是实话实说，指出李泽厚衰落的真实情状——衰落到现在青年人连李泽厚的名字都不知道或不想知道了，这意味着以思想家姿态出现在中国文化广场上的李泽厚已彻底完结——我认为易中天所说的完全符合实际。正因为李泽厚一度引领风气，被公认为是当时思想界的一大标杆，那就更有必要严肃地面对李泽厚的演变。他之所以迅速衰落，无论是在思想史上还是在文化史上，都对后进的人们有着极其深刻的教训，我们没有权利加以漠视。

但是易中天虽然郑重地打出了“盘点”的招牌，却没有深入地进行清理。因此“审计”报告的尽是一些欠妥的“烂账”，而没有端出李泽厚的思想中的要害问题。比如，他批评李泽厚提出的“美是客观性与社会性统一”的说法，含义实在过于混沌，在逻辑上讲不通。因为“社会性和客观性根本就不是一个层面上的概念，你叫它怎么统一？”又比如“李泽厚所提出的‘西体中用’概念，其中的‘体’和‘西’，究竟什么是‘体’，‘西’又是什么意思……李泽厚自己认为已经说清楚，其实别人听不明白”。诸如此类枝节问题，能让读者忍心抛弃一位大师吗？一个思想家只要他的思想核心坚实，其价值绝不会在短时期内大幅度贬值，形成无人问津的局面。易中天这种“高开低走”的批评风格，离“盘点”的最终要求实在太远。对此，我也很不以为然。

李泽厚本人对自己在文化界迅速的衰落也有深切的感受，但他将其归因于当今中国文坛商业化的浮躁风气。他不无牢骚地表示：

> 继革命化巨大创痛之后，商品化又漫天盖地在污染中国，这些作品（指汪国真的短诗、王朔的小说、张中行的杂著和余秋雨的散文——引者按）谈龙说虎，抚今追昔，低回流连，婉嘲微讽，真是往事如烟，今日何似，正好适应了“太平盛世”中需要略抒感伤、追求品味，既增加知识，还可以消闲的高雅心境。连著名的《读书》杂志，不是也不断地刊登“闲坐说玄宗”式的或描绘或推崇各种遗老遗少的有趣文字吗？……

但我对这些都毫无所能，因此又还有什么可写呢？

（李泽厚《世纪新梦·后记》第531页）

可见李泽厚对自己在文化界没落的内在因素毫无认识。商业化浪潮果真能淹没所有严肃的思想吗？君不见鲁迅那些受尽“政治喷涂”和商业浪潮冲洗的思想，不是依然为读者所珍视吗？所以根本问题在于李泽厚的思想演变产生了方向性的谬误，背离了时代潮流，才被淘汰出局。

李泽厚思想核心的第一个谬误是对“文化大革命”的评价。

他在1994年11月10日参加美国杜克大学的一次学术会议时，与当代著名的西方马克思主义理论家杰姆逊的对话中，对此发表了他独特的看法：

杰姆逊问：让我来问你一个更具体的问题。……在当代中国历史上，另一个破坏性的事件就是“文化大革命”，你如何评价这一段历史？

李泽厚答：要从新的角度来分析和评价“文化大革命”。……早在50年代后期，毛泽东根据他对苏联的观察，警告大家社会主义事业可能会断送在脱离群众的腐败官僚手里。这一切都在苏联发生了。所以，毛进行“文化大革命”的目的之一就是反官僚。我认为，这是“文化大革命”有价值、积极的一面。

（李泽厚《世纪新梦·与杰姆逊的对谈》第213页）

在李泽厚看来，目前全国人民对“文化大革命”的评价因为掺入了太多的感情因素，因此是不够全面的。他从“新的角度”进行分析，认为当初发动“文化大革命”的目的之一，是反官僚主义，所以说仍有“有价值、积极的一面”。

很明显，李泽厚是反对“彻底”否定“文化大革命”的。看来他是支持对其应作“三七开”评价的，而为人们抹杀其有价值的反官僚一面感到不平。

那么，李泽厚举出了什么事实，又根据什么逻辑推论出“文化大革命”确有反官僚主义的一面？没有，一点都没有。

一个被推为理论家和思想家的大师级人士，对历史上如此重大的事件，竟然毫无真诚感应，轻率地妄加评点，这怎能不令读者大跌眼镜！人们不得不怀疑，像这样的“思想家”，是否由于纯粹理性过于发达，从而丧失了正常人的感觉？他整个学术意图又究竟为何？读者怎么还能耐心地去倾听一个对人民苦难不能同构感应的人，讲述什么“乐感文化”的大道理！

李泽厚思想核心的第二个问题是鄙视人道主义。

他认为人道主义是浅薄的东西，马克思主义不应该包括人道主义。

周扬一辈子极“左”，并自认为是最正统、最坚定的马克思主义者。只是在自身经历了一场残酷的迫害后，到了生命的晚期，他才顿悟到他的思想品质之所以会蜕化成政治上的实用工具，就是因为缺少了人道主义的元素，因此而攻击、伤害了不少无辜的人。他为之而感到内疚，于是到处向被损害的对象道歉。正因为这一点，无论如何人们还是认可他那富有人道精神的忏悔表现，文学史也将为他留下宽容的一页；而改革开放后，已升登大师级宝座的李泽厚却严肃地表示对人道主义的不屑。

他说：

> 作为历史观的人道主义，其理论极为肤浅和贫乏，它不能具体地去深入分析现象，不能真正科学地说明任何历史事实，不可能揭示出历史的真相，从而经常流为一堆美丽的辞藻，迷人的空谈，情绪的发泄。
>
> （李泽厚《中国现代史论》第 201 页）

在李泽厚看来，人道主义所标榜的生命尊严和个性自由都只是一种蛊惑人心的东西，对人生和历史其实毫无实践意义。人类命运真正关系所在是总体进程，是客观规律。为了总体，牺牲个体是理所当然的事，历史绝不会理睬人道主义那些廉价的眼泪。因此个性自由只有在与总体进程保持一致时，才能被允许，否则总体就有权淹没个性。用这一观点来评论延安时期的王实味等冤案，李泽厚得出了如下结论：

> 当时也不无道理，因为在严酷环境和自身并不巩固的情况下，难以承受来自自己阵营内部的冷嘲热讽。
>
> （李泽厚、刘再复《告别革命》第 127 页）

但历史的教训却与李泽厚的指向相反：无情淹没“小我”的结果，“大我”不仅没有上升，相反却日益沦落了。

不仅王实味、丁玲等少数作家算不了什么，即使如 1958 年的“大跃进”，虽饿死了很多人，但在李泽厚看来，它与中国六亿人口的总体发展相比,也还居于“小我”。因为“大跃进”“同时使水利事业大规模地兴起,许多穷乡僻壤也有水库,这对农业发展很有利”。他要我们不应弃“大”而计“小”。

用饿死很多人的沉重代价来兴建大规模水利工程,这的确不是人道主义所能容忍的事。而李泽厚只看到“大跃进”兴建了大规模的水利工程,却不愿看到“大跃进”非但没有大大促进农业发展,相反由此引发了全国性的经济危机。可见凡是不“以人为本”,不务实而求进的那些貌似科学的宏大理论,都无益于民生,无益于促进社会发展,它们才是真正迷惑人、残害人的东西。

人道主义的实质确如李泽厚所讥讽的那样,既简单,又浅近,不需要繁琐的论证或抽象的推理,只要稍具本真的人性和现实的生活经验,就很容易体会到它的真谛。中外历史所提供的实例,也足够有力地证明:无论何种在现象上甚显宏伟的总体进程,只要它敢于蔑视人的生命尊严,摒弃人道主义原则的话,就会迅即没落,其下场大多惨淡。比如:

中国的秦始皇堪称千古一帝了吧!扫荡六合、四海一统,创建了令史家无限称赞的流传两千年之久的高效威权制度,被认为是足以体现历史发展规律的一大范例。但由于大秦王朝视人道主义为无物,于是短命得竟然撑不过二世便宣告完蛋。另一个最好的例子莫过于纳粹德国的希特勒,他将德国从《凡尔赛和约》的屈辱中解放出来,重新成为统治整个欧罗巴的无上帝国,因此而令无数大师级的思想家都诚服地拜倒在如此辉煌的“总体进程”下。但是,被纳粹惨无人道残杀的几百万犹太人的鲜血,终于很快就淹没了红色的纳粹“卐”字旗!

李泽厚思想核心的第三个根本性谬误是否定辛亥革命。

关于辛亥革命,李泽厚非常明确地阐明了他的否定观点:

> 对于辛亥革命,我从“文革”起开始怀疑……我认为辛亥革命是搞糟了,是激进主义思潮的结果。清朝的确是已经腐朽的王朝,但这个“形式”存在仍有很大意义,宁可慢慢来,通过当时立宪派所主张的改良来逼着它迈上现代化和“救亡”的道路;而一下子痛快地把它搞掉,反而糟了,必然军阀混战。……现在应该把这个概念明确地倒过来:“革命”在中国并不一定是好事情。
>
> (李泽厚《关于文化现状、道德重建的对话》,载《知识分子立场——激进和保守之间的动荡》第74页,时代文艺出版社,2000版)

李泽厚这个观点,要害不在于对辛亥革命个案的评价,而是通过否定辛亥革命宣扬了他否定革命的理念,这就涉及了社会哲学的核心问题,它关系到我国人文精神的整体走向,性质至为严重。正因为这一点,才激起了公共空间巨大反响,所以必须认真对待。

搞历史批判,最忌的是从抽象的定义和语词出发,最后定格在纯粹形式上。历史是具体的,所以评价历史必须从具体的情状着手。就以革命而论,在世界范围内,大多数国家都爆发过革命,但由于国情不同,即使性质类似,但若所用的手段和路径不同的话,其效果和价值也就迥然相异,岂能不分轩轾地一概而论？比如巴黎公社的革命就与苏联的十月革命不能相提并论。更何况有些举着革命的大旗的事件其实根本不是革命。

李泽厚由“文化大革命”狂热所引发的灾难、造成的恶果，推论出“革命并不是一件好事情”。他认为凡是革命都是激进主义思潮的产物。而所谓“激进”，就是非理性的一种狂热。它以纯粹乌托邦式的道德理想作为奋斗目标，完全不顾现实的情状和条件，倾心诉诸暴力，力求在旦夕之间彻底破除现实的一切，在一片废墟上建设起完美的理想国来。辛亥革命不也是革命嘛，李泽厚就肯定它与“文化大革命”本质上必然存在着一致的东西，那就是暴力。辛亥革命也是用暴力来推翻清朝的。但推翻了清王朝的统治，我们并没有看到社会前进，相反却显得更加混乱；以前只是一个皇帝在专制，而现在却裂变为多个更野蛮、更凶残的土皇帝——军阀——在统治。清朝虽腐朽，但社会还能集合成一个整体；而军阀混战，却将国家搞得四分五裂，兵祸连连，老百姓简直活不下去，这不是辛亥革命所造成的后果吗？通过辛亥革命，我们可以得到一个普遍的教训，那就是凡革命都摆脱不了这必然会产生的后遗症。既然如此，人民还有什么必要敬颂革命！现在是应彻底转变观念的时候了。

“告别革命”，这就是李泽厚思想的坚硬核心。

将革命视为是一种激进主义狂热的产物，并且与暴力联系在一起，这是李泽厚实用理性极其片面的推论，它与历史事实完全不符。事实上，历史上所发生的革命，大都是改良无望，无路可走，这才被“逼上梁山”而爆发的。原先爱国志士们都是希望通过和平改良的路径来拯救时局的。就连李泽厚最非议的，认为近代革命所有负面效应都可以从他的理论中找到源头的晚清思想家谭嗣同,原本不也是很积极的改良派人士吗?他全身心地投入戊戌维新运动,就是希望通过和平变法途径,来逐步改变国家的命运。结果残酷的现实却使他白白地献出了生命。继之而起的革命先行者孙中山先生,他在组织兴中会之前,于1894年也曾和陆皓东专程到天津上书李鸿章,真诚地建议朝廷应实施人尽其才、地尽其利、物尽其用、货畅其流四大改革纲要,以求达到民富国强的目的。这充分显示辛亥革命的先贤们,原本并非是狂热的激进分子,而是真诚地想走一条社会成本最小,逐步改良的救国道路。只是连号称较为开明的洋务派领袖李鸿章都听不进去,不屑理会,当然更不必期待大权在握的清廷最高统治者了,这才迫使孙中山等走上了革命的道路。至于李泽厚最看好的立宪派,他认为:"当时各地立宪派已大体长成,以绅商为主体的地方势力日益坐大,并正积极议政、参政甚至主政……中央政府的清廷也一再宣告预备立宪,并派大臣出洋考察等等。"因此,他得出结论,要不是革命党人蛊惑宣传、片面攻击的话,改良的道路很有可能成功。如果社会避免了革命运动的破坏,国家可能早就走上了振兴的道路。

但是历史的事实却与李泽厚所描述的相反。清廷并不如他所想象得那么天真和被动。民众要求通过立宪来限制君权、改良国事;但皇族们却是利用立宪来转移民众的不满情绪,以另一种形式来巩固其统治和既得利益。改良的结果是推出了"皇族内阁",这才使全国民众陷于绝望,再也不对清廷抱有任何幻想。所以是残酷的现实,而绝不是革命党人的蛊惑宣传,彻底震醒了民众的迷梦。他们幡然醒悟到:一切都是骗局。对于这一腐朽到骨髓的统治集团,除了革命,绝无别的选择。

这就使我们看清，李泽厚将辛亥革命贴上激进主义标签，并将革命所发生的一切不良后果都归因于革命派人士的狂热，是毫无道理的。

将革命与暴力黏合在一起，这可以说是对革命有意或无意的一种诬蔑。中国历史上的革命确实都离不开武力，但武力与暴力应该说不是一个概念。武力虽然在形式上与暴力颇为类同，但其性质却截然不同。暴力是用来摧毁正义的，而为正义而战的武力却不能被认为是暴力。比如日本侵略军大举清乡是暴力；游击队反扫荡进行伏击，就绝对不能被指责是暴力。要是连这一类武力反抗都不允许的话，那只能说是一种奴隶哲学。在整个辛亥革命过程中，革命党人并未残杀清廷官兵，更未大规模仇杀无辜的满族人民。推翻了清朝后，也并未如法国大革命或苏联的十月革命一般，无情地将王室人员送上断头台或绞刑架。所以，李泽厚指责辛亥革命是暴力革命是站不住脚的。

李泽厚还有一个非常奇特的观点，他认为清室虽然腐朽，但这个政权存在的“形式”却仍具有重大意义。为什么不利用这个“形式”来推动改良？这要比进行辛亥革命将其彻底粉碎另起炉灶——建立民国——对社会发展来得更有利。

李泽厚被刘再复吹捧为中国当代美学的第一小提琴手，他在美学上是崇尚“形式”的。由此，他便将美学上的形式理念搬运到历史舞台上来。殊不知历史是最具体不过的东西，以最具抽象意义的“形式”，来概括最具个体特征的历史，这真可谓方枘对圆凿，焉能强行凑合？人们可以断定，事实也证明，一个封建的、为极端狭隘的民族主义所把持的“皇族内阁”，是绝不可能推进民主改革，促进资本主义成长和发展的。按照李泽厚的说法，若重在“形式”，清廷的“形式”可以利用，那么袁世凯的“洪宪帝制”形式更可以利用，蔡锷的护国、云南起义岂不纯属多余？

李泽厚扬言，他对自己的思想绝对有信心，坚持“走自己的路”。固然，人民的舆论不一定正确，但人民的命运绝对是思想家应关切的焦点。若一个思想家仅热衷于历史所呈现的一时事功，而漠视众生的生存危机，那人民也就必然会视其为陌路人。

“告别李泽厚”——人民终于挥手向李大师“拜拜”了！

“道德沙尘暴”异议

据易中天自己介绍，他的《道德沙尘暴与国民性问题》一文在《精品阅读》2010 年 1 月 1 日第 1 期发表后，曾在新浪博客贴出，点击量达 101241 人次，可见对这个问题，关心者甚众。

但在该文中易中天只是提出了一个核心理念：“要从根本上解决道德沙尘暴问题，还得改造国民性。”他没有对此展开详细论述，说是今后将会写成专著，集中来讨论这个问题。恕我孤陋寡闻，在我写作此文时，尚未见到易先生有关的大作。但我认为它的主题已凸显得足够清晰，可以容我们对此展开进一步的讨论了。

道德，是社会文明的标志，也是维系社会和谐必不可缺少的纽带。一个社会，无论其在经济建设上有着怎样辉煌的景观，若在道德上累累滑坡，甚至不断发生特大“沙尘暴”，那就会使人感到生活似处于险恶的湍流中，随时都有灭顶的危险，因此而惶惶不可终日。一个道德沙漠化的社会，是绝不可能跻身于现代文明国家的行列的。

近年来不断爆发如三鹿毒奶粉等特大道德丑闻，让人不禁怀疑我们的社会已出现了道德沙漠化的危象。对此，我认为易中天的看法未免过于偏颇。我们应该看到，当四川大地震后，在全国范围内，各个角落，无论男女，不分老少，甚至连低龄的小学生们，都排成长队，主动、真诚地进行捐献，那股热流使人们没有理由感到悲观。

但是"道德沙尘暴"也确是事实，若不对此予以高度警觉，及早设法加以"堵截"的话，那确会侵蚀大片绿地，总有一天会出现可怕的沙漠化状态。

易中天认为，"今天的'道德沙尘暴'，恰恰源于积重难返的'国民性问题'"。所以"要从根本上解决问题，还得改造国民性"。（易中天《书生傻气·道德沙尘暴与国民性问题》第239页）

我承认，我们的国民性确有问题，甚至可以说存在着相当多的劣根性，但这些是不是引发当前"道德沙尘暴"的根由？我认为不是。

我们知道在自然现象上，凡突发性地爆发某类特大灾害，如地震、龙卷风、暴风雨、沙尘暴……无不是由超巨的动力源释放出来的能量所造成。类比社会现象，也如出一辙。我们看到，在道德领域能刮起一阵令全国舆论为之瞠目结舌的沙尘暴，就绝非蚁民的能量所能企及的。我们就以易中天所举的一些"沙尘暴"事件来说：毒奶粉事件是著名的企业作为；各地的飙车案，以"衙内"的表演最为火爆；特大的贪污案，官阶低于县地级的，是创造不出头版头条新闻来的；高校抄袭成风，早已是"博导"们的潜规则；球场上的弄虚作假，非"名哨"是吹不出来的……

由此可见，能引发一阵"道德沙尘暴"者，其动力源都来自这些特权阶层。一般的国民,即使是顽劣成性的刁民,他们虽存心不良,却因不具备足够能量,也是无法实施的。所以我认为,易中天觉得要解决“道德沙尘暴”问题应从改造国民性着手这一观点,可说是一种方向性的迷误,因为它回避了当前现实的紧迫性。这犹如洪水汹涌袭来时,全城被淹,难民们爬在下沉的屋顶上竭力呼救,而易中天却要人们从改造全球气候异常中,根本杜绝洪水的侵害。固然,若我们的国民性整体上都能“改造”得道德上优良,人人都能自律,遵循着良知行事,那当然天下太平,可以从根本上解决“道德沙尘暴”问题。可惜人性,特别是整体的国民性,却并非如学者所设想的那么单纯,并非通过教化就能改造得好的。我们的孔圣人为此曾献出了毕生的精力,为提升华夏子民的德性进行过不懈努力,但到底有多大成效,实在令人怀疑。不要说整体国民性,单儒林这一狭窄的分支,虽然凡士大夫无不从髫龄就读圣贤书,聆受他老人家的教诲,但在长达数千年的中国历史上,又有多少人的德行能示范于后人?当然,这不应该成为我们悲观的理由。我只是着重指出,改造国民性是一个极为艰难和漫长的过程,远非单独的教化力量所能完成,而非得由整个社会进行全面的系统改造,经几代人甚至可能需要几个世纪为之不懈地努力,才能奏效。因此,我们虽然欢迎易中天等一批文化人热心地从事这方面工作,但绝对不能仅仅寄希望于通过改造国民性的途径,来解决当前紧迫的“道德沙尘暴”问题。因为它已严重危害到当前的社会生态,成为广大民众日常生活的灾难,祸害之烈,势若燃眉。因此,要紧的是立即设法加以有效“堵截”,而不是空想从根本上求得解决。

我们已经从上述所引的事件中看到,凡“道德沙尘暴”都是由特权阶层引发的,可见这与权力有着密切关联。

权力,原本与道德分属两个互不关联的领域,它之所以能有力地影响道德,主要是通过“利益”(广义的)这一中介环节。因为权力能左右利益,而利益却牵动着道德,于是我们常常会看到权力在侵蚀道德。因此,要“堵截”“道德沙尘暴”的袭击,首先应从解决权力生态方面着手。

当权力在法制范围内运行时,应该说不会有什么严重的负面效应。可是在社会转型期间,由于各种制度都在改革和重建过程中,必然会存在诸多缺漏,这就使别有用心的“精英”们能利用这一难得的历史机遇,将制度化的公权力异化成富有个人特色的特权。权力这一异化过程,突出地显现在“权力租让”现象上。

所谓“权力租让”,就是有权者发现,将他所掌握的权力,暂时“租让”给某特定对象,就可为自己带来巨大利益。这一简捷致富的途径,实在太现实太富有诱惑力了,使那些自身德性原本就不太健全的人很难抵制得了;而承租方就将此权力异化为一顶巨大的保护伞,从而便能游走在法律之外,自由作为。这一“租赁合约”为他们双方创造了“双赢”的局面——双方都可由此攫取到巨大利益——可是却为国家、为人民招来了巨大的“沙尘暴”灾难。

让我们来看一则权威报道。

据新华社 2012 年 4 月 10 日电:

记者 9 日从中央纪委监察部获悉,近 5 年来,监

> 察部参加的33起特别重大事故的调查处理中，挖出了13起事故背后存在的腐败问题，72名国家工作人员受到查处，其中65人被移送司法机关处理。
>
> ……
>
> 围绕投资入股、安全生产证照审批、日常监管等腐败行为易发、多发的关键环节，各级纪检监察机关全面排查腐败问题线索。在调查河北省某县一煤矿特别重大炸药燃烧瞒报事故中，在引起事故和瞒报问题发生的多个环节中都发现了腐败问题线索，查出了多名监管部门负责人及工作人员违规投资入股煤矿的问题，当地党委、政府、安监、煤监、国土、公安、供电部门部分负责人及工作人员收受贿赂，放松监管的问题。

从上述报道中，我们可以清晰地看到“权力租让”在特大事故中所起的关键作用。

在市场经济中，采矿业是一个能获得巨额经济收益的行业。但在安全上，也是一个高危性的行业。因此，在技术、管理、环保、安全等各个环节都有着极其严格的要求。政府对此也颁布了明确的规范。应该说，若依法认真监管的话，如采矿之类的高危作业，其安全基本上还是有保障的，至少不易爆发震惊全国的特大事故。可是开采商为了攫取巨大的非法利益，必须逾越既定的各种规范，那就非得突破各道监管。而贿赂往往能“租赁”到监管方的权力。比如在安全生产证照的审批上，对某些有欠完善，甚至明显已成隐患的设施，理当及时“卡”住，但这却“堵截”了开采商巨大的非法财源。于是，“红包”一塞，监管方就亮起了绿灯，生产便照样在不安全的情况下火热地持续下去。

“红包”，只是“权力租让”中最传统的一种利器。它只适用于低层次的监管人员，一般只能解决局部问题。若关系到整个项目的根本，牵涉到主管层级的权力，那区区“红包”就全然进入不了领导的法眼，“租赁”手段就非得更上一个台阶不可，“投资入股”是取代“红包”的更高明的一种招式。

入的是干股，领导不用自己拿出一分钱，就可以据此“坐地分红”，永保财源不会枯竭。于是领导也就成为该企业的隐性董事，监管方与被监管方就此结合成一个紧密的利益共同体，领导的收益也就随着开采商的非法利润水涨船高。你说，监管方还会跟自己的财源过不去吗？于是“红灯”“黄灯”就难得闪亮，安全隐患也就有足够时间酝酿成灾，特大灾难由此相继登场！

随着制度改革的深入，以上“权力租赁”的招式都稍显简单，容易败露。权钱交易为求能持续存在下去，也在相应地深化，不断翻新，迭出新招，使非法交易变得更隐蔽，更少有破绽。要是我们对之掉以轻心，不能有效破解的话，那我们来之不易的建设成果，大半就会被它吞没掉。

近期，“权力租赁”出现了以下几种相当现代化的招式。

一、期货化

期货，是交易市场上的一种方式，它规定在一定期限内完成双方的交易。

腐败分子就利用“期货”概念，来隐蔽他们在交易中的实证。

因为法律所能应对的,必须是有真凭实据的事件。若指控对方有权钱交易的腐败行为,必须提供双方在交易中的实体证据,法官才能依据法律予以定罪。而现在双方约定,其交易“期货化”——刻意将权钱交易的时限拉开,等若干年后才支付“租金”——这就使检察机关难以查到这笔贿赂款项。查无实据,那无论检察机关推理如何严密,甚至完全无懈可击,也只能将对方定性为“嫌疑人”,但“嫌疑”是不能入罪的。这一招,往往让“大鱼”漏网。

二、间接化

这一招比起期货化来,还要隐蔽和复杂。

现在的权钱交易,在获利上,双方并不发生直接关系,而是通过第三者的中介来实现。

以往的第三者,大都由获利方的直系亲属如妻子、子女出面,虽然这多少可以为获利方提供某些辩解的理由,但毕竟目标明显、关系密切,辩解起来十分费力,很难应对检察机关的刨根究底。而现在他们改换一个隐性的社会关系来作中介,比如获利人的“二奶”,甚至“三奶”,这个连他老婆都不知道自己家庭里存在着的紧密关系者,他人当然更难以察觉。再如几十年来的铁杆老战友、老部属,因为他们在法律上都是独立的人,检察机关一般很难直接干预他们的隐私。因此贿赂款通过这些中介,完全可以达到洗净、漂白的目的,获利人就尽可安心自在。

三、涉外化

权钱交易,无论是期货化还是间接化,能使证据融化在时间和空间中，使之游离在法律防线之外，但毕竟这些都是在自己的国家内活动，很难保证绝对安全，所以总不免有所忐忑。对于特大的权钱交易，若使之涉外化，因其具有跨国性，牵涉国际关系，而一国司法很难在他国有效施行，这就使作案的安全性有了足够保障。

所谓涉外化，就是将作案地点选择在境外，最好是在国外。获利方在国外联系一家公司作为中介，行贿方将承诺的巨款，以业务往来名义汇入该公司名下，获利人再从该公司提取。因为一经涉外，就牵涉诸多外交上的限制，一国的法鞭无法在其他国土上施展。作案方为求万全起见，甚至将该款辗转几个国家，这就决非一国之力所能破案了。由此，获利人便可坦然释之了。

通过以上分析，我们便可深切了解到，近年来频发的“道德沙尘暴”，几乎无不是由于权力腐败所促成。所以，解救之道，当务之急，绝不是从改造国民性上着手，而应该求助于改革制度和健全法制。我们的制度改革，必须深化到健全权力结构，杜绝权力异化的根源。而防止权力异化的有效途径，在我看来现阶段可从以下两方面着手：

一、权力运作透明化

权力之所以会异化成特权，逐渐凌驾于监督之上，都是因为权力长期在黑箱中运作，形成一套不为外界所了解的潜规则，由此积累了一股潜势力，左右护卫，密不透风，使监督之光根本透射不进去，无法及早揭露其阴暗的内幕，这就为腐败提供了有利条件。因此，权力透明是防止权力异化的必要前提。

二、权力监督公众化

人们都知道,不受监督的权力是权力异化,乃至腐败的根由。我们的权力结构并没有缺少监督机制,那为什么还会失控,蜕化变质呢?问题就在于监督缺少公众化。假如我们的舆论监督足够健全的话,可以说任何层级的权力,一旦成为媒体聚焦的中心,都无不收敛,不敢再有恃无恐地任性非为。某地区公安局长的儿子,肆无忌惮地飙车伤人,只是在报纸揭露后,此案才得以公正解决,就是很有说服力的一个例子。

至此,针对“道德沙尘暴”问题可得出明确的结论:病原体是“权力异化”,绝非其他。所以请易中天先生别再在“国民性”上煞费苦心地求索了!

“非典型腐败”要由老百姓买单？

腐败，人人都对之切齿痛恨。因此，反腐败让全民同仇敌忾。

但在易中天看来，这只是对典型腐败而言；至于非典型腐败，老百姓并不认为是腐败，而只将它看作是一种社会习俗。因此，不仅不反对，且认为人人都参与其中。

这岂非悖谬！

究竟是中国的国民性有矛盾呢，还是易中天的两类腐败观有问题？

这就需要对上述两类腐败有所辨析。

典型腐败，危害公共利益、败坏社会风气，明显违法乱纪。法律对此已有明文规定，所以毋需在此赘述。

问题主要是非典型腐败。

什么叫作“非典型腐败”？

这是易中天提出的新概念，所以我们得先听听他本人的说法：

> 历史上的中国官场实际上不是按照中央精神和

红头文件来运作，而是靠一系列虽不成文却约定俗成彼此心照不宣且行之有效的规矩来维持的。这样一种规矩，吴思先生称之为“潜规则”；而在我看来，由此表现出的腐败，就该叫作“非典型腐败”。

接着，他作出了如下具体的解释：

> 所谓“非典型腐败”，就是看起来不像是腐败，或不被认为是腐败，是由“潜规则”导致的、不被认为是腐败的腐败。……
>
> “非典型腐败”，它不是要走后门，而是走前门，只不过请你按照规定把门开一下。但因为开门的权力在你那里，开不开，我说了不算，便只好意思意思，疏通疏通，其实并无非分之想，它甚至只是一种“习惯动作”，一看见有人把门，就习惯性地把“红包”递过去。习惯成自然。久而久之，它也就成了惯例，成了规矩，因此也叫“规礼”（即所谓潜规则）……对于不造成典型腐败的权力赎买，大家已习以为常，不认为是腐败。

易中天这个新概念，在我看来很成问题。他将本来属于法治领域的问题，转换成了社会认知问题。原来腐败的根由乃在于我们的国民素质太差，是我们的人民太愚昧、太自贱，“一看见有人把门，就习惯性把‘红包’递过去……（因此）它也就成了惯例”，形成了非典型腐败。由于全民的参与，所以就成了社会的一种习俗，这就使非典型腐败成为社会难以根治的顽疾。

尽管一再反腐败，“但只要有人要上手术台，病人家属就会千方百计地给医生、护士、麻醉师送红包，挡都挡不住”。由此，易中天断言，照现有的思路来反腐，“取消红包？想都不要想！”

既然社会大众并不认为非典型腐败是腐败，那么要遏制这种腐败，易中天认为不应该着重强调经济体制改革和政治体制改革，而是应该“改造国民性”。

易中天从官场的潜规则引出了非典型腐败的概念，那么我们就来探究一下，是否社会大众就对此习以为常不认为是腐败了呢？

吴思先生所说的潜规则明显是官场中的“游戏”，因此只是官员们的约定俗成；而易中天说的是“大家”，那就扩展到了社会大众，也就是说连老百姓都认为此类潜规则所表现出来的腐败只不过是一种习俗，是中国特有的一种人际交往文化，不是腐败。此说我以为未免过于随意。其实，中国老百姓即使愚昧和自贱，但从来都不认可官场中的非典型腐败。但因自身的极端弱势，无力抗争，只能冷眼睥睨而已。

不仅是老百姓，甚至连直接参与潜规则“游戏”的那些官员们，内心也并不认为这些惯例不是腐败，人人都心知肚明那是“陋规”。规则之前冠之以“潜”，足见大家都清楚那是上不了台面，不能暴露，公之于众是有风险的。之所以大家顺风而行，那是因为法网既疏且漏，万千中难得有一失，毋需顾忌太多，而机会难得，此时不捞，更待何时？于是便出现前“腐”后继，生生不息之势。

我们可用易中天自己所举的一个事例来反驳他本人的结论。

封建政治体制的一大特点是等级森严。在官场上，个人的升沉荣辱，几乎全掌握在上级的手中。皇帝老子高居云端，根本无法了解底层情况，自己所有的表现都得仰仗上级的观感：说你好就是好；说你不好，干得再好也是“白搭”。因此，上级是得罪不起的。老百姓称主管他们的芝麻官为父母官；同理，为官的也是将上级尊奉若父母，非竭尽“孝心”是无以博得他们好感的。所以当上级来视察时，下级都会使出浑身解数，不惜一切代价招待他们，务必让上级满意而归。明清两代，此风尤盛。易中天举出道光朝很有名的一桩事件。山西介休县有一位林知县，向上级藩台（省政府）张澧中递交了一份正式公文，举报本省主要官员串联集体犯罪，要求藩台转呈朝廷。举报的内容是，前有钦差大臣大学士汤金钊和尚书隆云章来本省巡视时，由太原府出面以办公费名义向藩台借二万两银子做招待费。然后再层层向下摊派，每次摊派数总在三五万上下。三五万数目是什么概念？据吴思先生计算，大约相当于当时一品大员200年的薪水。数目之巨，可见一斑。

迎接上级，特别是中央大员来地区巡视，在礼仪方面所需要的费用，朝廷自有明文规定。但正规的公费数目，非薄得实在无以显现接待者的“孝心”，非得大大加码，才能保证上级称心如意，留下深刻的印象。当然，再怎么满汉全席，“五星级”套房，也绝对花不了两万两银子。很明显，余下的都以“红包”作为礼品，请大人笑纳，送进了他们的腰包。但地方官并不是财主，他们哪来这么多钱供奉上级？于是就只能层层摊派下去。又因为无论哪一级官员，谁都不肯白忙一场，于是就在摊派中再加上一成，他们从中也就捞到了一把，因此总数才会高达三五万，反正最后买单的是老百姓，这些冤大头们对以朝廷名义征收的苛捐杂税，从来都不敢有二话。由于终端不成问题，所以此风得以绵延不断。

但这并不是山西省特有的不正之风，也并非是藩台张澧中主政之下的典型腐败，可以说全国各地，凡是官场无不循此“潜规则”，只是由于地区的经济差异，数目上有些不同而已。即使在中枢，作为官吏队伍的领军人物——丞相或大学士——也在奉行着这一“潜规则”。虽然他们已是一人之下万人之上，但对太监也得不时表达一些敬意，否则就会尝到苦头，处处受到掣肘，难以展现自己的宏图大略。所以“红包”已成为官场的惯例，也就是易中天所谓的“非典型腐败”。

但即便如此，官员们内心很清楚，这套做法只是官场的游戏规则，因此只限于参与的官员们，不能为圈外人所知晓。而在官场上，几乎人人都参与、人人都能从中捞到实惠，于是就形成了利益相关的共同体，牵一发而动全身，因此大家都装聋作哑，相互护卫，以求得在黑箱中稳定地运行，这才不易暴露。这绝不是因为它已成了普遍的惯例，而是只有“非典型性质”，所以大家就认为没有问题。至于民众，由于他们是官场潜规则的直接受害者，因此绝不会认可这些腐败行为；就是当家的皇帝老子，因这些腐败会损害朝廷的形象和行政效率，所以对此也不会一味姑息！

林知县就是看准了这一破绽，所以他才敢跳出来揭发此事。

这位林知县并不是一位初涉官场、未见过世面的书呆子，绝非是因满脑子的圣贤教条塞得他七窍不通，以至不理解官场上“潜规则”的精义，出于社会正义的激愤，才向藩台告发了此事。不！林知县是一位熟谙官场生态的老油子。他本人原也是官场潜规则的积极参与者，马屁功夫堪称一流。但不知怎的，在一次接待一位虞大人时，或许是马屁拍错了部位，竟惹得那位虞大人私心甚是不快，招呼下去，结果林知县因此而倒了一次大霉，甚至丢掉了乌纱帽，所以内心怀恨不已。现在既然已被推到了绝地，反正已不能在官场上混下去了，也就不再存有什么顾虑。为报一箭之仇，林知县也就不留丝毫余地全锅端出，将山西省上自藩台张澧中、下至各级官员，如何以接待钦差名义巨款邀宠，又如何加成向下摊派，从中捞取好处，摊派的债务最后全部落实到老百姓头上，使他们大受其害一一道来。林知县甚至毫不避讳地牵出当朝一品大员大学士汤金钊和尚书隆云章。

易中天描述藩台张澧中一接到林知县的报告，“竟然吓出一身冷汗，一连几个晚上睡不着觉”。

让我们对事件进程的叙述“稍息”一下，先来分析一下林知县和藩台张澧中的认知动态。

其实，林知县和藩台张澧中他们都是参与“红包”游戏的资深“运动员”，即这一潜规则的约定履行者。依照易中天的说法，这一历时弥久，无处不盛行的惯例早已为社会所习惯、群众所认可，连省级一把手巡抚杨国桢都不认为是腐败而任其自然运行。林知县和张澧中以前也积极参与此类游戏，一直玩得很自在。而现在林知县为了泄私愤、图报复，却跳出来拿它作把柄，向上级以及整个官场发起攻击，要是他吃不准官场这一惯例绝对不是习俗性的所谓“非典型腐败”，无论社会或朝廷都绝不认可,那么他的攻击就得担负起小题大做、无限上纲、居心叵测、兴风作浪、恶意扰乱官场秩序的罪名。败坏省级首长名誉,肆无忌惮地诋毁当朝一品大员,这还了得!其罪孽之重,已不是交出区区七品芝麻官的乌纱帽所能抵偿得了的,非得脑袋搬家不可。林知县是十足的小人,他敢吗?他绝不会凭意气来赌这一把的!

关键是,林知县绝对吃准了官场上这套"潜规则",只是官场老爷们的约定俗成,只要你想当官,还想在官场上混下去,那就不会认为它是腐败,或者只不过是无关宏旨的"非典型腐败"而已。但被无情榨取的冤大头——老百姓——却绝不会甘心被剥削。他们之所以默然应对,绝不是习惯成了自然,麻木得终于认可了,而是因为局外人根本无法了解官场黑幕里的运行细节,无法收集到确实的证据,又是处于绝对弱势,不沉默又有什么办法?所以这绝不是认可,而是无奈地屈从!

而林知县却不同。他虽官卑如芝麻,却是潜规则长期实际的参与者。他洞悉其中的全部细节,掌握着确实可靠的证据。比如他拿得出当钦差大臣驾到时由太原府出面,以办公费名义向山西藩司借两万两银子作招待费的字据,以及据此由上级摊派下来的账目。并且类似事件不止一起,他能举出多个事件来相互印证,综合起来,是绝对辩解不了的。且知县毕竟不同于普通百姓,他熟谙权力通道上的规则和程序,一旦以正式公文呈报,上级也不是那么容易扣押和抹杀的。更何况张澧中深知林知县是一个无耻小人。他既已铁了心,不在乎官帽,什么都豁了出去,有决战到底的决心,那就什么手段都用得出来,一定会设法引起朝野注目。要是这个马蜂窝被捅破的话,那后果将不堪设想。

作为老官僚的张澧中,他深知没有什么腐败可将习惯性作为理由而被接受。除了官场中的“爷们”,不要说深受其害的老百姓不认可,就是自己为之服务的朝廷也绝不会体恤宽容。纵观历史,除了濒临灭亡的王朝,即使皇帝本人就是特大的腐败分子,他也绝不会容忍官员们腐败。因为这会损害他的威望,从而动摇他的统治。所以只要能提得出确凿的证据,他们都会出重拳,毫不留情地予以打击。像林知县举报的这一事件,牵涉之广,影响之大,毫无疑问不仅全省涉案官员的乌纱帽保不住,作为省领导的自己也参与其中,项上的脑袋十有八九也要落地!

张澧中能不为此而吓出一身冷汗来吗?

最后张澧中只能不顾自己二品大员的上级身份,弯下腰来,堆着笑容,约请林知县密室交易。最后以重金一万两白银买断林知县所据有的举报材料,并将林知县任内的亏空一笔勾销。林知县也见好就收,此事到此了结。

由此可见,“红包”之类的非典型腐败,根本不像易中天所说的那样,是由于国民素质太差,认知卑下,“一看见有人把门(权力之门),就习惯性地把‘红包’递过去”,习惯成了自然,且不认为这些行为是腐败,所以才形成了一种污浊的社会风气。也不是由于国民的广泛参与,这就使非典型腐败成为一种顽疾,很难根治。其实,在我看来,所谓非典型腐败,应该说是一种被权力刻意遮蔽,运行在法律边缘的腐败行为。因此,只要突破权力屏蔽,且法制足够健全的话,非典型腐败就会显出原形,它实乃无法容忍的权力异化腐败。

识别这个区分绝对重要。否则,我们就会被易中天误导,将解决腐败的着力点,不放在体制改革和加强法治建设上,而转移到改造国民性问题上去。比如,以他所举的当前病患者和医生之间“红包”沟通的事件来说,易中天对此是持容忍态度的。因为他认为现在医生的工作,并没有得到应有的回报,就是说他们的工资和奖金都大大地偏低,妨碍了他们工作的积极性。病患者赠以“红包”,也只是显示一种奖励意义而已,不能说这是有什么危害的腐败行为。因为人们现在都已深切地体会到,对个人来说,没有什么比生命更珍贵的东西。病人一上手术台,生命就掌握在医生手中,医生的态度对自己的生命就有着决定性的作用。患者求助于医生,并没有什么非分的要求,想攫取某种不正当的利益,只是为了求得更安全起见。因此,这不能说是“走后门”,而是“走前门”。所以送上“红包”,只是显示自己一片真诚的敬意,敦请医生在操作时更认真、更用心而已,别无他意。这完全符合中国文化所讲究的人际交往应有的人情之道。因此,“在整个社会尚未得到合理改造之时”,单纯地谴责医生收“红包”行为,易中天是大不以为然的!

对此,我的看法完全不同。固然,笔者也很体谅医生工作的辛苦,所负责任的重大,社会确应予以高度关爱和尊重,但这并不能作为医生可以收受“红包”的理由。医生的待遇和他们的贡献不相称,我们应该通过体制改革来谋求解决,而不是要由病患者以“红包”方式来予以补偿。这反倒是对医生的职责和人格尊严的一种亵渎。将原本高尚的服务性工作衍变成了相当庸俗的赎买关系,这将促使一个社会的人道精神加速沦落。这也绝非是易中天所认为的只不过是无关宏旨的“非典型腐败”而已。

但是，“病人不同意禁止，你越禁，他越要送”，怎么办？所以易中天才主张应从“改造国民性”上着手。只要提高了他们的认知，没有病人肯送“红包”，这个问题不就彻底解决了吗？

易先生，此言差矣！正如先生自己所言，病人是因为“不放心”，所以才不得不献上一份“敬意”。他不是对医生的医术不放心，而是对医生的医德有顾虑。因为在当今腐败成风的氛围中，只要有医生在收受“红包”，病人不送就不会有安全感。为了求得安全系数的稳定，他不会去冒“不识时务”的风险。所以，不是病人不同意不送，而是病人不敢不送。因此关键不是病人的认知太落后、太愚昧，而是当下医疗体制的改革远远没有到位，法治还不够健全。要是没有一个医生肯收或敢收的话，难道真还有病人坚持送不可？我敢断定，绝不会有此奇闻发生。易先生，你说呢？

（**附记：** 本文所引易中天的话语，摘自他的《帝国的惆怅·非典型腐败》，第 145 页，文汇出版社，2005 年 5 月版）

易中天的“费厄泼赖”且慢实行

中国文化界不时有“现象”轮番上台演出。

前几年流行“王蒙现象”时，他的“‘费厄泼赖’应该实行”论点曾轰动一时，但应者似乎寥寥。相反，质疑和反对声却颇为汹涌。结果很快便“随风而逝了”。

近几年“易中天现象”大为红火。易中天当然不会放弃这一千载难逢的好机会，也很快贴出了引人注目的“海报”，不过他比聪明的王蒙更高明，他不与鲁迅对着干，而是非常巧妙地用“小人”来置换“落水狗”。对落水狗，因易触动人们曾被咬过的记忆，所以无法让人心平气和地来聆听你王蒙的大道理；但对小人，善于洞察人性的易中天，深刻了解大多数人的灵魂深处都有那么三分小人情操，所以容易激活人性中柔软的同情基因，而得到受众支持。他成功了——他的“让小人自得其乐”这一充分发扬“费厄泼赖”精神的论点，大受欢迎。

这有下列报道可以证实。

香港答问：君子与小人

时间：2007年7月22日上午

地点：香港大会堂

主持人：邱立本、曾静漪

……

这就是我们通常所说的“君子”“小人”。也就是说君子出身高贵，品格高尚，品位高雅，小人则相反……

问题是，“小人”并不等于“恶人”，“君子”也并不等于“圣人”……他们的区别，只在于品格和品位的高低。君子自律，对自己要求高、严……小人在没人监督的时候，就可能做一点在别人、社会看来“不那么道德的事”。比方说看点儿童不宜的东西等等。这些事，只要不危害和影响他人，也没有什么关系。所以我认为，现代社会和法治社会，应有“小人”的一席之地，应该有他们的生存空间。在我看来，所谓“和谐社会”，就是“君子能独善其身，小人也能自得其乐”！

（易中天《书生傻气》第206页）

这是易中天成熟的“宽容”理念。由于斗争社会留给人们的印象实在太悲痛、太深刻了。在那时，人人都被卷入斗争的漩涡中，为了不被他人吃掉，每一个人不得不对他人抱有高度戒备的心理，人际关系也就充满了猜忌和歧视，社会日趋动乱和震荡，使人完全失去了生活的乐趣，所以人们是多么盼望我们能早日进入和谐社会。而和谐之道的关键就在于“宽容”。“宽容”的精神就体现在我们应尊重每一个人、包容每一个人。可是我们的文化，即使已坚定地在向现代化方向上迈进，但对小人却仍相当歧视。其实根据易中天的研究，小人之说最早来自宗法和等级制度。由于中国封建社会崇尚嫡、长，所以非嫡系的旁支被贬为小宗，称小宗之子为小人。由此可见，小人仅仅意指对方的社会地位并不高贵而已。而后来才逐渐衍变到从品级上去评估，也就是说小人是指修养上(道德或艺术方面)品级较低的人们。

于是易中天就由此得出结论：无论是从等级上或品级上来说，小人都不是意指恶人，而只不过是人群中的"次品"而已。

由于生存条件和自然禀性的千差万别，人不可能是齐一的，人与人之间在品质上出现高下，那是很自然的事。高质量的精英毕竟是人群中的少数，绝大多数是一般的、平庸的人，难道我们有权利歧视平庸的人吗？那么，我们为什么就不能宽容小人呢？即使他们在无人监督时，会做出一些在别人、社会看来不那么道德的事来，只要不危害和影响到他人，那我们又何必对之过于苛求，不能容忍？对小人歧视，那将形成社会和谐一大隐患。假如说，社会在转型期间还不宜对"落水狗"实行"费厄泼赖"的话，那么对小人，易中天却大力鼓吹，是该实行"费厄泼赖"的时候了！

假如我们认同易中天对小人的定性的话，那么我认为他的推论是可以成立的，鲁迅的观点也就有修正的必要了。

问题是易中天对小人的定性根本上是错误的，他混淆了小人与常人的界限，错把小人当作了常人，从而得出了不正确的结论。

在人性的谱系上，论品级，处于两极的是君子和小人，占据大多数的是常人。常人与小人并不如易中天所说的属于同类集合,他们之间在本质上存在着不可逾越的界限。在道德修养上,常人虽远不如君子那么高尚,不可能为了公益事业而慷慨地奉献出个人的一切。对自己也要求不严,因此自律较差,在无人监督的情况下,往往会做出一些不那么道德的事。但他们有着确定的底线,决不允许自己逾越,那就是不能危害他人。而小人则不同。对小人来说,根本不存在道德这回事,所以更谈不上什么底线,只要对自己有利,或者可能对自己有利,他们就会不惜采用任何手段,只求能达到预期的目的。至于因此而危害到他人,不要说是朋友和亲人,即使是社会和国家也不在话下。这就是说小人没有是非感,也没有耻辱感。他们与常人不是同一范畴内品级高下之分,他们应该说是属于另一个"恶"的范畴中的分子。有恶质的人,绝不会将自己的行为限制在不危害他人这条底线上。易中天上面所说的,"在没人监督的时候,就可能做一点在别人、社会看来'不那么道德的事'。比方说看点儿童不宜的东西等等",那是缺乏自律、品级较低的常人,而不是小人。小人一定会利用"儿童不宜"的东西,积极向青少年推销,以此来获取可观的收入。小人正因为诸如此类毒化社会生态的作为,才被人们视为人际的细菌或病毒。小人若得志的话,如同细菌不受抑制地蔓延,社会终将因之而疾病流行,很难求得和谐与安定。

以上我的小人观是不是太极端、太酷评了?那么让我们从学习易中天的《品人录·武则天》来汲取有关的启示吧。

武则天是易中天欣赏的"中国历史上最杰出最优秀的人物之一"。这个女人太不寻常了,居然能在男尊女卑、封建制度鼎盛时期的大唐篡得皇权,成为中国历史上第一位女皇帝。她有着不可思议的精力，“她当皇帝时已六十七岁，但直到八十二岁退位，头脑之清醒，思维之敏捷，精力之充沛，判断之准确，都丝毫不减当年，全无衰老现象”。她似乎是一个天生的政治家，“她对政治有着天生的敏锐和潜能，加上她那女人特有的直觉”，玩起政治权术来，称得上得心应手，有资格跻身于中国历史政治高手的前列。她之所以能成功解构中国历史上最为英明的皇帝李世民精心构建起来的政治架构，并突破所有障碍，彻底粉碎李唐宗室和功臣勋贵的强大抵制和反叛，而终于改朝换姓建立了大周王朝，做了女皇帝，攀登上了人生的顶峰，其中最为有效的一招，易中天认为就是利用小人。

因为武则天既是女性，又是出身低微的先皇才人（唐制：后宫除皇后外，自妃以下共有八级，第五级为才人）。她要在政治征途上脱颖而出，可以说在朝廷大臣中根本找不到可资利用的政治资源。别说是功臣勋贵了，就是品性比较正直一些的官员都对其避之唯恐不及，怎肯让自己清白的名声玷污在一个女人手中。但是，没有“走狗”，再精深的阴谋都跨不出一小步。高明的武则天就善于利用小人来为她开辟出一条生路来。小人之所以能为武则天所用，成为她阴谋斗争中无比锐利的武器，据易中天分析，是由于小人下列一些素质能最大程度上满足武则天的政治需要：

一、“小人见风使舵，善于钻营。”这就是说小人没有原则性，没有是非感，只要诱之以利，他们无不趁机而入，这就便于收买。

二、“小人没有道德感”，没有底线，所以可利用他们来干一些常人所不敢或不屑做的事，来贯彻她众多不可告人的阴谋。

三、“小人擅长造谣告密”，没有耻辱感，可以利用他们来无中生有地构陷他人罪名，制造恐怖，震慑人心。

四、“小人没有个人意志”，乐于充当“看门狗”，只要主人下命令，不管什么人，他都会凶狠地咬上去，即使是自己的亲人和师友，他也不会放松，所以可利用他们来打击一切反对派。

五、“小人擅长拍马吹牛”，可利用他们来造神，搞个人迷信，大树特树女皇的超级权威，有效巩固她的统治。

易中天也为我们找到了武则天所使用的两个小人的实体样本。

第一个是李义府。

此人原本在朝中就声名狼藉，已到了很难继续在朝中待下去的地步，长孙无忌正打算把他贬到外地去。为了保全自己的前程，他就把赌注全都押在武则天身上，决意充当她的走狗，凶恶地咬向一切阻挡她发展的人。在“废王（皇后）立武（则天）”的浪潮中，他表现最为出色，为武则天前期的发展奠定了坚实的基础，因此而获得了武的青睐，成为她最先擢用的人。从此他便青云直上，步步高升，被拜为宰相，成为当时政坛上炙手可热的人物。但身居高位之后，他悉心所从事的工作却是“卖官”，从中捞取到了大量财富。此人不仅贪财，且极为好色。洛阳狱中有个名淳于氏的女犯人，因姿色出众，李义府便对之垂涎三尺，命令大理寺（封建时代最高审判机关）主管毕正义将其开脱释放，随即李便占为己有。后因案情败露，毕正义为此被投入狱中。李义府恐追查到他身上，立即威逼加诱骗，命毕正义在狱中自杀。这是小人得志，绝不会让自己局限在“自得其乐”范围内最显著的事例。

第二个是许敬宗。

无论从等级还是品级方面来看，许敬宗都算得上是个一流人物。此人学识渊博、文采出众，是个有造诣的历史学家，曾因编《武德实录》和《贞观实录》的出色表现被加官晋爵；并因修纂《隋书》《晋书》以及《西域图志》等十余种皇皇文史巨著而名重一时。他很早就追随李世民，被召为秦王府文学馆的学士，所以称得上是个元老级的大臣了。正因为他是一个有相当历练的文化人，所以他的政治嗅觉也就比较灵敏。他已经嗅出大唐王朝正有一股异常气息在喷薄欲出，政治天平已开始在向“武”倾斜。他料定不久的将来，决定社稷命运的将是目空一切（武则天自撰名“曌”）的那个女人。使舵必须顺风，人生之船才能顺利地驶入大海。十分自负的许敬宗，远远不满足于礼部尚书的官位，非高居相位，不足以顺遂他的人生理想。但他深知有长孙无忌等关陇元老派在前面挡着，他的希望相当渺茫，甚至可以说没有希望。现在他发现这个女人能使他达到目的，于是他毫不犹豫押宝在武则天身上，调动他的全部智慧，为武则天披荆斩棘，充当开路急先锋。

许敬宗与李义府两人都在为武则天争夺皇后一役中作出了重大贡献，因此而受到了武则天的倚重。但他们所以被武则天引以为心腹，成为她政治上不可或缺的得力帮凶的，是因为他们为武则天打击元老派，从根本上铲除政治上的反对势力，使武则天由此而成为政治上不可逆转的胜利者。许敬宗亦因此而收到了回报，被拜为宰相，宠遇之隆，当朝无人能与其比肩。

在大唐的政权结构中，最使武则天感到忌惮，并引以为心腹大患的反对派，就是元老派的开国重臣，尤其是关陇集团的领军人物长孙无忌。这个人的存在，使武则天感到几乎不能自由呼吸。但要除掉长孙无忌，那简直是件不可想象的事。长孙无忌是唐太宗十分敬重的皇后的亲哥哥，是李姓皇室的至亲、当时皇帝李治的亲舅舅、先皇遗命的辅政大臣。此人跟随李世民起事，为开辟大唐江山建立了至为辉煌的功业，天下无不钦佩他的智谋和才干。在朝为相长达三十三年，权倾天下，势被朝野，他当然不会将出身低微的武则天放在眼里。不踢开这块拦路的顽石，武则天就无法在政治征途上跨步前进。现在有许敬宗来为她彻底解决这个难题。

历史知识极为渊博的许敬宗，熟谙中国政治权术的博大精深，可以说几乎没有他解决不了的难题。除了众口皆碑的三十六条妙计之外，还有更深不可测的七十二条阴谋呢。因为后者实在太卑鄙、太龌龊，所以除了无耻小人，以及毫无人性的野心家，正常的政治家都不会对此动念的。但许敬宗是小人，他深知要搞掉像长孙无忌这种人，那是非采用最歹毒的阴谋不可。栽赃、诬陷谋反，长孙无忌就非倒不可！

洛阳人李奉节向朝廷举报太子洗马韦季方和御史李巢两人有结党谋反的阴谋。皇帝指派许敬宗审理此案。他就无中生有地将它株连到长孙无忌身上去。至于证据嘛，那还不容易，只要威逼和诱骗两手到位，就范人无不按需所供，直到审判老爷满意为止。但是没有长孙无忌本人自供的笔录，那又作何解说？仿真，复制笔迹，历代都有这方面的出色人才，王羲之的笔迹都能“拷贝”得莫辨真伪，何况长孙无忌乎！于是证据确凿，长孙无忌再也无法申说，即被夺去一切官爵和封邑，并被贬去蛮荒的黔州。长孙无忌的亲信、嫡系也由此被牵连而一举诛灭殆尽。几个月后，李治忐忑不安要重审此案，许敬宗抢先派人赶往黔州，矫诏逼令长孙无忌自缢。于是死无对证，此案就此尘埃落定！

易中天也承认许敬宗和李义府之流是小人，而上述历史事实显示，是否为小人，并不在于等级的高下和品级的雅俗。小人可能贵如宰相；其学识和修养之高也可能远在常人之上，甚至有的，如许敬宗辈完全有资格跻身“大师”行列。但无耻和损人之恶，却是小人所独具的品质。也正因此，他们成了人群中的病毒，社会的祸患。人们怎能容忍“病毒”自在地蔓延！

易中天“让小人自得其乐”的命题，听起来似乎是在倡导宽容精神，但实际却因对宽容的庸俗化诠释，而形成了完全背离宽容精神的“纵容”。因为他认为小人只是在品级上较低的常人，而不是性质上的一种恶人，所以应让他们“自得其乐”，而我认为对“恶”的放任是纵容而不是宽容。在纵容的氛围中，小人乐在其中，难道对自己种种无耻的作为还会有所反省？在纵容的氛围中，小人乐在其中，难道还会对其作恶的意图有所抑制？那么这究竟有助于社会和谐呢，还是相反？

所以，我绝对无法苟同易中天这种貌似宽容而实乃纵容的“小人伦理”。在我看来，真正的宽容精神应该是：

让小人有悔过自新的足够空间。

易教授，请慎举“黄牌”

自从李辉“质疑文怀沙”事件以来，公共空间出现了一波颇为强烈的反应。其中易中天的声音最为独特，他基本上否定了李辉批评的正当性，认为李辉是在公共空间“飙车”——有意“在公共空间追查他人的隐私道德”，侵犯了个人的人权，违反了人类文明的共同约定，因此对人类文明形成了极大的威胁。此举若得以蔓延的话，不仅会使得人人自危，甚至会死人的，发展到极致，有可能会出现尸横遍野的恐怖局面！

由此可见，问题的严重性已远远超出了文怀沙个案的范畴。因事关中华文化生态的命运，所以文化界有责任直面易中天所亮出的“黄牌”，严肃、认真地探究出一个结论来。否则，在我们的公共空间永远弥漫着浓重的迷雾，分不清南北，不知道什么才是正确的批评规则，用易中天的话来讲，就是没有“交规”。那我们的公共空间，不是霜冻路滑，无人再敢行驶，就是照样“飙车”风行，随便撞人。如此大煞风景情状，还有何文明可言！

问题的焦点在于对隐私权的界定上。

易中天认定，我们应该尊重个人的隐私权，“不能在公共空间追查他人的隐私道德，无论是似是而非的，还是真实确凿的追查。违反了这个规定,突破了这条底线,就是‘道德飙车’;而‘飙车’,无论哪一种,都可能会死人的”(易中天:《书生傻气·李辉先生请勿飙车》第118—119页)。因此,是不可容忍的。

我的意见有所不同。虽然我也是“个人隐私权应得到保障”这一观点的坚定拥护者,也绝对认同在公共空间不能追查他人的隐私。但我与易中天却存在着一个根本性的分歧。他的所谓“他人”是指一切人,而我认为“他人”是指人类99%的普通人,并不包括1%的公众人物。也就是说,对这1%的少数人,不仅可以,甚至应加强对这些人的监督和追问,如此方能真正体现出文明社会的人权正义。

为什么?因为他们是公众人物。

所谓公众人物,即指他们是担负着公众的信任和委托,掌握了公众让与的某些权利和资源,承诺着为公众服务的人,因此他们就有义务为此承担责任。他们的一举一动都会对公共事务产生不可忽视的影响,关系到公共利益和价值观,所以公众就有权对他们进行监督和追问,包括隐私在内。

让我们用实例来加以说明。

美国是一个标榜绝对尊重个人隐私的国家,虽然整个国家笼罩在“9·11”的恐怖氛围中,但即使为了更有效保护国家安全,政府都无法实施对民众的监听,因为这很难防止个人隐私不受到侵犯。但对于克林顿个人的隐私,却毫不含糊,竟然全国都动员起来,媒体更是毫无顾忌地揭露无遗,国家还为此专门成立了特别检察机构来彻底查究。

克林顿,美国总统,他的声誉关系着整个国家的形象,现在要在公共空间追查他仅仅属于个人私德上的问题,若依易中天的“交规”来说，那真是“飙车”了。再说，他所存在的又是怎样严重的隐私呢？其实只不过是与白宫一个小小的女实习生莱温斯基“有染”而已。至于究竟“糟”到什么程度，所有的指控都只能提出一些片面材料，连特别检察官都没有掌握到全面、确凿的证据。但社会却为此掀起轩然大波，整个国家几乎所有媒体都连日轮番轰炸，弄得身为国家元首的克林顿灰头土脸。但如此雷厉风行、大张旗鼓地在公共媒体追查个人的道德隐私，非但没有人批评它践踏人权，不尊重人格，违反了文明社会的公约，是应予以禁止的不遵守“交通规则”的“飙车行为”；相反，倒引得人们对美国文明的欣赏。

这是为何？

就是因为克林顿是公众人物。总统，是美国人民普选出来的，他所拥有的至高无上的权力和尊严是全体美国人民赋予的，因此他必须对美国人民负责。现在发现他与一个年轻的女实习生有丑闻，公众就有权质疑他是否有弄权、侵犯女性人权的嫌疑。弄权，就违背了公众的托付，亵渎了法律的尊严，那就非得彻底调查，直到水落石出为止。

克林顿这一隐私，在美国社会可以说连芝麻绿豆都算不上。所有的质疑或指控，并没有掌握到有关此事的全面证据，但在公共空间照样可以理直气壮，无所顾忌地进行批评。最后，查明事实，克林顿并没有弄权，也就还了他的清白。他人侵犯了自己的隐私权，自己的人格被公共空间的“飙车”撞得支离破碎，克林顿非但没有因此火冒三丈，相反，他十分真诚地公开向全体美国人民道歉，承认自己的私德确实存在着瑕疵，辜负了美国人民的期待，请求美国人民宽恕。美国人民也仍一如既往地表示了对他的信任和支持。

那么文怀沙是不是公众人物？不知易中天的看法怎样，我的回答很明确：是。易中天也曾着重指出文怀沙在抗战时就已经是一位著名的文化人。所谓文化人，就是传递社会信息和评估社会价值的知识分子，所以一定与公众的存在休戚相关。而且他不只是一个普通的文化人，还是在抗战时就已经“成名”的文化人，可谓资深名大！不管是“公推”或“私认”，总之他在社会上已是具有“大师”级形象的高人了。因此，我称之为公众人物大概不会有误。虽说文化人不如政治人物那样拥有强大的公权力，但就其对公众多方面的影响而言，却并不逊色，甚至往往有过之而无不及。虽贵如总统，其影响大致也就局限在四年的任期之内；而一个文化大师的影响，往往四十年后仍可发现其存在。所以一个文化名人的一言一行，即便是私德，都会对公众产生深远的影响。因之，没有任何理由可以解脱文化名人对公共生态负有的严肃的责任。既然如此，作为公众人物的文化名人就并不享有“隐私豁免权”。全世界的文明社会似乎并没有对易中天所说的“交规”形成共识。因此，笔者不能认同易中天所举的“黄牌”——不能在公共空间对公众人物的隐私进行质疑和批评。

明辨了公共空间批评公众人物私德的原则之后，我们还得进一步与易中天弄清楚所谓“方法”的问题。

首先，易中天坚决主张不能“抽离历史环境，追查历史道德”。

具体到文怀沙的个案，他认为以文怀沙 1963 年被劳教，1964 年被逮捕判刑的案由——“猥亵、奸污了十余名妇女"——为据，在公共空间质疑文怀沙私德的做法，是一种抽离历史环境，很不严肃的作为。据易中天看来，当时虽然尚未进入"文化大革命"，但20世纪60年代的社会已经偏离了法治。那时的"劳教"，可以说是完全游离在法治原则之外的玩意儿，"根本不需要证据""也不需要审判"，更"没有律师辩护"，甚至只是单位个别掌权的领导看你不顺眼、讨厌你，就可以"莫须有"地给你扣上一顶"帽子"，送你去"劳教"。那时的冤假错案还少吗？今人怎么能以如此缺乏严肃性的判决来说事？这种抽离历史环境来论是非的方法，前提就有错误，还能期待得到正确的结果吗？

的确，讨论任何问题，凡脱离当时客观环境所得出的结论，无不可视为谬论。历史环境、政治因素是应充分考虑在内。劳教确实冤屈了不少好人，甚至完全属于莫须有的事件也比比皆是。倘若仅凭这一点就作为依据而下结论的话，那确实是大大地要不得；但若因此而走向另一个极端，即以当时历史环境为由，连事实都一概抽离掉，认为完全没有必要再去面对，那我认为这与抽离历史环境同样荒谬。很遗憾，易中天却陷入了自设的怪圈中。

我们不能全然信任当时劳教指控文怀沙的劣迹，也可以对当时通过审判大会的判决存有一定的保留意见；但我们同样不能毫无根据地认同文怀沙本人的辩白：那些都是对他的政治迫害。最后的结论必须由事实来裁定，读者只尊重事实。

猥亵和奸污妇女，并且还不止一两个人，而是多达十余人，这可不是一般的道德缺陷，已经够得上罪行了。易中天说，批评得尊重人格原则，这是对的。但首先，被质疑者应该尊重自己的人格。当自己人格受到不应有的贬损时,本人就应理直气壮地出来抗争。20 世纪 60 年代的历史环境不允许,那是完全可以理解的,而现在却不必再有什么顾忌,该是力争“还我清白”的时候了。政治只能捏造罪名,却无法捏造事实,现在没有任何力量能阻止文怀沙向公众呈现当时的客观事实。倘那确系当时的政治迫害所随意扣在他头上的“屎盆子”,现在通过质疑,摆事实、讲道理,倒可由此彻底洗清一身污秽,恢复原先洁净的形象,令读者对其更增添一份敬意。

但文怀沙似乎并不在意人格原则这码事。他竭力回避谈论事实,而以“谁没有年轻过?谁年轻的时候没犯过错误?”的理由来搪塞。这算什么辩解!依我看,它不仅不能开脱其错误,倒是不经意地透露了那些劣迹都确曾发生过的信息。中国人是很重恕道的,顾及那些劣迹毕竟已成历史,若文怀沙对过去荒唐的行为确已有认识,并有悔悟表现,能真诚地向公众道歉的话,我相信大家都能接受,也不会对他再有什么歧视的。但他非但毫无忏悔表示,相反却还颇有气势地反诘“谁没有年轻过?谁年轻的时候没犯过错误?”意思很明白:其实,好色玩女人这码事,大家都是男人,难道还不能有所理解吗?何必一本正经地教训他人!这表明作为资深文化名人的文怀沙,虽已迈入令人尊敬的年龄,心中却根本不存在人格原则。不尊重自己的人格,那是自作孽,这只能由他自食苦果;但不尊重女性的人格,不尊重社会文明的基本价值观,那就得承担相应的责任了。

易中天在深入调研了当时的历史环境后,非但没有发现文怀沙事件是出于政治迫害,相反却找到了确凿的证据,能证明是“另有原因”。不过,他为了“尊重”文怀沙的人格,以及维护其隐私权,拒绝公布这一真正的原因,看来读者是无法了解真相了。但即便如此,易中天已为我们证明,原来文怀沙所争辩的那些事件都是政治迫害这一点根本不是事实,而是他的谎言,他是在欺骗公众。这不是很明显的欺世盗名的行为吗?易中天在《李辉先生,请勿飙车》一文中严正地宣示过,"只有那些故意造假,欺世盗名"的,才应该打击。那么,为什么文怀沙就可得到豁免,不在此例?难道是因为他资历太深?我认为易中天不妨挑明了说,或许因"大师"乃我国的稀有珍品,得之不易——即使是"私认"的,但总比没有的好——而感到还是予以容忍吧!

易中天提出的第二点是必须遵守"真实原则",即"证据确凿"。

无论在什么场合——更不用说在公共空间了——对任何人提出质疑或批评,都得有证据,并且必须确凿,不得以似是而非的材料,就随意指控他人。这当然是绝对正确的。但原则一经易中天的诠释和展开就出现了纰漏。

他说:"怎样才算证据确凿?一要真实,二是可靠,三是全面。……三个方面都要有证据,一个不能少。"可见他要求批评者所提供的证据,必须保证"全面"。这一点,我可以直截了当地就予以否定:做不到!这种不切实际的高调,事实上有可能完全封住批评者的嘴,没有人再敢开口!

当然,批评者应该具有起码的责任心和道德良知。任何出于私念,利用不实材料就轻易伤害他人的行为,都是相当下作的,简直可称之为卑鄙。因此,他应该对所提供的证据负有全责,并保证它是确凿可靠的。但我们不能要求它必须"全面"。

因为要知道他毕竟只是一个批评者，是公众社会的“分子”而已，而不是拥有公权力的检察官。他没有可能深入到事件的内部去了解所有的情况，不可能向正、反两方面所有牵涉到的当事人进行广泛的咨询，因此不可能掌握到事件的“全面”证据。他只能以个人的有限条件获取到某些方面的证据，也就是单边信息。对此，他得保证它是确凿可靠的。但人们没有权利要求他提供的证据必须全面确凿。由于所有个别的批评都必然带有片面性，因此那充其量只是个别的一种“意见”，而绝不是“定论”。公共空间只提供“交流渠道”，是对话场所，而并非进行审判的法庭。不同视角，多种质疑（当然也包括反质疑）在公共空间公平地进行对话，所有片面的言论经过辩证、综合才有可能接近全面，最后形成公众的共识，事件的真相也就大白于天下，正义终于得到伸张，社会文明也就由此增进一分。

所以易中天否定批评者凭单面证据在公共空间质疑或批评公众人物的私德的权利，甚至认为这是颇为野蛮的道德私刑，乃是在为文化名人的“道德飙车”发放特别通行证！

最后一个是“批评资格”问题。

现阶段我们的批评界之所以日见萧条，阎延文女士认为是存在着三重路障之故。其中之一也可以说最重要的障碍，就是对批评者的资格限定。往往有人反诘批评者：人非圣贤，孰能无过？难道你本人又真的那么纯洁无瑕？奉劝老兄，不妨在批评他人之前先自己照照镜子，看看是否够格？否则，以伪君子煞有介事地去批评真小人，是会使人感到可笑的。关于这一点，易中天竭力支持阎女士的观点。他更简捷明快地断言：“批评不能问资格。”说得好，好极了。我举双手赞成。

但是令人感到遗憾的是，他这个原则仍存在着一个特定的限制，就是“过度”派人士不在此例。所谓“过度”派，他是指那些对责任感、使命感和正义感特别强烈，超越了通常的“度”，从而明显“过度”的人。这类人，在易中天的眼中，如同杀人犯或伪君子。对其就必须高举“黄牌”，责令其“刹车”，不得“通行”！

为避免转述有所误解起见，我得引出他的原文来：

> 凡事都有一个“度”。过度，就会走向反面。过度的责任感、使命感和正义感，会造成道德上的优越感。有了这种优越感，很容易会自觉不自觉地把自己看作“圣斗士”。一旦看作“圣斗士”，又很容易变成“卫道士”。以我读书不多的经验，历史上的“卫道士”，恐怕十有八九不是“杀人犯”，便是“伪君子”。

易中天说：“真正的道德是平等的。”这话虽然不错，但说得过于抽象，我们不能确切了解他所谓“平等”的含义的具体内容是什么。但根据他接着引申出来的一个概念—— 即使是一个道德高尚的人都不能对道德卑劣者“动气”——他说的是“道德霸气”。这可大有斟酌的必要了。难道根据道德平等原则，我们不能对道德卑劣者表示鄙视、憎恶甚至义愤？什么叫“霸气”？在易中天看来，李辉所呈现的“大义凛然”姿态简直令人不寒而栗，真是够“霸气”的了；而我却认为他的道德勇气是相当令人钦佩的。一个敢于挺身而出，仗义对侵犯女性人权的文化名人进行质疑的人，我是怀着敬意尊之为道德勇士的。中国文化界若多有几个道德勇士，敢于“犯傻”对名人进行道德监督或批评的话，或许就会使其余的“武怀沙”“文怀金”之类的大师有所忌惮，不敢再用“隐私”的盾牌做掩护，来进行“阴私”的勾当。

至于“伪君子”是否有资格参与道德批评，首先，我不认为道德过剩者或者说是道德勇士十有八九就是“伪君子”。我想易中天大概不会认为孟子是伪君子吧，但他的“欲乎治天下，当今之世，舍我其谁”的气概，我看若没有超强的道德优越感是说不出来的。不过我认为没有必要在此与易中天先生就“伪君子”的话题进一步“商榷”下去。我要说的是，即便是对“伪君子”，难道就可以取消他的批评资格？易中天不是自己在另文中特别强调过：

> 有道德问题或道德缺陷的人，也可以批评别人。打个不一定恰当的比方，就是贪官也可以揭发贪官，批评贪腐……

这意思很明确，即使是真小人——贪官——都有道德批评的权利，不能追问他们的资格；而唯独对道德勇士——易中天所谓的“伪君子”——却坚决主张取消他们的批评资格。

易教授，你不觉得这样的双重标准有欠公正吗？

（**附记**：本文所引易中天话语，均摘自他的《书生傻气》一书，广西师范大学出版社，2010 年版）

走出易中天的“迷宫”

“劝君免谈陈寅恪。”

这是易中天向广大读者发出的劝告。

陈寅恪是清华大学国学研究院的四大导师之一，与梁启超、王国维、赵元任并列，是中国中古史方面少有的专家，且掌握十几种外语，所以称得上是象牙塔里的顶尖大师，其研究与著述的课题既专且深。这样的人物怎么会引起文化广场上的群众热情的关注，并持续成为热议的焦点？这确是非常有意思的文化现象。

原来公众热烈谈论的并不是陈大师的学术成果及其著作。公众既很少能看懂他的《隋唐制度渊源略论稿》，相信也不会对他的《柳如是别传》和《论再生缘》感到有多大兴趣。一个学者既不是由于他独特的学术创见，也并非因他的新颖理念，那么他凭什么有力地影响公众？

是文化人格。

陈寅恪在文化专制主义时代不“曲学阿世”的人格，极大地感动了公众，由此而使公众对他产生了真挚的敬意。

学者虽然可由等身的著作、丰硕的学术成果令人倾心钦佩，但却未必能使人诚挚地敬仰。而作为一代国学大师的陈寅恪始终坚守“自由思想，独立精神”的宗旨，抱定“读书不肯为人忙”的根本，淡泊名利，远离政治诱惑。1949年6月，他在广州的岭南大学（即现今的中山大学）。当时国民党计划在撤离大陆前夕大举抢运人才，所以不遗余力地动员、劝诱其去台湾，甚至只要他答应去香港，就马上给十万港元和一套房子。陈寅恪却不为所动。即使是他毕生最亲密的挚友、已任台大校长的傅斯年多次电催陈寅恪赴台，都影响不了他的独立意志：知识分子应生活在自己的祖国。新中国成立后建立的中国科学院，于1953年设立三个历史研究所（上古、中古、近代），有意邀请他担任中古史研究所所长，并由学界要人郭沫若、李四光、周培源、张奚若、汪篯（陈的学生）等人，多次去信或访问，诚意劝其到京赴任。但陈却提出一个条件：在他领导下的研究所必须确保学术中立，发扬“自由思想，独立精神”的学风，因此不学习政治，不崇奉马列主义。这种不识时务的狂妄要求，当然不能被接受。所以在“文革”前，陈虽然还受到礼遇，但总的来说，他在学术界已无施展空间，纯粹显示一种象征意义而已。对于一个富有学术使命感的知识分子来讲，其心绪之郁闷是可想而知的。加上他双目失明，体弱多病，其晚景可说是相当冷清和寂寞。但即便如此，他却从未有过“改善”的念头。像陈寅恪这样标志性的人物，当然逃不过“文革”这场浩劫，他在饱受凌辱和摧残之后，终于在1969年撒手西去。

在对自己一生的总结中，陈寅恪自认为虽“奔走东西洋数万里（他曾留学日本并游历欧美十数个国家），但终无所成。唯一可以告慰友朋的，乃从不‘曲学阿世’而已”。

为什么“曲学阿世”问题能引起人们如此重视？这是因为它牵涉到了知识分子的人格，正如易中天一再强调的，比起做学问来，显然做人来得更重要。很难设想，一个媚权、媚俗，以至不惜“曲学阿世”，可说连做人都不合格的人，其学术会对人类文明作出多少有意义的贡献。比起一般市场上的商品，这些知识分子的作业，在人们眼里也就视同应时的赝品，甚至更等而下之，内心都相当地鄙夷。

而像陈寅恪这样具有独立精神品德的人，即使被称为文化遗民，他的理念以及诸多观点已属陈腐，其坚挺的文化人格却令今人肃然起敬，钦佩不已。因而他的“自由思想，独立精神”之说，成为公共空间广泛热议的话题，有若人们在文化苦旅中发现的一盏指南明灯！

然而令人感到意外的是，一向重视人格，力主应将做人列为人生第一要务的易中天，却对此发出了由衷的劝告——“劝君免谈陈寅恪”。

易中天并不是对陈寅恪的人格有什么怀疑，也并非对“自由思想，独立精神”的内涵有所异议，他认为内涵并不重要，重要的是形式。他是绝对肯定这个形式的。但是从现实出发，并联系到普遍的人性，认为如陈寅恪这样的事例，只能举之为“楷”，而绝不能奉之为“模”。不要说一般的常人根本无法企及，即使是已入流的文化人，恐怕也很难向其看齐。因此，“热谈”完全沦于“空谈”，毫无现实意义，所以还是“免谈”为好！

易中天对此进行了详尽的分析，举出了“三不一没有”的理由，听起来真是声声入耳，不由人不低头称“是”。

所谓“三不”，是“顶不住、守不住和耐不住”。

易中天认为，陈寅恪之所以能在那样的年代里“顶住”，那是他有着特殊的历史背景之故。在新中国成立前，他已是名闻中外的大学者。由于其在海外游历过十多个国家，在诸多国家都广有人脉，知名度极高。据说英国女王都曾来电关心过他的健康，斯大林也曾直接向毛泽东提起过他的大名。因此陈寅恪在新中国成立后特立独行，甚至狂妄到提出政治不得干预学术研究的建议。政府除了不予理会外，并没有给他增添任何麻烦，仍让他在岭南虽寂寞却可安静地钻研他的《论再生缘》。综观当时国内的政治情势，可说绝无他例。即使如梁漱溟、马寅初等著名人士，也都因有“独立”精神而惹火烧身，招来无尽的麻烦。而你我是何许人也？人贵有自知之明，我辈俗人，完全等同尘粒般的存在，只要轻轻一扫，就立刻沦为贱民，连头都抬不起来，还拿什么去“顶”？

既然“顶不住”，还谈得上“守得住”和“耐得住”吗？弄得不好，连饭都没得吃，活下去都成了问题，还能顾及什么“独立”和“自由”？

除了“三不”，易中天更深入地指出了那个“没有”。他说，“三不”，尚可豁出去，而最触及灵魂，万万割弃不下的就是那个“没有”——没有意义。知识分子自以为高出常人的，就是他们是自觉地活在一个有“意义”的世界，毕生是在实践一种“意义”，因此自己的人生是有“价值”的。但若你恪守“自由思想，独立精神”的话，那你就得“成为无‘皮’可附的‘毛’。因为单独的‘毛’没有意义，无根无底，飘浮不定，风一吹来，就满天乱飞，不要说别人看着没劲，连自己心里都不踏实”。一个被排斥在体制之外，不积极融入人际大流的知识分子，是很难实现所怀的“意义”的。不能实现的意义就等于没有意义,那结果就使你的存在如同行尸走肉,你能忍受得了吗?

当然,以上所述只是发生在历史上某一特殊阶段的意外情况,如今开放了,相信绝不会再出现此类现象。但没有了系统的政治压力,不等于头上就没有其他大山。在转型期的社会中,各个领域的“皮”,以及遍布人际关系中的那些潜规则,照样会将人的脊梁柱压得挺直不起来。

由此,易中天终于语重心长地发出了劝告,要我们对上述问题必须彻底想清楚之后再作出选择。而由他篇首所标示的题目来看,他的结论很明确,还是“免谈(陈寅恪)”为好。

谁能抗拒得了易中天的雄辩,谁又能抗拒得了易中天的话语魅力?一经他指点,相信我们这些常人立刻就会茅塞顿开,领悟他的“免谈”说的真谛,趁早远离“自由思想,独立精神”的云端高调。

只是易中天的启示前后存在着一个根本性的矛盾,令人感到极为困惑。

易中天不仅在其文中,并且也曾多次在不同场合高分贝地强调人格的重要。人生在世,总该将做人放在第一位,努力使自己活得像个人样。而做人的根本,或者说做人最起码的要求——我想易中天一定也会认同——无非就是应“本真,自主”地存在而已。若非得仰人鼻息,看人的脸色行事,与人只说违心话,万事都随大流而行,那就实在太糟蹋自己了,而“本真,自主”提高到理论层面来展现的话,也就是“自由思想,独立精神”。因此,按做人的要求来讲,那是应该多谈、细谈,从而深刻地来体悟陈寅恪之说的真谛,以便更好地贯彻到自己的实践中去。但现在易中天却要我们“免谈”，远离它的要旨，那我们又从何真正活出人的意义来呢？当然，我们无法与陈寅恪相比，因此我们不可能，也毋需强求达到像他那样的高度。但“自由思想，独立精神”作为指南，作为一种可资向往的精神资源，是非常值得人们置于座右，不时向其求索的。我们可以根据各自的条件，在有限的范围内，从底线做起，循此而力求不断进步。这样，我们虽无力达到完美的高度，但在人格上总不至于会破损到“零”，甚至出现负数的现象。

可是，若“免谈”或者远离上述原则的话，那我们就不知道人格是怎么一回事，也就是说不知道怎样真正做人了，于是也就安然自得地附着在各色的“皮”上，还自以为得计地笑傲一切不合时宜者均为弱智的傻大头呢！

综上，易中天的逻辑使我们既清楚，又不清楚——

清楚的是：现实艰难，高调于事无益，以免谈陈寅恪为宜；

不清楚的是：远离了“自由思想，独立精神”，我们又将怎样做人？

易中天有意无意地将我们引入了一个怪圈，或者说是迷宫。

人是不能困守在迷宫中的。

人们之所以陷于易中天的迷宫中走不出来，是被他的“意义”说给弄晕了。他以辩证逻辑推演出来的相互矛盾的一大堆理由，使读者越听越糊涂，简直无所适从。比如他说：

> 中国知识分子之所以总是“毛”，总是想附在某张“皮”上，就是因为他们总想有意义。在中国，纯

粹的知识、学问，从来就是没有意义的。只有当它服务于现实，比方说能够安邦治国或者富民兴国时，才被承认为有意义。中国的读书人为什么那么热衷于济世、热衷于做官？就因为只有这样，“无意义”才能转换为“有意义”。所以，与其说中国知识分子有一种“政治情结”，不如说他们有一种“意义情结”。

因此，“为了确保思想的自由，我们还得否定意义的追求”。

看来易中天将“服务于现实”狭隘地理解为服务于朝廷或者政党了，这才自然地将它与“做官”联系了起来。其实中国真正有使命感的知识分子，其“现实”概念所指的并非是庙堂或权势，而是社会和民生。他们坚定地认为，如法国启蒙运动中卢梭、伏尔泰、狄德罗这批人，他们一生矢志不移地服务于这样一个现实目标——解构当时法国的封建体制，开创出一个民主、自由的新社会。历史已证明，这是人类文明史上极有意义的伟大事业。又如，我国五四新文化运动中那些先贤们，由于他们对变革当时现实的投入，竭尽努力，终于促使我国历史发生了一个根本性的转折，从而让我们现在尚能不失时机地融入全球文明的主流。他们的贡献，将不朽地成为中华民族的记忆。所以说“服务于现实”乃是知识分子所追求的“意义”的源泉。鲁迅先生亦曾对此表示：“对那些切切实实足踏在地上，为着现在中国人的生存而流血奋斗者，我得引为同志，是自以为光荣的。”

可见上述种种，与易中天的指引截然相反，人们并没有发现知识分子若以“服务于现实”为自己有意义的人生准则，他们就会失去独立精神，一心依附到有权势的“皮”上去，以做官为入世的最佳选择。恰恰相反，“服务于现实”的真实含义，乃在于它不止于现状，力求不断更新，促使社会文明日渐递升，让人生越来越美好。那就要求知识分子必须坚持他的独立性，这样才能实施他的批判职能；也只有坚守思想自由，才能发现被遮蔽的丑恶。而做官却可能钳制这些功能的发挥。所以，很多知识分子对仕途倒是避之唯恐不及的。由此看来，追求有意义的人生，原来还是知识分子前进的动力呢。易中天怎能轻率地将其彻底否定？

至于易中天为我们描述循此（自由思想，独立精神）作为，由于当前现实所存在的诸多障碍，必然会遭到无数磨难，那倒确是事实。但为了本真地做人，人生别无选择，不管你已想清楚还是没有想清楚，都不得不扛起上述那些“大山”，负重而艰难地跋涉行进，同时也走出了易中天的“迷宫”，可以看到灿烂的阳光、绿色的田野，呼吸着新鲜的空气了……

（**附记：**本文所引易中天的话语，摘自他的《书生傻气·劝君免谈陈寅恪》）